닥터 지바고 Ⅱ

일러두기

- 이 책은 Boris Pasternak 『*Doctor Zhivago*』(Internet Archive, 2010, THE NEW AMERICAN LIBRARY)를 참고했습니다.

Доктор Живаго

닥터 지바고 Ⅱ

보리스 파스테르나크 지음

닥터 지바고 Ⅱ 차례

제2부

제 2 부

제8장 도착

1

지바고 가족을 이곳으로 실어온 열차는 다른 열차들에 가려진 채 옆쪽 철로에 서 있었다. 그들은 이제껏 끊어지지 않고 남아 있는 것 같았던 모스크바와의 관계가 이날 아침 갑자기 끊어져 버린 것 같다는 느낌을 받았다. 드디어 이곳에 또 다른 영토가, 시골 세계가 나타난 것이며 그 인력의 중심으로 그들을 끌어들이고 있었다.

이곳 사람들은 예외 없이 서로를 잘 알고 있었다. 이들은 서로의 모습을 알아보자마자 손을 흔들거나 큰 소리로 상대방 이름을 불렀고 서로 지나치면서 인사를 했다. 그들의 말투나 옷, 음식과 태도는 수도(首都)에서 온 사람들과는 조금씩 달랐다.

'이들은 무엇을 해서 먹고 살까?'라고 지바고는 궁금해했다. 이들은 무엇에 관심이 있으며 물질적 자원은 무엇일까? 이들은 이 시대의 어려움에 어떻게 대처하고 있을까? 이들은 어떻게 법망을 피해서 살아가고 있을까?

지바고가 궁금해하던 그 모든 것이 금세 생생하게 밝혀졌다.

2

소총을 땅바닥에 질질 끌면서 지팡이 대용으로 사용하는 초병의 호위를 받으며 지바고는 자신의 객실로 돌아왔다. 찌는 듯이 무더운 날이었다. 태양이 레일과 열차 지붕을 달구고 있었다. 여기저기 작은 웅덩이에 기름이 고여 있어 마치 금박을 입힌 듯 누렇게 반짝이고 있었다. 초병의 소총 개머리판이 모래 먼지를 날리고 있었다. 개머리판이 침목에 부딪쳐 철커덕 소리를 냈다.

"날씨가 자리를 잡았어요." 초병이 말했다. "봄 파종을 할 때입니다. 귀리와 밀, 수수를 파종하기 제일 좋은 때입니다. 메밀은 아직 이르려나. 우리 고장에서는 아쿨리나 날(6월 중순)에 수수씨를 뿌려요. 나는 이 고장 출신이 아니에요. 탐보프 지역의 모르스찬스크 출신이지요. 어쨌든 의사 동무, 이런 내전이니 반

혁명이니 하는 염병할 게 없었다면 내가 이런 계절에 이렇게 낯선 곳에서 어슬렁거리고 있었겠어요? 이놈의 계급 투쟁이니 뭐니 하는 게 우리들 사이를 검은 고양이처럼 지나가면서 모두 이 꼴이 된 거예요."

3

그가 객차에 오르는 것을 도우려고 사람들이 허리를 굽혀 그에게 손을 내밀었다.

"고맙지만 괜찮소. 혼자 오를 수 있소."

그는 얏, 하고 기합을 넣으면서 기차 위로 훌쩍 뛰어오른 후 몸의 균형을 잡으며 아내와 포옹을 했다.

"드디어 오셨네요! 별일 없어서 정말 다행이에요." 토냐가 말했다. "실은 당신이 무사하다는 걸 우리는 이미 알고 있었어요."

"무슨 소리요? 당신이 알고 있었다니?"

"전부 다 알고 있었다니까요."

"어떻게?"

"초병들이 말해줬어요. 그렇지 않았다면 어떻게 견딜 수 있었겠어요? 아버지와 저는 거의 정신이 다 나갔었어요. 아버지는 곤히 잠드셨어요. 깨워도 못 일어나실 거예요. 너무 흥분하셨었기 때문에 통나무처럼 쓰러져버리신 거예요. 새로운 승객들이 몇 분 타셨어요. 제가 곧 소개할게요. 모든 분이 당신이 무사히 풀려나신 걸 기뻐하고 있어요. 특히 저분이요."

그녀는 새로 탄 승객 중의 한 명을 지바고에게 소개했다.

"안핌 삼데뱌도프(안핌 예피모비치 삼데뱌도프. 이하 안핌으로 칭함)입니다."

'삼데뱌도프?' 지바고는 생각했다. '꼭 옛 러시아 민담에 나오는 영웅의 이름 같군. 그런데 생긴 건 영 딴판이야. 반백의 곱슬머리에 콧수염, 게다가 턱에 염소수염을 달고 있는 꼴이 지방 미술 애호가 단체 회원 같군.'

"그래, 스트렐리니코프를 만나니 간담이 서늘해지지 않았습니까?" 안핌이 말했다. "솔직히 말씀해보시지요."

"전혀요. 그럴 이유가 어디 있습니까? 그저 흥미로운 대화를 나누었을 뿐입니다. 개성이 아주 강한 사람이더군요."

"나도 그렇게 생각합니다. 그가 어떤 사람인지 나도 좀 알고 있습니다. 이 고장 출신이 아니지요. 당신들처럼 모스크바 태생입니다. 실은 그 사람뿐 아니라 요즘 이 땅의 새로운 물결들이 다 그렇지요. 모두 수도에서 유입된 겁니다. 우리들로서는 꿈도 꿀 수 없는 것들입니다."

그때 토냐가 대화에 끼어들었다.

"여보, 이분은 정말 모르시는 게 없으세요. 당신과 당신 아버지에 대해서도 아세요. 저희 할아버지는 물론이고요. 정말 모르는 사람이 없으세요."

이어서 그녀는 지나가는 말처럼 무심코 안핌에게 물었다.

"안핌 씨, 학교 선생님이던 라라 안티포바도 만나셨겠지요?"

안핌도 별 생각 없이 되물었다.

"그녀에게 무슨 일이라도 있습니까?"

지바고는 그 대화를 들었지만 아무 말도 하지 않았다.

아내가 이번에는 지바고에게 속삭이듯 말했다.

"여보, 이분은 볼셰비키세요. 입 조심하셔야 해요."

"아, 그래? 생각도 못했네. 예술가이신 줄 알았는데……."

대화를 듣고 있던 안핌이 말했다.

"부친은 여관업을 하셨습니다. 삼두마차 일곱 대로 손님을 모셨지요. 나는 대학에 다녔고 사회민주당에 가입했습니다."

이번에는 토냐가 말을 이어 받았다.

"여보, 이분이 뭐라고 하셨는지 알아요? 우리는 정말 운이 좋대요. 유리아틴에서 내려서 열차를 갈아탈 수가 없게 되었대요. 도시 일부가 불에 탔고 다리도 파괴되어 기차가 거기로 못

들어간다는 거예요. 그래서 지선을 이용해 도시를 빙 돌아가야 하는데, 글쎄, 그 지선이 우리의 목적지인 토르파나야 역을 지나간다는 거예요. 정말 잘됐죠. 기차를 갈아탈 필요가 없어진 거예요. 대신 선로를 여기저기 바꿔야 하기 때문에 진짜로 출발하기 전에 한참 동안 앞뒤로 왔다 갔다 할 거래요."

4

토냐의 말은 사실이었다. 열차는 새로운 기관차와 결합했다 떼어냈다 반복했고 이쪽 선로에서 저쪽 선로로 계속 옮긴 끝에 겨우 열린 들판을 향해 나설 수 있었다. 유리아틴이 지형 때문에 반쯤 가려진 채 멀어져 갔다.

지바고와 안핌은 다리를 밖으로 늘어뜨린 채 화차 바닥에 앉아 있었다. 안핌은 지나가는 풍경을 바라보며 열심히 설명을 했지만 지바고는 화차 소음 때문에 거의 한 마디도 알아들을 수 없었다.

그들 앞에는 들판이 펼쳐져 있었으며 전신주가 휙휙 지평선 너머로 사라져갔다. 철도와 나란히 널따란 포장도로가 이어져 있었다. 도로는 지평선 너머로 숨었다가 커브 길에서 활처럼 휜 모습을 드러내곤 했다.

"유명한 도로입니다. 시베리아를 가로지르는 도로이지요. 죄수들이 즐겨 저 도로에 대해 노래하지요." 지바고가 이번에는 그의 말에 귀를 기울였다. 안핌이 말을 이었다.

"지금은 빨치산 본거지입니다. 당신은 이곳을 좋아하게 될 겁니다. 최악은 아니거든요. 곧 익숙해질 겁니다. 이 도시에 당신의 호기심을 끌만한 것도 있을 겁니다."

"우리는 시내에서 지내지 않을 겁니다. 우리는 바르이키노에서 살게 될 겁니다."

"알고 있습니다. 부인께서 말씀하셨습니다. 하지만 일 때문에 시내에 오실 일이 있을 겁니다. 저는 부인을 처음 보았을 때 딱 알아보았습니다. 생전의 크류게르 씨 모습 그대로입니다. 눈, 코, 이마가 부인의 할아버지를 쏙 빼닮았습니다. 이곳 사람들은 누구나 그분을 기억하고 있지요."

들판에 빨간 석유 탱크가 줄지어 서 있었고 나무로 된 커다란 광고판들도 보였다. 그중 한 광고판이 지바고의 눈에 들어왔다. 거기에는 이렇게 씌어 있었다.

모로와 베트친킨사. 파종 기구. 탈곡 기구

"좋은 회사였지요. 아주 우수한 농기구들을 생산했습니다. 주식회사였지요. 부친도 저 회사 주주였습니다." 안핌이 설명했다.

"여관을 경영하셨다고 하지 않았나요?"

"맞습니다. 그렇다고 주식을 갖지 말란 법은 없지요. 아주 유능한 투자자였지요. 영화관에도 투자를 하셨습니다."

"마치 자랑하는 투로군요."

"부친의 능력 말입니까? 물론 자랑스럽지요."

"그렇다면 당신의 사회주의는 어떻게 된 겁니까?"

"아니, 그게 무슨 관계가 있습니까? 마르크스주의자라고 해서 콧물이나 질질 흘리는 바보가 되란 법이 있습니까? 마르크스주의는 실증적 과학이고, 현실에 대한 이론이며 역사철학입니다."

"마르크스주의가 과학이라고요? 별로 알지도 못하는 분과 이런 논쟁을 하는 건 아무래도 위험한 일이지만 그래도 몇 마디 하겠습니다. 마르크스주의는 과학이 되기에는 토대가 너무 불확실합니다. 과학이란 보다 균형이 잡혀 있으며 객관적입니다. 나는 마르크스주의만큼 자기중심적이고 현실과 거리가 먼 사상은 없다고 생각합니다. 사람들은 누구나 구체적 현실 문제와 연관해서 자신이 어떤 존재인지 그 의미를 찾아내게 되어 있습니다. 그런데 권력을 지닌 자들은 자신들에게는 오류가 없다는 신화를 만들어내는 데 온 힘을 다 쏟고 있습니다. 진실은 철저히 외면한 채 말입니다. 그게 어떻게 객관적 과학이라는 겁니까? 나는 정치에는 조금도 마음이 끌리지 않습니다. 나는 진리에 대해 아무런 관심도 없는 사람을 좋아하지 않습니다."

안핌은 미소를 지었을 뿐 반박하지 않았다. 지바고의 말을 재치 있는 괴짜의 말 정도로 받아들인 것 같았다.

5

원통형 석유 탱크, 전신주, 기업의 광고판이 뒤로 멀리 사라지고 어린나무 숲과 야산이 나타났다. 도시 근교에서 벗어난 것이다. 이어서 이따금 구불구불한 작은 길들이 보이자 안핌이 지바고에게 말했다.

"자, 자리로 돌아갑시다. 나는 다음에 내려야 하고 당신들 역은 그다음입니다. 지나치지 않도록 조심하십시오."

"이 근처를 아주 잘 아시는 것 같군요."

"손바닥처럼 훤하지요. 반경 100킬로미터 이내는 모르는 곳이 없습니다. 나는 변호사입니다. 벌써 20년째 이 일을 하고 있지요. 일 때문에 늘 여기저기 바삐 다닙니다."

"요즘도요?"

"물론이지요."

"아니, 요즘 같은 세상에 변호사가 할 일이 뭐가 있습니까?"

"얼마든지 있습니다. 오래 묵은 송사들, 상거래 관계, 계약 관계 등 많지요. 눈코 뜰 새가 없을 지경입니다."

"하지만 그런 것들은 모두 폐기된 것 아닌가요?"

"명목상으로는 그렇지요. 하지만 실제적으로는 그런 일에 아직 연루된 사람들이 많습니다. 모든 기업이 국유화되긴 했지요. 하지만 지방에서는 연료를 필요로 하고 있고 주(洲) 경제 위원회는 운송 수단을 원합니다. 누구나 살아가야 하는 법 아닙니까? 말하자면 지금은 과도기라 이 말입니다. 이론과 현실 사이에 괴리가 있다 이거지요. 이런 때일수록 나처럼 기민하고 지략이 풍부한 사람이 필요한 법입니다. 모르는 게 약이라는 말은 이럴 때 하는 말입니다. 부친께서 늘 말씀하셨듯이 턱주가리를 한 대 얻어맞는다고 해서 별로 대수로운 일도 아닙니다. 이 지방의 절반 정도 사람들은 내가 먹여 살리다시피 하고 있습니다. 조만간 장작 보급 문제로 바르이키노에 들르게 될 겁니다. 제가 댁에게 도움이 될 수 있을 겁니다. 미쿨리친 집안에 대해 훤히 잘 알고 있으니까요."

앞에도 나온 이름이지만 미쿨리친은 지바고 가족이 이곳으로 오면서 유일하게 기대하고 있는 사람이었다. 그는 크류게르가의 재산과 공장을 관리하고 있던 사람이었다.

"그렇다면 우리가 왜 그곳에 가는지, 무엇을 원하고 있는지 다 안다는 겁니까?"

"대강 짐작은 하고 있지요. 아니, 알고 있습니다. 흙으로 돌아가고 싶다는 인간의 영원한 동경이지요. 자신의 땀으로 살아가겠다는 꿈 말입니다."

"그게 어때서요? 마치 비난하는 것처럼 들리네요."

"너무 순진하고 목가적입니다. 하지만 그럴 수도 있지요. 행운을 빕니다. 다만 나 같은 사람은 그런 걸 믿지 않을 뿐입니다. 너무 유토피아적입니다."

"미쿨리친이 우리를 어떻게 대하리라고 보십니까?"

"받아들이지 않을 겁니다. 빗자루를 들고 쫓아낼걸요. 당연한 일이지요! 당신들이 아니라도 옴짝달싹할 수 없는 처지인 판에. 공장은 돌아가지 않지요, 일꾼들은 가버렸지요, 도무지 먹고 살 방법이 없습니다. 입에 풀칠하기도 어려운 처지입니다. 그런 판에 당신들이 불쑥 나타난 겁니다. 당신들을 죽인다 해도 나무랄 수 없을 겁니다."

"그렇군요. 당신은 볼셰비키이면서도 지금 돌아가고 있는 일이 진정한 삶이 아니라는 것을, 미친 짓이고 터무니없는 악몽이라는 것을 부정하지 않는군요."

"물론이지요. 하지만 이 모든 것은 역사적 필연입니다. 반드시 통과해야만 하는 불가피한 과정입니다."

"왜 불가피하다는 겁니까?"

"정말 어린애처럼 왜 이러십니까? 아니면 일부러 그런 척하는 겁니까? 어디 달나라에서 오셨습니까? 먹보 기생충들이 기아에 허덕이는 노동자들 등에 올라타고 그들을 죽음으로 몰아넣고 있는데 그 상태 그대로 계속돼도 괜찮다는 말입니까? 다른 식의 폭력과 압제는 두말할 필요도 없습니다. 당신은 인민들의 분노가, 정의와 진리를 향한 그들의 욕구가 정당하다는 것을 납득할 수 없단 말입니까? 아니면 그런 근본적인 변화가 국회나 의회 제도를 통해서 가능하다고 믿는 겁니까? 독재 없이도 그런 변화가 가능하다고 믿고 있는 겁니까?"

"우리는 지금 동문서답을 하고 있어요. 백 년 동안 입씨름을 한다 해도 의견의 일치를 보는 일은 없을 거요. 나는 전에는 혁명을 지지했소. 하지만 지금은 야만적인 폭력에 의해서 얻을 수 있는 것은 아무것도 없다고 생각하고 있어요. 사람은 선(善)에 의해 선으로 이끌어야 하오. 하지만 그 이야기는 그만합시다. 미쿨리친 씨 이야기를 더 해보지요. 만일 상황이 그렇다면 우리가 그곳으로 갈 이유가 없겠군요. 돌아가야겠군요."

"무슨 말도 안 되는 소리를! 첫째로, 어디 세상에 미쿨리친만 있습니까? 다른 수많은 사람들이 있지요. 둘째로, 미쿨리친 씨는 아주 선량한 사람입니다. 지나칠 정도입니다. 처음에는 툴툴거리며 못 받아들일 것처럼 대하겠지만 금방 누그러질 겁니다. 결국에는 자기가 입고 있던 옷도 벗어주고 빵부스러기라도 나눠 먹으려 할 겁니다."

이어서 안핌은 지바고에게 미쿨리친에 대한 이야기를 해주었다.

6

"미쿨리친 씨는 25년 전에 페테르부르크로부터 이곳으로 왔습니다. 공과대학 학생이었습니다. 그곳에서 추방되었고 경찰의 감시 대상이었습니다. 이곳으로 온 그는 크류게르 집안의 관리인직을 얻고 장가를 갔습니다. 딸만 넷인 툰체프 집안의 맏딸 아그리피나와 결혼한 겁니다.

얼마 지나지 않아 아들이 태어났습니다. 자유 사상에 물들어 있던 바보 같은 아버지는 아들에게 리베리(자유)라는 희한한 이름을 지어주었습니다. 어쨌든 재능이 뛰어난 아이였습니다. 리베리는 출생증명서의 나이를 속이고 열다섯 살 나이에 지원병으로 입대해 전쟁터로 갔습니다. 본래 몸이 쇠약했던 아그리피나는 충격으로 몸져눕더니 다시는 일어나지 못한 채 재작년 겨울, 그러니까 혁명이 일어나기 직전에 죽었습니다.

전쟁이 끝나자 리베리는 돌아왔습니다. 소위 계급장에 훈장을 세 개나 달고 당당한 모습으로 돌아온 거지요. 그런데 그는 전선에 있는 동안 완전히 볼셰비키에 물들었습니다. 의사 양반, 혹시 '숲속의 형제들'이라는 말 들어봤습니까?"

"금시초문입니다."

"그렇다면 자세히 이야기해줄 필요가 없겠군요. 절반도 알아듣지 못할 테니까요. 차창 밖 도로를 그렇게 열심히 바라보아도 중요한 건 보이지 않겠군요. 오늘날 저 도로에서 가장 주목해야 할 게 무엇인지 아십니까? 바로 빨치산입니다. 빨치산이 뭘까요? 이 내전에서 혁명군의 뼈대 역할을 하고 있는 게 바로 빨치산입니다. 그 부대가 힘을 지니고 있는 이유는 두 가지입니다. 그중 하나는 이들이 혁명을 주도했던 정치조직이라는 점이고 다른 하나는 전쟁이 끝난 후 구체제 권위에 거역했던 병사들로 이루어져 있다는 점입니다. 이 두 힘이 합해져서 빨치산이 태어난 것입니다. 중농층이 주력을 이루고 있지만 온갖 종류의 사람들이 다 섞여 있습니다. 빈농, 파문당한 수도승, 부농인 아버지와 맞선 자식들, 거기에 무정부주의자, 신분증도 없는 하층민, 계집 뒤꽁무니만 쫓다가 퇴학당한 고등학생 등이 뒤섞인 그야말로 잡탕입니다. 그뿐이 아닙니다. 전쟁 중 포로로 잡혔다가 자유를 주겠다는 약속에 넘어가 가담한 독일군과 오스트리아군까지 섞여 있습니다. 이곳의 '숲속의 형제들'이란 바로 이 거대한 인민군대 조직의 하나입니다. 그리고 이 '숲속의 형제들'을 지휘하고 있는 지휘관이 바로 미쿨리친의 아들 리베리입니다."

"아니, 정말입니까?"

"그렇습니다. 자, 계속 들어보세요. 아내가 죽은 뒤 미쿨리친은 새 장가를 들었습니다. 새 마누라인 엘레나는 고등학교 학생이었는데 학교 교실에서 결혼식장으로 직행한 겁니다. 천성적으로 순박한 여자인 데다 아직 젊으면서도 더 젊은 척합니다. 당신을 만나자마자 당신을 시험하려 들 겁니다. '수보로프(18세기 러시아의 국민적 영웅-옮긴이 주)는 언제 태어났나요?'라든지

'이등변 삼각형의 면적은 어떻게 계산하지요?' 등등일 것입니다. 당신이 우물쭈물하면 환성을 지를 겁니다. 아 참, 중요한 이야기를 빼놓을 뻔했군요. 영감은 사회혁명당원입니다. 헌법제정 회의 때 지방의원으로 뽑혔지요."

"그렇다면 아버지와 아들이 서로 칼을 겨누고 있다는 말 아닙니까? 정적이라 이거지요?"

"명목상으로는 그렇지요. 하지만 '숲속의 형제들'은 바르이키노를 상대로 싸우지는 않습니다. 아, 제가 영감의 전처에게 동생 세 명이 있다고 했지요? 그 여자들 이야기를 좀 해드릴게요. 네 자매가 여학생이었을 때 유리아틴의 남학생들이 모두 그 뒤를 졸졸 따라다녔을 정도로 이곳에서는 유명한 여자들이니까요. 남은 세 명 중 맨 위인 아브도차는 시립도서관에서 사서 일을 하고 있습니다. 아주 수줍음이 많은 여성입니다. 그 아래 동생이 글라피라인데 가정의 축복이라고 할 만한 여자입니다. 아주 정력적이고 뛰어난 일꾼입니다. 숲속의 빨치산 대장은 이 이모를 많이 닮았다고들 합니다. 재봉사로 일하고 있는가 하면 어느새 양말 공장에서 일을 하고 있고, 그런가 하면 어느새 미용사가 되어 있습니다. 아마 언젠가는 만나게 될 겁니다.

막내의 이름은 시무슈카입니다. 이 집안의 십자가 같은 여자입니다. 끊임없이 골칫거리를 만들어내니까요. 교양도 있고 책도 많이 읽었으며 시와 철학도 좋아한다고 합니다. 하지만 혁명이 일어나고 연설이니 시위니, 온통 들뜬 그 분위기에 감염되었는지 종교에 미치고 말았습니다. 툭하면 창문을 열어놓고 지나가는 사람들에게 '그리스도의 재림'이니 '세상의 종말'이니 하며 떠들어대지요. 아, 이거 너무 지껄여댔습니다. 이제 내릴 역이 가까워지는군요. 다시 말하지만, 그다음 역이 당신들이 내릴 역입니다. 슬슬 준비하는 게 좋을 겁니다."

안핌이 열차에서 내린 후 토냐가 지바고에게 말했다.

"당신은 어떨지 모르지만 저는 저분이 하느님께서 보내주신 분 같아요. 앞으로 살아가는 데 뭔가 도움을 줄 것 같아요."

"그럴 수도 있겠지. 어쨌든 당신을 보자마자 사람들이 당신을 할아버지 손녀인 걸 알아본다는 게 걱정이야. 모든 사람이 당신 할아버지를 잘 기억하고 있는 것도 문제이고. 스트렐리니코프도 내 입에서 바르이키노 지명이 나오자 곧바로 할아버지 이름을 들먹였거든. 모스크바에 있을 때보다 더 사람들 눈에 띌까 봐 두려워. 하지만 기왕에 엎질러진 물이니 어쩔 도리가 없지. 그저 물러나서 조용히 지내는 수밖에. 어쨌든 나는 모든 게 별로 마음에 안 들어. 자, 이제 모두 깨우고 내릴 준비를 합시다."

7

그들은 토르파나야 역에서 내렸다. 역사는 석조 건물이었고 입구 양쪽에 벤치가 놓여 있었다. 여행객들 중에 이곳에서 내린 사람들은 지바고 가족뿐이었다. 그들은 짐을 바닥에 놓고 한쪽 벤치에 앉았다.

그들은 역이 너무 조용하고 말끔한 데 놀랐다. 노호하는 군중들에 휩싸여 있지 않다는 사실이 기묘하게 여겨졌다. 역사의 물결은 멀리 떨어진 이곳 시골 삶까지는 침범하지 않은 것 같았다. 이 마을은 아직 수도 모스크바처럼 야만상태에 빠져 있지 않았다.

역은 자작나무 숲에 가려져 있었다. 수풀 속에서 지저귀고 있는 새소리가 시원하게 들려왔다. 순진무구하기 그지없는 새소리가 숲 구석구석으로 울려 퍼졌다. 숲 사이로 철길과 시골길이 두 갈래로 뻗어 있었고 두 길 모두 긴 소매처럼 늘어져 있는 자작나무 가지 그림자가 덮고 있었다.

이제껏 멍한 상태에 있던 토냐의 눈과 귀가 동시에 열렸다. 낭랑한 새소리, 고독한 숲, 어지럽히는 것 하나 없는 정적, 이 모든 것이 갑자기 그녀의 눈과 귀에 들어왔다. 그녀는 마음속으로 이런 말을 준비했다.

'오, 이곳에 무사히 도착한 게 믿기지 않아요. 스트렐리니코프라고 하는 사람이 당신 앞에서는 너그러운 척해 놓고는 우리가 이곳에 도착하자마자 체포하라고 전보를 칠 수도 있었잖아요. 나는 그들이 고결하다고는 믿지 않아요. 겉으로만 그런 척할 뿐이에요.'

하지만 주변의 황홀할 만큼 아름다운 광경을 보고 그녀의 입에서는 전혀 엉뚱한 말이 튀어나왔다.

"오, 정말이지 너무나 아름다워요!"

그녀는 더 이상 말을 잇지 못했다. 눈물에 목이 메어 그녀는 울음을 터뜨렸다.

그녀의 우는 소리에 역사 안에서 초로의 역장이 나오더니 그들에게 다가왔다. 그는 빨간 모자 차양을 만지면서 정중하게 물었다.

"진정제라도 드릴까요? 역에 구급약이 있습니다."

"고맙소. 하지만 괜찮습니다. 금세 좋아질 거요." 그로메코가 그녀 대신 대답했다.

"제 짐작이 맞는다면 중앙 러시아에서 오신 거겠지요?"

"그 중심부에서 왔습니다."

"아, 모스크바에서 오셨군요. 그렇다면 부인께서 신경이 곤두서 있는 것도 놀라운 일이 아니로군요. 듣자 하니 돌 하나도 제대로 남아 있지 않다면서요?"

"그 정도는 아니오. 사람들이 과장하고 있는 겁니다. 하지만 온갖 일을 당한 건 사실이오. 이 애는 내 딸이고 이 사람은 사위요. 그리고 얘가 손자, 이 사람이 보모인 뉴샤입니다."

"반갑습니다, 잘 오셨습니다. 정말 반갑습니다. 실은 여러분들을 기다리고 있던 중입니다. 안핌 씨가 사크마 역에서 전화를 주셨습니다. 닥터 지바고 가족이 모스크바에서 오실 테니 최대한 편의를 봐 드리라고 하셨지요. 그 의사라는 분이 당신이로군요?"

"아니, 여기 이 사람, 내 사위가 닥터 지바고요. 나는 농학 교수 그로메코요."

"죄송합니다, 실수했군요. 이렇게 만나 뵙게 돼서 정말 기쁩니다."

"안핌 씨를 잘 알고 계신 모양이로군요."

"그분을 모르는 사람이 어디 있겠습니까? 요술쟁이입니다! 그분이 없었다면 우리는 모두 굶어 죽었을 겁니다. 뭐든 힘껏 도와드리라고 말씀하셨습니다. 그러겠다고 약속했지요. 그러니 말이든 뭐든, 필요한 게 있으시면……. 어디로 가실 작정이신가요?"

"바르이키노로 갈 겁니다. 여기서 먼가요?"

"아, 바르이키노! 그래서 따님을 어디서 뵌 분 같았군요! 바르이키노로 가신다고요? 이제 모든 걸 다 알겠습니다. 제가 크류게르 어른과 함께 이 길을 닦았습니다. 자, 마차와 말을 구해보겠습니다. 도나트! 도나트! 이 짐들을 대합실에 좀 날라다 놓게. 그리고 찻집에 뛰어가서 바크흐가 있는지 한번 찾아봐. 아침까지만 해도 이 근처를 어슬렁거리던데. 아직 거기 있을 거야. 바르이키노까지 가실 손님이 네 분 계신다고 말해. 짐은 별로 없다고. 자, 빨리, 빨리!"

이어서 역장이 토냐에게 말했다.

"부인, 늙은이 충고라고 생각하고 들어둬요. 부인이 크류게르 어른과 어떤 관계인지는 일부러라도 묻지 않겠어요. 그분 이야기를 할 때면 조심하도록 해요. 이런 시절에는 속마음을 털어놓아야 좋을 것 하나도 없는 법이니……."

8

얼마 후 지바고 가족은 귀가 축 늘어지고 봉두난발을 하얗게 휘날리고 있는 노인이 모는 짐마차에 올랐다. 갓 새끼를 낳은 암말이 짐마차를 끌고 있었고 망아지가 어미 뒤를 졸졸 따라오고 있었다. 노인은 머리카락뿐만이 아니라 온통 하얀색 일색이었다. 자작나무 껍질로 삼은 새 신발은 아직 더러워지기 전이었고 셔츠와 바지는 오래되어 하얗게 색이 바래 있었다.

칠흑처럼 새까만 짧은 갈기를 한 망아지가 아직 뼈가 머물지 않은 다리로 어미를 따르고 있었다. 종종걸음으로 따라오고 있는 모습이 마치 목각 인형 같았다. 울퉁불퉁한 길에서 계속 튀어 오르는 짐마차 가장자리에 앉은 승객들은 떨어지지 않기 위해 옆의 난간을 꽉 붙잡고 있었다. 그들의 마음은 평온했다. 마침내 여행의 막바지에 이르렀고 그들의 꿈이 실현된 것이다. 맑은 날의 끝 무렵 시간들이 마치 그 화사함을 길게 늘이려는 듯 꾸물거리고 있었다.

길은 때로는 숲속으로, 때로는 활짝 트인 들판으로 이어졌다. 숲속을 지날 때면 수레바퀴가 노출된 나무뿌리를 넘느라 심하게 흔들렸고 승객들은 얼굴을 찡그리고 어깨를 움츠리며 바짝 붙어 앉았다. 수레가 트인 장소로 나가면 공간 자체가 기빼서 모자를 허공으로 벗어 던지는 것 같았다. 그러면 승객들은 허리를 펴고 편안한 자세로 고쳐 앉으며 안도의 한숨을 내쉬었다.

그들은 모든 것이 마음에 들었고 모든 것이 경이로웠다. 그리고 끊임없이 입을 놀리고 있는 기이한 마부 또한 정겹게 여겨졌다. 그의 말투에는 이제는 사라진 고대 러시아 표현의 흔적과 타타르 방언들이 섞여 있었다. 그는 한동안 전래 민요를 한 자락 느릿느릿 흥얼거리더니 뒤를 돌아보며 토냐에게 말했다.

"젊은 부인, 내가 댁이 누군지 모를 줄 알아요? 댁을 못 알아본다면 눈깔이 삐었지. 암, 누군지 알다마다! 그리고프님을 쏙 빼닮았어.—그는 크류게르를 그리고프라고 말했다—그분 손녀 아니신가? 그분에 대해 나보다 더 잘 아는 사람은 없지. 평생 그분 집에서 일했다니까. 안 해본 일이 없지. 광산에서 갱목도 박았고 권양기도 돌보았고 목장에서도 일했다오. 어허, 이놈이 또 꾀를 부리네! 어여 가지 못해!"

이어서 영감은 차근차근 미쿨리친 씨네 집안에 대해 그들에게 이야기해주었다. 대부분은 이미 안핌에게서 들은 내용이었다.

가는 도중에 황혼이 깃들기 시작했다. 승객들의 그림자가 점점 길어지면서 그들 앞에서 달려가고 있었다. 길은 인적이 없는 광야 속으로 끝이 없는 듯 이어지고 있었다. 들판 저 멀리 언덕들이 높이 솟아있었다. 마치 길을 가로지르는 벽 같았으며 그 너머로는 분명 협곡과 개울이 있을 것 같았다. 하늘에 성벽이 둘러쳐져 있는 것 같았으며 길이 그 성곽 문으로 이어지고 있는 것 같았다.

산등성이 위에 하얀 단층 건물의 모습이 보였다.

"언덕 위에 전망대 같은 게 보입니까?" 바크흐가 손가락으로 건물을 가리키며 말했다. "미쿨리친 씨가 살고 있는 곳입니다. 그 밑에 골짜기가 있는데 슈티마 골짜기라고 합니다."

그때였다. 언덕 쪽에서 두 발의 총성이 들리더니 길게 메아리가 울렸다.

"무슨 소리지요? 빨치산은 아니겠지요, 할아버지?"

"빨치산은 무슨 빨치산! 미쿨리친 씨가 슈티마 골짜기에서 늑대를 쫓고 있겠지."

9

미쿨리친 내외와의 첫 대면은 그 관리인의 집 마당에서 이루어졌다. 침묵으로 시작되어 시끌벅적한 혼란으로 이어진 만남이었다.

바크흐가 반갑지 않은 선물을 잔뜩 짐마차에 싣고 미쿨리친의 집 마당에 들어섰을 때 미쿨리친은 막 골짜기로부터 올라와 집으로 들어선 참이었고 그의 아내 엘레나도 저녁 산책을 마치고 마당으로 들어서고 있었다.

일행과 함께 마차에서 내린 그로메코가 우물쭈물 모자를 벗었다 썼다 하며 설명을 시작했다. 주인 내외는 그저 어안이 벙벙할 뿐이었다. 그들은 망연자실한 표정으로 몇 분간 말없이 서 있었다. 불행한 방문객들도 부끄러움에 사로잡혀 혼란스러운 마음으로 역시 말없이 마주 보고 서 있었다. 그 어색한 분위기는 당사자들은 물론 사샤, 뉴샤, 바크흐에게까지 전해졌으며 심지어 어미 말과 망아지, 지고 있는 황금빛 햇살, 엘레나 주변을 빙빙 돌다가 그녀의 얼굴과 목에 앉은 각다귀들까지도 그 어색함에 젖었다.

마침내 미쿨리친이 침묵을 깨고 말했다.

"도무지 이해할 수 없군요. 도대체 어떻게 된 일인지 알 수 없어요. 아니, 이곳을 어떤 곳으로 생각한 겁니까? 이곳이 백군이 있고 빵이 넘쳐나는 남쪽으로 생각했단 말이오? 왜 우리를 택한 겁니까? 도대체 무슨 바람이 불어서 이리로 온 겁니까? 아니, 하필이면 왜 여기란 말입니까?"

"아니, 우리 그이에게 이런 책임이 있다고 생각하신 거예요?" 미쿨리친의 아내 엘레나가 덩달아 말했다.

"엘레나, 끼어들지 마. 그래요, 이 사람 말이 맞아요. 도대체 내게 무슨 짐을 씌우려는 건지 생각해보셨습니까?"

"오, 맙소사! 당신, 우리를 오해한 거요. 댁에 방해를 끼치거나 평온한 삶을 깨뜨리려는 생각은 전혀 없어요. 우리가 바라는 건 아주 작은 겁니다. 폐허가 된 집의 한구석이면 됩니다. 그리고 아무도 거들떠보지 않는 땅 한 뙈기면 됩니다. 거기다 채소를 심겠습니다. 그리고 숲에서 남의 눈에 띄지 않고 장작이나 한 무더기 날라 올 수 있으면 그걸로 족합니다. 이게 정말 많은 걸 요구하는 걸까요? 댁들에게 짐이 될까요?"

"그건 그렇지만 세상은 넓습니다. 그런데 왜 하필이면 우리냐 이겁니다. 왜 다른 사람이 아니고 우리가 그런 명예를 누려야 하는 겁니까?"

"우리가 당신 이야기를 들은 적이 있고 당신도 우리 이야기를 들었을 것이라고 생각했기 때문입니다. 우리가 생판 남은 아니잖습니까?"

"아, 크류게르 씨 때문이라! 그 양반과 친척이라! 아니, 지금이 어떤 세상인데 그런 걸 내세우고 다닌단 말입니까?"

지바고는 안핌이 묘사했던 미쿨리친의 모습과 실제의 모습을 비교해보았다. 그리고 안핌의 말을 들으며 그려보았던 모습과 실제 모습이 너무나 그럴듯하게 비슷한 것을 보고 놀랐다. 하지만 안핌의 묘사에는 불완전한 부분도 있는 것이 사실이었다.

미쿨리친은 파이프를 입에 계속 물고 있었으며 파이프는 그의 얼굴의 일부분처럼 보였고 그의 말솜씨에도 일조했다. 파이프에 불을 붙이고 빨아들이는 동안 생각을 가다듬었던 것이다.

미쿨리친은 청춘을 해방운동과 혁명에 바쳤다. 당시, 혁명이 일어날 때까지 자신이 살지 못하는 것은 아닌가, 설사 혁명이 일어나더라도 너무 온건하거나 미지근하면 어쩌나 하는 것이 그의 유일한 걱정이었다. 그런데 드디어 혁명이 일어났고 그 혁명은 그가 꿈꾸었던 모습을 훨씬 뛰어넘을 정도로 과격했다. 태생적으로 그 누구보다 충실한 프롤레타리아 옹호자였던 그는 제일 먼저 스바토고르 공장에 노동위원회를 조직해서 이끈 후 그들에게 넘겨주었다. 그러나 그는 혁명의 한복판에 있는 것이 아니라 고립되어 있었다. 그는 치열한 현장에 있는 것이 아니라 아주 외딴 마을 보이지 않는 곳에 존재하고 있을 뿐이었다. 게다가 그가 지지했던 노동자들은—그들 중에는 멘셰비키도 있었다—모두 달아나버렸다. 그런 판에 도대체 이 무슨 얼토당토않은 일이란 말인가! 크류게르 가문의 후손들이 유령처럼 느닷없이 출현한 것이 그에게는 마치 운명의 조롱이요, 의도적인 장난으로 보여 그는 인내의 한계를 넘어서버렸던 것이다.

"이건 정말 터무니없는 일이오. 당신들이 내게 어떤 위험을 몰고 온 건지나 아시오? 정말이지 미치겠군. 정말 모르겠어요. 도무지 이해가 안 돼요."

"당신들 아니라도 우리가 어떤 화산 위에 앉아 있는지 알기나 하는 거예요?" 이번에도 엘레나가 나섰다.

"잠깐, 엘레나. 나서지 말라니까. 하지만 집사람 말이 옳소. 당신들이 아니라도 사는 게 말이 아니오. 개 같은 생활이고 정신병동 같은 생활이란 말이오. 나는 양 진영 총구 사이에 끼어 있는 신세요. 한쪽에서는 아들을 빨갱이로 만들었다고 비난을 퍼붓는가 하면 다른 쪽에서는 무엇 때문에 제헌의회 의원 노릇을 했느냐고 야단이요. 어느 쪽도 나를 마음에 들어 하지 않고 나도 냉큼 어느 쪽을 향할지 모르는 판이오. 그런데 당신들이라니! 당신들 때문에 총살이라도 당한다면 참으로 보기 좋겠구려!"

"아, 좀 진정하시고. 아니, 그럴 리가 있습니까!" 이번에도 그로메코가 말했고 지바고는 잠자코 있었다.

잠시 후 좀 누그러진 미쿨리친이 말했다.

"어쨌든 이렇게 마당에서 왈가왈부해봤자 소용없는 짓이지. 안으로 들어갑시다. 물론 좋은 수가 있는 것도 아니고 암담할 뿐이지만 우리가 터키 친위병이나 천벌 받을 이교도가 아닌 이상 당신들을 숲으로 내쫓아 곰의 먹이가 되게 할 수는 없는 노릇 아니겠소. 엘레나, 내 생각에는 이분들을 잠시라도 서재 옆의 방에 모시는 게 좋을 것 같은데……. 나중에 정원 어딘가 자리 잡을 수 있는 곳을 찾아보도록 합시다. 자, 들어갑시다. 바크흐, 이분들이 짐을 안으로 나르는 걸 좀 거들어주겠나."

바크흐는 시키는 대로 하면서 중얼거렸다.

"맙소사! 이건 순전히 순례자 보따리 꼴이잖아! 작은 보따리들뿐 트렁크는 하나도 없군."

10

밤에는 추웠다. 일행은 간단히 씻은 후 여자들은 밤을 지낼 방으로 들어갔다. 떼를 쓰던 사샤가 잠이 들자 이 집 하녀인 우스티냐가 뉴샤를 자기 방으로 데려갔다. 주인 내외는 지바고 가족들을 밤중의 티타임에 초대했다. 그로메코와 지바고는 잠시 바람 좀 쐬겠다고 양해를 구한 뒤 베란다를 통해 밖으로 나갔다.

"어허, 별들이 정말 많군!" 그로메코가 말했다.

몇 발자국만 떨어져 있어도 상대의 모습이 보이지 않을 정도로 어두운 밤이었다. 장인이 먼저 입을 열었다.

"내일 우선 저 사람이 염두에 두고 있는 별채를 살펴봐야겠어. 지낼 만하면 당장에 수리해야지. 그러다 보면 땅도 녹겠지. 그러면 지체 없이 밭을 갈아야 해. 우리에게 씨감자를 좀 나눠 주겠다고 한 것 같은데, 내가 잘못 들었나?"

"분명히 주겠다고 했습니다. 다른 씨앗도 주겠다고 약속했습니다. 제 귀로 분명히 들었어요. 그런데 그 사람이 우리에게 내주겠다고 한 별채 말입니다. 우리가 마당을 가로질러 올 때 본 곳입니다. 아버님도 보셨어요? 본채 뒤쪽에 있던데, 엉겅퀴가 우거져 있어 못 보셨을 수도 있을 겁니다. 저 본채는 석조 건물이지만 그곳 별채는 목조 건물입니다. 짐마차에 타고 있을 때 제가 말씀드렸는데 기억나세요? 밭을 갈기 좋은 곳 같습니다. 그 앞에 꽃밭이 있었던 것 같으니 토양도 기름질 것이고 부식토도 충분할 것 같아요."

"난 잘 모르겠네. 내일 잘 살펴보기로 하지. 어쨌든 잡초들이 무성하고 돌처럼 딱딱할 거야. 이 집 어딘가에 채마밭이 있을 것도 같은데. 그걸 이용할 수 있을지도 몰라. 내일 한번 찾아보세. 아침에는 분명히 서리가 내려 있을걸. 어쨌든 이렇게 이곳에 도착했으니 그 얼마나 다행인가. 감사해야 할 일이야. 여긴 좋은 곳이야. 마음에 들어."

"사람들도 좋아요. 특히 주인은요. 여자는 좀 잰 체하는 것 같지만요. 뭔가 자기 자신에게 불만인 것 같습니다."

"자, 이제 안으로 들어가지. 결례해서는 안 되지."

불빛이 환한 식당에서 주인들과 토냐가 둥근 식탁에 둘러앉아 사모바르에서 차를 따라 마시고 있었다. 두 사람은 식당으로 가는 길에 미쿨리친의 어두운 서재를 지나갔다.

서재에는 벽을 따라 커다란 창문이 달려 있어 협곡이 한눈에 내려다보였다. 훤할 때면 골짜기 저편과 그들이 지나온 들판도 훤히 내다볼 수 있을 것 같았다. 창가에는 역시 벽면 전체만큼 크고 넓은 제도용 탁자가 놓여 있었고 그 위에 엽총이 걸려 있었다.

서재를 지나가면서 지바고는 그토록 시야가 트인 창문, 탁자의 위치와 크기, 잘 꾸며진 커다란 서재가 부러웠다.

두 사람은 함께 식당으로 들어갔다. 지바고가 탁자로 다가가며 감탄하는 투로 주인에게 말했다.

"정말 멋진 곳입니다! 서재도 훌륭하고요. 일하기에 정말 좋겠습니다. 영감이 막 떠오르겠어요."

하지만 미쿨리친은 동문서답이었다.

"유리잔으로 하시겠습니까, 아니면 컵으로 하시겠습니까? 진하게 할까요, 연하게 할까요?"

"여보, 이 입체경 좀 보세요. 미쿨리친 씨 아들이 어릴 때 만들었대요." 토냐가 만화경 비슷한 것을 가리키며 지바고에게 말했다.

"아직 어리고 안정되지 못했습니다. 비록 소비에트 정권을 위해 코무치 쪽과 싸우며 그쪽 지역을 조금씩 탈환하고는 있지만."

"코무치요? 코무치가 뭡니까?" 지바고의 질문이었다.

"제헌의회파의 부활을 꿈꾸는 반볼셰비키 정부죠. 정말 깜깜하시군요."

그때 토냐가 과자를 우물거리며 말했다.

"이 쿠키 정말 맛있어요. 사카린을 넣어 만든 건가요?"

그러자 안주인 엘레나가 얼른 대답했다.

"어머, 무슨 말씀이세요. 이 시골구석에 사카린 같은 게 어디 있어요? 설탕을 넣은 거예요. 그런데 제가 재미있는 문제 하나 내볼게요. 그리보예도프(러시아 극작가-옮긴이 주)가 언제 죽었는지 아세요?"

지바고를 향한 질문이었다. 지바고가 대답했다.

"1795년에 태어난 것 같은데요. 하지만 언제 살해당했는지는 기억이 안 납니다."

"차를 더 드릴까요?"

"아뇨, 됐습니다."

"이번엔 다른 문제예요. 님베겐 강화조약은 어느 나라 사이에 맺어진 거지요?"

"여보, 그렇게 손님들을 괴롭히는 게 아니오. 가뜩이나 여독에 시달리시는데."

하지만 그녀는 아랑곳하지 않았다.

"이번에는 제가 궁금해서 드리는 질문이에요. 렌즈에는 몇 종류나 있어요? 그리고 실상이 그대로 보이는 렌즈는 어떤 것이고 거꾸로 보이는 건 어떤 건지 가르쳐주실래요?"

"물리학에 대해서 어떻게 그렇게 많은 지식을 얻으셨습니까?"

"유리아틴 학교에 정말 훌륭하신 과학 선생님이 계셨어요. 남학교 선생님이셨는데 우리 여학교에서도 가르치셨어요. 정말 좋으신 분이셨어요. 멋진 분이셨어요. 얼마나 쉽게 설명을 해주셨는지! 그분 성함이 파벨 안티포프예요. 이곳 여선생님과 결혼한 몸이셨지요. 여학생들은 전부 그 선생님께 홀딱 빠져 있었어요. 그런데 자원입대 하신 뒤 전쟁터에서 돌아가셨대요. 그 무시무시한 정치위원 스트렐리니코프가 무덤에서 살아난 파벨 선생님이라고 하는 사람들도 있는데 말도 안 되는 소문일 뿐이에요. 절대로 그럴 리 없어요. 하지만 무슨 일이든 일어날 수 있는 세상이니 알 게 뭐예요. 한 잔 더 드시겠어요?"

제9장 바르이키노

1

겨울이 되어 시간적 여유가 생기자 지바고는 노트를 펼치고 비망록을 쓰기 시작했다. 그는 다음과 같이 썼다.

> 지난여름 나는 그 얼마나 자주 추체프(19세기 러시아 서정 시인-옮긴이 주)와 함께 다음과 같이 노래하고 싶어 했던가.
>
> 오, 여름, 멋진 여름이여!
> 이는 정녕 마법인가.
> 내 묻고 싶구나.
> 어찌하여 그대는 그렇게 불시에 찾아오는지!

동틀 무렵부터 해질녘까지 가족과 자신을 위하여 열심히 일한다는 것은 그 얼마나 행복한 일인가! 가족들 머리 위에 지붕을 씌워주고 가족을 먹여 살리기 위해 밭을 갈면서 로빈슨 크루소처럼, 혹은 창조주처럼 자신만의 세계를 창조한다는 것은! 마치 어머니처럼 자신을 또 다른 세계에서 새롭게 태어나게 한다는 것은!

손으로 육체노동을 하느라 바쁠 때면, 오로지 육체노동을 통해서만 성취될 수 있는 일, 그 보상으로 기쁨과 성공을 가져다줄 일에 온통 정신이 팔려 있을 때면, 활기를 북돋우는 저 하늘의 숨결에 그을리면서 여섯 시간을 계속해서 땅을 파고 망치질을 할 때면 그 얼마나 많은 새로운 생각들이 떠오르는지! 이렇게 스쳐 지나가는 생각과 직관, 유추들은 미처 종이에 기록할 겨를도 없이 금세 잊히지만 그것은 잃는 것이 아니라 얻는 것이다. 자신의 신경과 상상력을 진한 블랙커피와 담배로 자극하는 도시의 은둔자는 그 무엇보다 강력한 이 마취약에 대해 전혀 알 수 없으리라. '건강함'과 '진정한 필요'라는 이 강력한 마취약을!

이 이야기는 이 정도에서 그치겠다. 나는 톨스토이처럼

간소한 생활을 찬양하고 있는 것도 아니고 대지로 돌아가라고 설교하고 있는 것도 아니다. 또한 사회주의 개선 방안을 피력하는 것도 아니고 농업 문제 해결 방안을 제시하는 것도 아니다. 나는 오로지 사실만을 진술하고 있을 뿐, 우리의 경험을 바탕으로 무슨 체계 같은 것을 세우려는 것이 아니다. 우리가 겪은 경험들은 논박의 여지가 많으며 그 어떤 결론을 도출해내기에는 적합하지 않은 예일 뿐이다.

우리 가족의 가계(家計)는 잡다한 것들로 이루어져 있다. 우리의 노동으로 충당하는 것들—감자와 채소들—은 우리가 필요로 하는 양의 일부를 이루고 있을 뿐이다. 그 나머지는 모두 다른 방법으로 구하고 있다.

우리의 토지 이용은 불법이다. 우리는 우리가 하는 일을 당국에 숨기고 있다. 나무를 베는 일은 도둑질이며 한때 크류게르 집안 소유였다가 지금은 국가에 속하고 있는 재산을 훔치고 있다는 사실에는 변명의 여지가 없다. 우리는 미쿨리친의 묵인하에—그도 많은 부분 우리와 비슷한 방식으로 살아가고 있다—그 모든 것들을 할 수 있다. 그것은 우리가 도시로부터 멀리 떨어져 살고 있기에 가능한 일이기도 하다. 다행히도 도시에서는 우리의 불법 행위가 전혀 알려져 있지 않다.

나는 의료 행위를 포기하고 내가 의사라는 사실을 아무에게도 알리지 않았다. 자유가 제한받고 싶지 않아서이다. 하지만 바르이키노에 의사가 있다는 냄새를 맡는 선량한 사람은 늘 있기 마련이다. 그들은 몇십 킬로미터가 넘는 거리를 터벅터벅 걸어와 진찰을 원했다. 그들은 닭이나 달걀, 버터 등등을 들고 왔다. 대가를 받지 않겠다고 설득해도 소용없다. 공짜로 진료를 받으면 효과가 없다고 믿고 있기 때문이다. 그런 식의 의료 행위 덕분에 약간의 생필품 공급에 도움을 받고 있다. 하지만 우리의 주요 버팀목은 뭐니 뭐니 해도 안핌의 도움이다.

그는 엄청나게 복잡한 사람이다. 도무지 파악할 수가 없다. 그는 충실한 혁명 지지자로서 유리아틴 소비에트로부터 절대적인 신임을 받고 있다. 그는 미쿨리친이나 우리들에게 통고하지 않고도 바르이키노의 목재들을 징발할 수 있는 권한을 당국으로부터 부여받고 있으며 만일 그렇게 하더라도 우리는 한마디도 항의를 할 수 없다. 또한 그가 국유재산을 빼돌리려고만 한다면 얼마든지 자신의 주머니를 채울 수 있으며 그 누구도 뭐라고 하지 않을 것이다. 그는 누구에겐가 뇌물을 줄 필요도 없으며 자기 몫을 남과 나눌 필요도 없다. 그런 그가 왜 우리를 돌보아주는 것일까? 왜 미쿨리친 부부를 도와주고 이 지역의 많은 사람들, 예를 들어 토르파나야 역의 역장을 도와주는 것일까? 그는 이곳저곳 여행할 때마다 무언가를 구해서 우리에게 갖다준다. 그는 도스토예프스키의 『악령』에 대해서도, 「공산당 선언」에 대해서도 정통하며 그 둘을 똑같이 높이 평가한다. 나는 만일 그가 그렇게 쓸데없을 정도로 자신의 삶을 복잡하게 만들어놓지 않았다면 지루해서 죽어버렸을지도 모른다는 생각을 하곤 한다.

2

얼마 뒤 지바고는 다음과 같은 글을 썼다.

우리는 주인 집 뒤에 있는 방 두 칸짜리 목조 건물에서 살고 있다. 장모님이 아직 어렸을 때 그녀의 아버지인 크류게르 씨가 재봉사, 가정부, 은퇴한 유모 등 총애하는 하인들을 위해 마련해준 별채이다.

우리가 처음 왔을 때는 쓸 수 없을 정도로 황폐해져 있었다. 하지만 우리는 비교적 재빠르게 별채를 수리했다. 우리는 전문가의 도움을 받아 동시에 두 방에 열기를 공급하는 페치카를 만들었다. 또한 굴뚝을 손질해서 열효율을 높였다.

우리는 운이 좋았다. 가을 날씨가 건조하고 따뜻했다. 덕분에 비가 내리고 날이 추워지기 전에 감자를 캘 수 있었다. 미쿨리친 씨에게 빌린 씨감자를 돌려주고도 우리는 스무 자루의 감자를 수확할 수 있었다. 우리는 그것들을 지하실의 커다란 저장통에 넣고 낡은 담요와 건초로 덮었다. 그 외에도 우리는 소금에 절인 오이 두 통, 절인 양배추 두 통도 저장할 수 있었다. 둘 다 토냐가 직접 절인 것들이었다. 생양배추는 한 쌍씩 묶어 들보에 매달아 놓았다. 마른 모래 속에는 당근을 묻었으며 무와 비트, 순무도 상당량 저장할 수 있었으며 많은 양의 완두콩과 강낭콩은 다락에 보관했다. 헛간에는 봄이 올 때까지 충분히 견딜 수 있을 만큼의 장작이 쌓여 있었다.

나는 겨울철의 이 따뜻한 지하실을 좋아한다. 새벽이 오기 전 금방이라도 꺼질 듯한 등불을 손에 들고 지하실 문을 들어 올리는 순간 흙냄새, 근채류(根菜類) 냄새, 눈 냄새가 코를 즐겁게 해준다.
헛간 밖으로 나온다. 아직 어둡다. 문이 삐걱거리는 소리나 재채기 소리, 혹은 발밑에서 눈이 뽀드득하는 소리에 저 멀리 배추밭에 있던 토끼가 놀라서 후다닥 달아나며 눈 위에 발자국을 남긴다. 멀리서 개가 꽤 오랫동안 컹컹 짖어댄다. 마지막으로 수탉들이 꼬끼오 홰를 치고 나면 모든 것이 완성된다. 동이 트기 시작하는 것이다.
눈 덮인 광활한 평원에 토끼 발자국 옆에 스라소니 발자국들이 마치 실로 꿴 구슬처럼 선명하게 찍혀 있다. 스라소니들은 고양이처럼 살금살금 걸으면서 하룻밤 새 몇 킬로미터를 돌아다닌다.
놈들을 잡으려고 덫을 놓는다. 하지만 스라소니 대신 불쌍한 토끼가 눈에 반쯤 묻힌 채 덫에 걸려 있다. 덫에서 끄집어낼 때 토끼의 몸은 이미 반쯤 얼어 있다.
봄과 여름, 모든 것을 처음 시작할 때는 무척이나 힘이 들었다. 우리는 죽을힘을 다해 일했다. 하지만 이제 저녁이면 휴식을 취할 수 있는 겨울철이다. 우리에게 등유를 공급해주는 안핌 덕분에 우리는 등잔불 주변에 둘러앉아 있을 수 있다. 여자들은 바느질이나 뜨개질을 하고 있고 나나 장인어른은 책을 읽어준다. 페치카 열기가 훈훈하다. 나는 어느새 숙련된 페치카 담당자가 되어 필요할 때 불을 뒤적이고 숯이 되어버린 장작은 들고 나가 눈 속에 던져버린다.

우리는 톨스토이의 『전쟁과 평화』, 푸시킨의 『예브게니 오네긴』 및 다른 시들, 러시아어로 번역된 스탕달의 『적과 흑』, 찰스 디킨스의 『두 도시 이야기』, 클라이스트(18세기 독일의 극작가이자 소설가-옮긴이 주)의 단편소설들을 몇 번에 걸쳐 읽고 또 읽었다.

3

다음은 지바고가 봄이 다가올 무렵에 쓴 글이다.

토냐가 임신한 것 같다. 그녀에게 말했더니 그녀는 믿을 수 없다고 했다. 하지만 분명하다는 느낌이다. 임신 초기 징후가 분명히 나타나고 있기에 더 이상 기다릴 것도 없다.

여자가 임신하면 우선 얼굴이 변한다. 용모가 추해진다는 뜻이 아니다. 다만 자신의 겉모습이 자신의 통제에서 벗어난다는 뜻이다. 그녀는 이제 그녀 안에 품고 있는 미래의 지배를 받는다. 그녀는 더 이상 혼자가 아닌 것이다. 스스로 자신의 겉모습을 통제할 수 없게 됨으로써 그녀는 육체적으로 손상된 듯 보인다. 얼굴은 생기를 잃고 피부는 거칠어지며 눈은 자신이 원하는 것과는 다른 식으로 빛나게 된다. 마치 이 모든 상황에 대처할 수 없어 되는 대로 내버려둔 것과 같아진다.

토냐와 나 사이는 소원해진 적이 없다. 그런데 힘들었던 노동의 한 해가 우리를 더욱 가까워지게 해주었다. 나는 이번 기회에 그녀가 그 얼마나 유능하며 강인하고 끈기가 있는지 새롭게 깨달았다. 그녀는 슬기롭게 계획을 짜서 하나의 일에서 다른 일로 넘어갈 때 쓸데없이 낭비해버리는 시간을 최대한 줄일 줄 알았다.

나는 모든 수태(受胎)는 무염(無染)수태이며 성모 마리아와 관련된 이러한 교리에는 모성에 대한 기본적 관념이 표현되어 있다고 늘 생각해왔다. 출산 때 모든 여성은 그와 비슷한 고립의 아우라에 휩싸인다. 마치 자신이 홀로 버려져 있다는 느낌. 그 가장 중요한 순간에 남자의 몫은 아무것도 없다. 마치 모든 것이 하늘로부터 떨어진 듯, 그는 그 중요한 일과는 아무 상관도 없는 존재처럼 되어버리는 것이다.

여성이 혼자 힘으로 자식을 세상에 내보내고 존재의 가장 먼 구석, 구유를 놓기에 가장 조용하고 안전한 장소로 아이를 데려간다. 여성 홀로 침묵과 겸양 속에서 아이를 먹이고 키운다.

여성은 성모님께 '당신의 자식과 하느님께 열렬히 기도해줍시다'라고 기도한다. 그녀의 입에서 마리아의 찬송의 말이 흘러나온다. '내 영혼이 주님을 찬양하며 내 구세주 하느님을 생각하는 기쁨에 이 마음 설렙니다. 주께서 여종의 비천한 신세를 돌보셨습니다. 이제부터 온 백성이 나를 복되다 하리니……'(「누가복음」 1장 47~48절).

자식은 그녀의 영광이다. 모든 여성들은 그런 말을 할 수 있다. 모든 여성들에게 하느님은 바로 그녀의 자식 안에 있다. 위대한 사람들의 어머니들은 분명히 이런 감정에 친숙할 것이다. 하지만 모든 여성들은 위대한 사람들의 어머니이다. 훗날 삶이 어머니들을 속일지라도 그것은 어머니들의 잘못이 아니다.

4

감기 기운이 조금 있고 기침이 난다. 열도 조금 있는 것 같다. 목이 부어서 하루 종일 숨 쉬기가 힘들다.

안핌이 질 좋은 비누를 선물로 갖다주자 우리는 이틀 동안 모두 달라붙어 빨래를 해치웠다. 덕분에 사샤는 마음껏 뛰어놀 수 있었다. 내가 글이라도 쓰고 있으면 사샤는 탁자 사이로 기어들어가 가로대 위에 걸터앉아 썰매 타는 흉내를 낸다. 안핌이 찾아올 때마다 아이를 밖으로 데리고 나가 썰매를 태워주었던 것이다. 녀석은 마치 자기가 나를 썰매 태워주는 것처럼 신나 한다.

몸이 좀 나아지는 대로 시내 도서관에 가서 이 지역의 민속과 역사에 관한 책을 읽어야겠다. 사람들 말로는 아주 중요한 기증도서들이 많은 썩 괜찮은 도서관이라는 것이다. 글을 쓰고 싶다. 하지만 서둘러야 한다. 우리도 모르는 새, 봄은 찾아오기 마련이고 그렇게 되면 읽거나 쓸 시간을 도저히 내기 힘들다.

두통이 점점 심해진다. 잠을 제대로 자지 못했다. 일어나면 곧 잊어버릴 흐릿한 꿈에 시달렸다. 모든 것은 날아가 버리고 잠에서 깨어나게 만든 꿈의 한 조각만 의식에 남아 있을 뿐이다. 꿈속에서 허공을 울리는 여성의 목소리가 들렸다. 그 목소리가 기억나고 마음속에 계속 울린다. 나는 내가 아는 여자들을 떠올려본다. 깊고 부드러우면서 허스키한 목소리의 주인공이 누구인지 생각을 더듬어본다. 하지만 그 누구의 목소리도 아니었다. 토냐의 목소리가 아닌지 생각해본다. 그녀의 목소리에 너무 익숙해 있어서 그녀의 어조에 둔감해진 것은 아닐까? 그녀가 나의 아내라는 사실을 의식하지 않고 그녀의 목소리를 객관적으로 느끼기 위해 애를 써본다. 하지만 결코 그녀의 목소리는 아니다. 목소리의 주인공은 수수께끼로 남아 있다.

사람들은 낮 동안 강한 인상을 받은 것이 꿈에 나타난다고 일반적으로 생각한다. 하지만 내게는 정반대 같다. 별로 주의를 기울이지 않고 지나쳤던 것, 어떤 결론을 맺지 못한 흐릿한 생각, 무심코 내뱉고는 잊어버린 말들이 마치 깨어 있는 동안 무시당한 데 대한 보상이라도 받으려는 듯 살과 피를 지닌 채 꿈속에 나타나는 것이다.

5

의사와 농부로서도 쓸모 있는 사람이 됨과 동시에 뭔가 영속적이고 근본적인 것들을 구상하고 학술적인 저술이나 문학작품을 쓰고 싶다.

모든 사람은 파우스트로 태어난다. 이 세상 모든 것을 이해하고 경험하고 표현하고 싶은 열망과 함께 태어나는 것이다. 파우스트는 그의 선조들과 동시대인들이 빚어낸 오류 덕분에 과학자가 되었다. 과학의 발전은 '반발 작용의 법칙'에 의해 이루어진다. 과학에서의 진보의 걸음걸음은 세상을 지배하고 있는 오류와 거짓된 이론에 대한 반박으로 이루어져 있다. 또한 파우스트는 스승들의 전범(典範)에 영감을 받아 예술가가 되었다. 예술에서의 진보는 '끌림의 법칙'에 의해 이루어진다. 예술에서의 진보의 걸음걸음에는 경애하는 선조들에 대한 모방과 찬탄이 각인되어 있다.

내가 의사이면서 동시에 작가가 될 수 없게끔 가로막고 있는 것은 무엇일까? 나는 그것이 가난이나 방황, 혹은 불안정한 삶이라고는 생각하지 않는다. 도처에서 과장된 구호가 만연하고 있는 지금의 시대정신이 그 원흉이다.

'미래의 새벽'이니 '새로운 세계의 건설'이니 '인류의 등불'이니 하는 구호들……. 그런 구호들을 처음 들으면 '정말로 폭넓고 풍요로운 상상력이야!'라고 생각하게 된다. 하지만 실제로는 상상력이라고는 조금도 들어 있지 않은 저질의 허풍일 뿐이다.

가장 익숙하고 친근한 것이 비범한 천재에 의해 그 모습을 바꾸어 우리 앞에 드러날 때, 오로지 그것만이 진정으로 위대한 것이다. 그런 점에서 푸시킨이 우리에게 가장 좋은 가르침을 준다. 그의 작품들은 정직한 노동, 의무, 일상의 삶에 대한 그 얼마나 위대한 찬가인가! 오늘날 부르주아나 프티 부르주아라는 말은 경멸적인 뜻으로 쓰이고 있다. 하지만 그는 그의 『족보』에서 그런 비아냥거림을 일거에 제압해버린다. 그는 그 시집에서 '나는 부르주아, 나는 부르주아'라고 자신 있게 노래하며 「오네긴의 여행」에서는 다음과 같이 노래한다.

지금 나의 이상은 가정주부
나의 가장 큰 소망은 조용한 생활,
그리고 한 사발의 야챗국 한 그릇

나는 러시아 문학을 통틀어 천진난만한 러시아적 기질을 보여주고 있는 푸시킨과 체호프를 가장 좋아한다. 그들은 인류의 궁극적 목표라든지 인류의 구원 같은 어마어마한 문제에는 겸손할 정도로 과묵했다. 그들이 그런 문제에 대해 고민하지 않아서가 아니었다. 다만 그런 문제에 대해 말하는 것은 허세를 부리는 것 같고 주제넘은 짓 같기 때문이었다. 고골과 톨스토이, 도스토예프스키는 끊임없이 삶의 의미를 묻고 죽음을 준비했으며 삶을 결산했다. 푸시킨과 체호프는 삶을 마감하는 날까지 작가라는 직업에 의해 자신에게 부과된 독특한 과업에 몰두했다. 그리고 그 과업을 충실히 수행하면서 조용히 살았다. 그들은 자신들의 삶과 작품을 다른 그 누구와도 관계없는 사적이고 개인적인 것으로 생각했다. 그리고 그 지극히 개인적인 것들이 모든 사람들과 맺어지게 되었다. 그들의 작품들은 마치 빨갛게 익었을 때 수확하는 사과처럼 스스로 익어가면서 점차 감미롭게 되고 그 의미가 풍성해진다.

6

봄이다. 파종을 준비한다. 일기를 쓸 시간이 없다. 글을 쓸 때는 즐거웠다. 하지만 다음 겨울까지는 멈춰야 한다. 며칠 전에 환자 한 명이 눈이 녹아 진창이 된 마당으로 썰매를 타고 들어섰다. 나는 딱 잘라 진찰을 거절했다.

"나는 진찰을 포기했습니다. 약도 없고 청진기도 없습니다."

하지만 여기까지 어렵게 찾아온 그가 포기할 리 없다.

"제발 도와주세요. 피부병에 걸렸습니다. 선생님, 제발……, 많이 아픕니다."

심장이 돌로 만들어지지 않은 이상 어쩔 수 없지 않은가? 나는 그에게 옷을 벗으라고 했다. 낭창(狼瘡)이었다. 창문턱에 놓인 석탄산 병을 곁눈질하며 나는 환자를 진찰한다. 그것을 비롯해 다른 필수품들이 어디서 났느냐고 묻지 마라. 당연히 안핌이 갖다준 것들이다.

그때 마당으로 또 다른 썰매 한 대가 들어서는 것이 보인다. 처음에는 다른 환자려니 생각했다. 하지만 마치 하늘에서 떨어진 것처럼 이복동생 예브그라프가 나타난 것이다. 토냐와 사샤와 장인어른이 먼저 밖으로 나가 그를 맞았다. 나는 잠시 뒤 환자에게서 풀려난 후에야 합류할 수 있었다.

우리는 그에게 질문세례를 퍼부었다. 어디서 온 거냐, 어떻게 온 거냐, 잘 지내고 있었느냐 등등이었다. 전에도 그랬듯이 그는 조용히 미소만 지을 뿐 답을 피했고 말머리를 돌려 수수께끼 같은 말만 했다.

그는 두 주 정도 머물면서 자주 유리아틴에 다녀오곤 했다. 그러던 어느 날, 마치 땅속으로 꺼져버린 것처럼 사라져버렸다. 그가 머무는 동안 나는 그의 영향력이 안핌보다 클 뿐 아니라 그가 하는 일이나 연줄도 안핌보다 더 안개 속임을 알게 되었다. 대체 무슨 일을 하고 있을까? 어떻게 저렇게 힘이 막강한 걸까? 그는 종적을 감추기 전에 우리 가족에게 여러 가지를 약속했다. 우리 생활이 좀 더 편해져서 토냐가 사샤에게 신경 쓸 수 있는 시간을 가질 수 있게 해주겠다, 내가 진찰을 하고 글을 쓸 수 있도록 도움을 주겠다는 것이었다. 우리는 어떻게 그런 게 가능하냐고 물었다. 그는 미소만 지었을 뿐이다. 하지만 그는 약속을 지켰다. 우리의 생활 형편이 실제로 조금씩 변하는 조짐이 나타난 것이다.

정말로 이상한 일이었다. 그는 나의 이복동생이다. 우리는 성이 같다. 그런데도 나는 그에 대해 아는 것이 거의 없다.

그는 두 번째로 수호신이자 구원자로 내 삶에 들어와 나의 모든 어려움을 해결해 주었다. 아마도 모든 사람들의 삶에는 겉으로 드러난 주역 외에도 비밀스러운 미지의 힘, 거의 상징적인 인물이 존재하면서 부르지 않아도 나타나서 도움을 주는 모양이다. 나의 예브그라프가 그런 숨겨져 있는 은인이 아닐까?

유리 지바고의 일기는 여기서 끊겨 있다. 이후 그는 다시는 일기를 쓰지 않았다.

7

유리 지바고는 유리아틴 시립도서관 열람실에서 빌린 책을 훑어보고 있었다. 창문이 여럿 달려 있고 백 명쯤 들어갈 수 있을 정도로 널찍한 열람실이었다. 지바고는 미쿨리친이 빌려줘서 타고 온 말을 삼데뱌토프 여관 마당에 매어 두고, 오전 내내 책을 읽은 다음 오후가 되면 바르이키노로 돌아가곤 했다.

열람자는 두 부류로 나눌 수 있었다. 한 부류는 이 지역 출신

인텔리겐치아 노인들로서 열람객의 대부분은 그들이었고, 그들 중 다수는 여자였다. 나머지 소수는 일반 서민들로서 그들은 마치 교회에라도 들어오듯 망설이며 조심스럽게 도서관으로 들어섰다.

창문 반대편에 열람실과 분리된 공간이 있었다. 주임사서와 두 명의 조수가 앉아 있는 곳이었다. 열람실과 직원들 사이에는 카운터가 있었다. 직원들은 열람자들 대부분과 마찬가지로 얼굴이 부석부석했으며 어딘가 우울해 보였다.

유리 지바고는 열람실 끝에 앉아 책을 보고 있었다. 지바고 앞에는 이 지역 각종 통계에 관한 책들과 이 지역 민속학에 관한 책들이 놓여 있었다. 지바고는 눈길 한 번 돌리지 않은 채 책에 몰두해 있었다. 시간이 흘러 햇살이 남쪽 벽을 눈부실 정도로 비추자 사서가 일어나 커튼을 쳤다. 그녀는 감기라도 걸렸는지 계속 코를 훌쩍이고 있었다. 그녀가 열 번쯤 콜록거렸을 때 지바고는 그녀의 얼굴을 바라보았다. 그리고 그녀가 바로 안핌이 이야기해준 미쿨리친의 처제임을 알 수 있었다.

고개를 든 지바고는 열람실에 변화가 있는 것을 알 수 있었다. 열람실 반대편에 새로운 열람자가 들어와 앉아 있었던 것이다. 지바고는 그녀가 라라 안티포바임을 한눈에 알아보았다.

그녀는 이쪽에 등을 돌리고 앉아서 그녀에게 몸을 기울이고 있는 사서와 낮은 목소리로 뭔가 속삭이고 있었다. 둘 사이의 대화가 사서에게 좋은 영향을 준 것 같았다. 사서의 코감기가 멈추었을 뿐 아니라 우울하던 기색도 사라지고 얼굴이 밝아진 것이다. 사서는 라라에게 감사의 눈길을 보내며 기쁘게 웃는 얼굴로 자기 자리로 돌아갔다.

이 감동적인 작은 장면이 열람실 여기저기 앉아 있던 사람들 눈에 띄었다. 그들은 미소 지으며 라라를 바라보고 고개를 끄덕였다. 대단치 않아 보이는 일이었지만 라라가 이 도시에서 꽤 알려져 있고 사람들이 그녀를 좋아한다는 것을 지바고는 눈치챌 수 있었다.

8

지바고는 당장이라도 일어나서 그녀에게 말을 걸고 싶었다. 하지만 어딘지 쑥스러워서 선뜻 행동으로 옮길 수 없었다. 과거 그녀와 자신의 관계가 뭔가 단순하지만은 않은 것 같았고 자연스럽지 않은 것 같았다. 그는 그녀를 방해하지 않고 읽던 책을 마저 읽기로 결심했다. 그는 그녀가 있는 곳을 바라보고 싶다는 유혹을 물리치기 위해 의자를 옆으로 돌려 책상과 거의 등을 지다시피 자세를 잡았다. 그는 한 권의 책은 손에 잡고 다른 한 권은 무릎에 놓은 채 책에 집중하려고 애썼다.

하지만 그의 생각은 책으로부터 먼 곳을 헤매고 있었다. 그는 어느 겨울밤 꿈속에서 들려왔던 목소리가 바로 라라의 목소리였음을 갑자기 깨달았다. 그는 옆에 있는 사람이 놀라는 것도 아랑곳하지 않고 그녀를 바라보기 위해 의자를 홱 돌렸다. 그리고 그녀를 바라보기 시작했다.

그는 그녀와 약간 멀리 떨어진 곳에서 그녀의 뒷모습을 바라보았다. 그녀는 밝은색 체크무늬 블라우스를 입고 있었으며 고개를 오른쪽으로 약간 기울인 채 마치 어린아이처럼 책에 완전히 빠져 있었다. 그녀는 가끔 책 읽기를 멈추고 천장이나 자신의 앞쪽을 바라보며 생각에 잠기곤 했다. 그런 후 다시 한 손으로 턱을 괸 채 책을 읽으며 연필로 노트에 뭔가 적기도 했다.

지바고는 오래전에 멜류제예보에서 그녀를 바라보며 느꼈던 것을 다시 확인할 수 있었다.

'누구에게 잘 보이거나 아름답게 보이는 데는 관심이 없어. 여자라면 기본적으로 가지고 있는 속성인데 그걸 무시하고 있어. 아름다운 자신을 스스로 벌주는 것 같군. 그런데 자신에 대한 그 오만한 적의가 오히려 그녀를 열 배 더 고혹적으로 만들어주고 있어. 어쩌면 저렇게 무슨 일이든 자연스럽게 해낼 수 있을까! 독서가 고도의 인간 활동이 아니라 아주 단순한 일, 심지어 동물도 할 수 있는 일인 양 책을 읽고 있어. 마치 물을 긷거나 감자 껍질을 벗기는 것처럼.'

그런 생각을 하는 동안 그의 마음이 진정되었고 평온해졌다. 그는 빙그레 미소 지었다. 라라의 존재 자체가 마치 조금 전에 그녀가 사서에게 미친 것과 같은 영향을 그에게 미친 것이다. 그는 주변 그 어떤 것에도 신경 쓰지 않고 책에 몰입할 수 있었다. 라라가 나타나기 전보다 더 집중이 잘 되는 것 같았다.

그는 이제는 충분하다고 생각하고 책들을 챙겨 데스크에 반납할 준비를 했다. 이렇게 성실하게 공부를 마쳤으니 이제 옛 친구를 만날 자격이 생겼다고, 이제 즐겨도 된다고 아주 스스럼없이, 또한 아무런 저의도 없이 생각했다. 그런데 일어나 열람실 안을 둘러보니 라라 안티포바는 그곳에 없었다.

지바고가 책들을 반납하려고 카운터로 가니 그곳에 라라가 방금 반납한 책들이 놓여 있었다. 모두 마르크스주의 교본들이었다. 교사로 복직하기 전에 자신을 정치적으로 재교육하고 있음이 분명했다.

그 책들 사이에 라라가 작성한 열람 신청서가 삐죽 나와 있었다. 그곳에 라라 안티포바의 주소가 적혀 있었다. 지바고는 그 주소를 베껴 적으면서 그 주소가 정말 이상하다고 생각했다.

상가 거리, 조각상이 있는 집 맞은편

유리는 어떤 열람자에게 주소에 관해 물어보았다. 그러자 그 사람은 유리아틴에서는 번지수 대신 그런 식으로 주소를 표기하는 게 일반적이라고 말했다. 이어서 그 사람은 상가 거리에는 기둥에 여신상과 고대 뮤즈들의 조각상이 새겨진 집이 있으며, 그 집에 인접해 있는 집들은 '조각상이 있는 집'을 기준 주소로 사용한다고 말했다. 지금 그 집은 당 시위원회가 들어가 있으며, 전에는 연극이나 서커스 포스터가 붙곤 하던 그 집 벽에 지금은 정부 법령과 포고문이 게시되어 있다고 그는 알려주었다.

9

5월 초 바람 불고 추운 날 오후였다. 시내에서 볼 일을 마친 유리 지바고는 흘낏 도서관을 한 번 쳐다보고는 계획을 바꿔서 라라 안티포바를 보러 가기로 결심했다. 바람이 모래와 먼지

회오리를 일으켜 그의 길을 가로막았다. 그는 고개를 뒤로 돌리고 눈을 감은 채 먼지바람이 잔잔해질 때까지 기다렸다가 다시 길을 계속하곤 했다.

라라의 집은 주소에 적힌 대로 여인상이 있는 집 맞은편이었다. 그녀의 집에는 두 개의 문이 있었다. 하나는 '상가 거리'로 통하는 정문이었고 다른 하나는 골목으로 통하는 쪽문이었다. 지바고는 정문 입구를 미처 보지 못하고 옆 골목으로 들어섰다. 그가 쪽문 앞에서 안으로 들어가려 하자 바람이 세차게 불어와 마당에 쌓인 쓰레기와 흙이 휘날렸고 그의 시야가 흐려졌다. 흐릿한 가운데 수탉에게 쫓긴 암탉들이 꼬꼬댁거리며 그의 발밑으로 도망쳤다.

먼지가 가라앉자 우물가에 서 있는 라라의 모습이 지바고의 눈에 들어왔다. 물통을 지고 가려던 그녀가 다시 불어닥친 바람 때문에 걸음을 멈추었다. 바람에 그녀의 머릿수건이 암탉들이 꼬꼬댁거리고 있는 담장으로 날아가버렸다.

지바고는 얼른 달려가서 수건을 집어 들고 그녀에게 내밀었다. 그 모습을 보고도 그녀는 표정이 조금도 변하지 않았으며 놀라지도, 당황하지도 않았다. 그녀는 단지 "지바고!"라고만 말했을 뿐이었다.

"라리사 표도로브나!"

"아니, 대체 여긴 어떻게?"

"물동이를 내려놓으세요. 내가 들어다드릴게요."

"저는 하던 일을 도중에 그만두는 법이 없어요. 저를 보러 오신 거라면 함께 가세요."

"그럼 내가 누굴 만나러 왔겠소."

"제가 어떻게 알아요?"

"어쨌든 물동이를 이리 줘요. 당신이 애쓰는 모습을 어찌 보고만 있을 수 있겠소."

"애를 쓴다고요? 괜찮아요. 당신이 들었다가는 계단에 물이나 쏟을걸요. 그보다 무슨 바람이 불어서 왔는지 말씀해보세요. 이곳에 1년 넘게 살면서도 이제껏 코빼기도 안 비췄잖아요."

"그걸 어떻게 알았소?"

"소문이 다 났는데요. 게다가 당신을 도서관에서 봤어요."

"그런데 왜 말을 걸지 않았소?"

"당신이 나를 못 봤다는 말을 하시는 건 아니겠지요?"

흔들리는 물동이 때문에 약간 비틀거리는 라라를 따라 의사는 입구의 나지막한 아치문으로 들어섰다. 그녀는 물동이를 바닥에 내려놓더니 말했다.

"자, 따라오세요. 앞쪽 현관으로 안내할게요. 거기가 훨씬 밝아요. 거기서 좀 기다리세요. 물동이를 비운 뒤 집도 좀 치워야겠어요. 얼마 안 걸릴 거예요."

지바고는 그녀의 뒤를 따라갔다. 정문 현관에서 그녀가 말했다.

"계단이 참 멋지지요? 건물은 낡았지만. 포격에 조금씩 흔들리고 벽에 금이 가기도 해요. 여기 벽돌 틈에 난 구멍 보이지요? 카챠와 나는 외출할 때 열쇠를 이 구멍에 숨겨둬요. 잘 봐두세요. 언젠가 날 찾아왔을 때 내가 없으면 이 열쇠로 열고 들어오세요. 기다리고 계시면 제가 금세 올 테니까요. 자, 여기서 기다리세요."

그녀가 뒷문 쪽으로 사라진 뒤 그는 입구 벽면과 계단을 바라보며 생각했다.

'도서관에서 책을 읽는 그녀를 보며 나는 육체노동에 열중하는 모습과 비슷하게 책 읽기에 몰두해 있다고 생각했지. 그런데 정반대도 사실이로군. 마치 책을 읽듯 힘들이지 않고 아주 가볍게 물을 긷고 있어. 그녀가 하는 모든 일이 경쾌해. 마치 일찍이 어린 시절에 삶을 출발했기에 이제 모든 것을 쉽고 자연스럽게 해낼 수 있는 동력을 지니게 된 것 같아. 허리를 굽혔을 때의 등의 곡선, 웃을 때 약간 벌어지는 입술과 동그랗게 되는

턱, 그녀가 하는 말과 생각 속에도 그런 게 다 들어 있어.'

"지바고 씨!" 그녀가 2층 층계참에 있는 방문 앞에서 소리쳤다. 지바고는 계단을 통해 위로 올라갔다.

10

"자, 제 손을 잡으세요. 가구들이 잔뜩 쌓인 방 두 개를 지나야 해요. 잘못해서 부딪치면 다쳐요."

"정말 그렇군요. 마치 미로 같군요. 왜 이런 거요? 집수리라도 하고 있는 겁니까?"

"아니, 그런 게 아니에요. 남의 건물인데 그 사람이 누구인지는 나도 몰라요. 전에는 학교 관사에서 살았어요. 그런데 학교 건물을 유리아틴 소비에트 주택과에서 접수했어요. 대신 나하고 내 딸 카챠는 이 건물의 일부를 할당받았어요. 이곳에 전 주인의 물건이 그대로 남아 있었기에 이렇게 한곳에 모아 놓은 거예요. 내 손을 놓치면 길을 잃을걸요. 자, 다 왔어요. 이제 미로는 끝났어요. 이게 내 방문이에요."

두 사람은 방으로 들어섰다. 방문 반대쪽 벽에 창문이 하나나 있었다. 지바고는 창밖을 흘낏 바라보았다. 이웃집 건물의 마당이 보였고 강가의 공터가 보였으며 염소와 양들이 풀을 뜯고 있는 모습이 보였다. 그뿐 아니라 '모로와 베트친킨사. 파종 기구. 탈곡 기구'라는 간판도 보였다. 지바고가 화물열차를 타고 이곳으로 올 때 이미 보았던 간판이었다.

간판을 보자 이곳에 처음 도착했을 때 일이 생각나서 지바고는 라라에게 그 이야기를 먼저 꺼냈다. 그는 스트렐리니코프가 그녀의 남편이라는 소문이 돌고 있다는 사실을 깜빡한 채, 열차 안에서 그 군사위원을 만난 이야기를 해주었다. 그 이야기에 라라는 크게 충격을 받은 모양이었다.

"스트렐리니코프를 만났다고요? 지금은 아무 말 않겠어요. 하지만 정말로 놀라운 일이에요. 마치 당신이 그 사람을 운명적으로 만나게 되어 있던 것 같아요. 나중에 다 이야기해 드릴게요. 제 짐작이 맞는다면 그에게서 좋은 인상을 받으신 것 같네요."

"물론이오. 그는 내게 불쾌감을 불러일으키는 것이 당연했소. 우리는 그가 죽음과 파괴로 몰아넣은 곳을 지나고 있었으니까. 나는 잔인한 군인이나 혁명에 사로잡힌 편집광이려니 생각하고 있었소. 그런데 전혀 그렇지 않았소. 사람을 만났을 때 미리 그리고 있던 인물과 다른 모습을 보게 된다는 건 기분 좋은 일이오. 그 사람이 전형적인 사람이 아니라는 것을 확인하는 셈이니까 말이오. 판에 박힌 인물이 된다는 건 한 인간으로서 종말을 보이는 것과 마찬가지요. 어떤 사람을 일정한 범주에 넣을 수 없다는 것은 최소한 그 사람의 일부분은 바람직한 인간상을 지니고 있다는 것을 뜻하지요. 그래야만 자신을 극복하는 사람, 불멸의 씨앗을 간직하고 있는 사람이 될 수 있소."

"그는 비(非)당원이라고 하던데요."

"사실인 것 같소. 그를 그런 사람으로 만든 것은 무엇일까? 바로 운명이오. 나는 그의 최후가 비참하리라고 믿소. 그는 자기가 저지른 죗값을 치르게 될 거요. 법을 마음대로 주무르는 혁명가들이 무서운 것은 그들이 범죄자이기 때문이 아니요. 그들이 통제를 벗어난 기계, 혹은 궤도를 이탈한 열차 같기 때문이오. 스트렐리니코프도 다른 사람들처럼 미쳐 있지만, 그의 광기는 이론으로부터 온 것이 아니라 그가 겪은 시련으로부터 온 것이오. 나는 그의 비밀을 모르지만 분명 무슨 비밀이 있으리라고 확신하오. 그는 단지 우연히 볼셰비키와 결탁했을 뿐이오. 볼셰비키가 그를 필요로 하는 한 그들은 그를 묵인할 것이고 그는 그들과 같은 길을 가게 될 거요. 하지만 그가 필요 없게 되면 그를 가차 없이 내팽개치고 짓밟아버릴 거요. 이미 그런 일을 당한 군사 전문가들이 많다는 것을 우리는 알고 있소."

"정말 그렇게 생각하세요?"

"확신합니다."

"벗어날 길은 없을까요? 도망갈 수는 없나요?"

"어디로 도망가겠습니까? 옛날 같은 제정 시대라면 가능했겠지요. 하지만 지금은 도저히 불가능합니다."

"당신 이야기를 들으니 그가 불쌍해요. 그런데 당신, 많이 변했어요. 전에는 혁명에 대해 좀 더 너그러웠지 지금처럼 격렬하게 비판하지는 않았거든요."

"아주 중요한 지적이오. 모든 일에는 한계가 있기 마련이오. 이쯤 되면 뭔가 확실한 게 성취되었어야 하오. 그런데 혁명을 불러일으킨 자들은 변화와 혼란을 불러일으키는 것 외에는 할 줄 아는 게 아무것도 없다는 것, 그저 세계적 규모 운운할 뿐 그보다 작은 일에서는 전혀 만족할 줄 모른다는 것이 밝혀졌소. 그들에게는 과도기, 새롭게 형성되어가는 세상 그 자체가 목적이오. 그들은 그 외에는 훈련받은 게 아무것도 없고 그것 외에는 아무것도 모르오. 이러한 끝없는 준비가 왜 덧없는지 당신은 아시오? 그 사람들이 아무런 실질적인 재주도 없는 무능한 자들이기 때문이오. 인간은 살기 위해 태어난 것이지 삶을 준비하기 위해 태어난 게 아니오. 삶이란, 삶이라는 현상이란, 삶이라는 선물이란 정말이지 숨이 막힐 정도로 진지한 거요! 그런데 어찌 삶을 이렇게 설익은 환상으로 이루어진 유치한 광대극으로, 아이들의 일시적 탈선행위 같은 것으로 바꿔 버릴 수 있다는 거요? 자, 그만합시다. 이제 내가 물어볼 차례요. 우리는 이곳에 소요가 일어났을 때 도착했어요. 당신도 그 때 이곳에 있었습니까?"

"그럼요. 폭격에, 약탈에 온갖 일이 다 벌어졌지요. 참, 그것 말고 정말로 중요한 이야기를 잊고 있었네요. 갈리울린 말이에요! 체코 군단에서 아주 높은 자리에 있더군요. 아마 사령관 비슷한 건가 봐요."

"나도 들어서 알고 있소. 그 사람을 만난 적이 있소?"

"자주 만났어요. 그 사람 덕분에 얼마나 많은 사람의 목숨을 구해주고 숨겨줄 수 있었는지 몰라요. 정말 고마운 일이에요. 그 사람과 나는 오랜 친구예요. 어릴 때 자주 찾아가곤 했어요. 그 집에는 철도 노동자들이 살고 있었어요. 나는 어려서부터 가난한 사람들을 많이 볼 수 있었어요. 그래서 혁명에 대한 내 생각은 당신과 달라요. 혁명이 내게는 친근해요. 내 속으로부터 공감하고 이해할 수 있는 게 많아요. 그런데 건물 수위의 아들인 갈리울린이 백군의 대령이 되다니! 아니 장군인지도 몰라요. 나는 계급 같은 건 잘 몰라요. 어쨌든……, 그 사람과 나는 많은 사람들을 도와주었어요. 난 자주 그를 만났고요. 우리는 당신 이야기도 했어요. 나는 어떤 정부건 친구도 많고 연줄도 많아요. 그런데 그들 모두에게 슬픔을 느끼기도 하고 실망하기도 해요. 사람들이 둘로 싹 갈라져서 서로 아무런 연관도 없이 지내는 건 싸구려 책에서나 나오는 이야기 아니에요? 실제 삶에서는 모든 것이 다 뒤섞여 있어요! 생애 내내 한 가지 역할만 하고, 사회에서 똑같은 자리를 차지한 채 언제나 똑같은 것만 편드는 그런 가망 없고 보잘것없는 존재가 되어야 한다고 생각하지는 않으시겠지요? 아, 왔니?"

머리를 두 갈래로 땋아 내린 여덟 살쯤 된 여자아이가 들어왔다. 가늘게 뜬 두 눈 사이가 넓고 장난꾸러기처럼 보이는 아이였다. 아이는 지바고의 목소리를 문밖에서 듣고 손님이 와 있다는 것을 미리 알고 있었지만 놀란 척해야 할 필요가 있다고 생각했는지 눈을 동그랗게 뜨고 지바고에게 인사한 다음 그를 빤히 쳐다보았다.

"제 딸 카챠예요. 서로 잘 지냈으면 좋겠어요."

"멜류제예보에서 당신이 저 애 사진을 내게 보여준 적이 있었지요. 정말 몰라보게 컸네!"

"자, 이제 방으로 가거라. 아저씨께 함께 식사하시자고 부탁하려무나. 죽이 준비되면 부를게."

"고맙지만 가봐야 합니다. 내가 시내에 일을 보러 올 때면 6시에 저녁을 들기로 가족들과 약속을 했거든요. 돌아가려면 세 시간이 넘게 걸려요. 거의 네 시간 정도 걸립니다. 그래서 이렇게 일찍 온 겁니다. 이제 곧 돌아가 봐야 합니다."

"30분만 더 계실 수 없으세요?"

"그러겠습니다."

11

"제게 솔직히 말씀해 주셨으니 저도 솔직히 말씀드릴게요. 당신이 만난 스트렐리니코프는 제 남편 파샤예요. 파벨 파블로비치 안티포프. 그 사람이 죽었다는 걸 도저히 믿을 수 없어서 제가 직접 전쟁터로 간 적이 있었어요."

"실은 그다지 놀랍지 않소. 그런 소문을 이미 들었기 때문이오. 다만 그럴 리 없다고 생각했을 뿐이오. 말도 안 되는 소문이라고 생각했기에 그 소문을 무시하고 그 사람 이야기를 당신에게 할 수 있었던 거요. 나는 그 사람을 직접 봤소. 도대체 그 사람을 어떻게 당신과 연결할 수 있겠소? 당신과 그 사람 사이에서 어떻게 공통점을 찾을 수 있겠소?"

"어쨌든 모든 게 사실이에요. 스트렐리니코프는 내 남편 파벨이에요. 저는 사람들 말을 믿어요. 카챠도 그걸 알고 아버지를 자랑스러워해요. 스트렐리니코프는 가명이에요. 거의 모든 혁명가들이 가명을 쓰잖아요. 그 사람도 그럴만한 이유가 있어서 가명으로 살아가면서 활동해야 해요.

그 사람이 유리아틴을 점령하면서 폭격을 퍼부었어요. 우리가 이곳에 있는 줄 빤히 알면서 말이에요. 그리고 우리가 무사한지 알아보려고도 하지 않았어요. 자기 정체를 숨겨야 하니까요. 물론 그게 그 사람의 의무예요. 그 사람이 제 의견을 물어보았더라도 그렇게 하라고 말했을 거예요. 하지만 그 사람이 이곳에 있으면서도 우리를 만나고 싶다는 유혹을 물리친다? 나 같으면 생각도 할 수 없는 일이에요! 상상도 할 수 없는 일이에요. 자연스럽지가 않아요. 그런 건 로마 시대에나 통하는 미덕이에요. 그런데 그런 게 지금 유행하고 있어요. 어쨌든 그는 지금 시베리아에 있어요. 당신 말이 옳아요. 그 사람을 비난하는 이야기를 들을 때마다 피가 얼어붙는 것 같아요. 그 사람은 최전선 부대를 지휘하며 어릴 적 친구이자 함께 독일군과 맞섰던 갈리울린과 싸웠고 그를 물리쳤어요. 갈리울린은 그 사람의 정체를 알고 있고 제가 그 사람 아내인 것도 알아요. 하지만 제게 그 이야기는 한마디도 하지 않을 만큼 섬세한 사람이에요. 스트렐리니코프 이름만 나와도 미칠 만큼 화를 내면서도 말이에요.

그래요. 그 사람은 지금 시베리아에 있어요. 하지만 아주 오랫동안 당신이 그를 만났던 기차 안에 있었어요. 나는 우연히라도 그와 마주쳤으면 하고 바랐어요. 그는 이따금 전에 제헌의회군이 자리 잡고 있던 사령부에 들르곤 했어요. 사령부 입구는 제가 자주 갈리울린을 만나러 가던 바로 그곳이었어요. 사람들을 돕기 위해, 그리고 그 미친 듯한 학살을 그만두라고 그에게 부탁하기 위해 찾아가곤 했던 거예요. 볼셰비키 동조자라고 해서 사람들을 마구 죽이곤 했거든요. 그때부터 유대인 학살도 시작되었어요. 당신이 이곳에 살면서 지적(知的)인 일을 하고 있었다면 그 유대인의 반은 아는 사람이었을 거예요. 그 끔찍하고 야비한 짓이 벌어질 때 우리가 느낀 거라고는 슬픔과 분노와 치욕뿐이었어요. 우리는 비참하게도 분열되어 있었던 거지요. 우리의 연민과 공감이 가슴으로부터 오는 게 아니라 머리로부터 온다는 느낌에 젖어 있었고, 그 위선의 뒷맛을 빼저리게 느끼고 있었지요. 인간을 우상숭배의 굴레에서 해방시켰던 사람들이, 그리고 지금 인간을 불의로부터 해방시키기 위해 헌신하고 있는 많은 사람들이 이제는 그 의미를 잃어버린 구시대의 낡은 명분에 충성을 바치면서 그것으로부터 자기 자신을 해방시키지 못하고 있다는 건 정말 이상한 일이에요. 스스로를 떨치고 일어나, 자기 자신이 세운 종교를 믿는 나머지 사람들, 알고 보면 자신과 다를 게 없는 사람들 속으로 녹아들지 못한다는 건 정말 이상한 일이에요. 물론 박해를 받았기에 이처럼 쓸모없는 파괴적 태도를 행하게 된 것, 결국은 불행만을 낳게 될 수치스럽고 자기 부정적인 고립 상태에 빠지게 된 것은 사실이에요. 하지만 시대가 안으로부터 노쇠했기에, 수세기에 걸쳐 피로해 있었기에 그런 상황이 오게 된 것도 사실이에요. 저는 그들이 어둠 속에서 냉소적인 휘파람을 불어대는 모습이, 그들의 무미건조하고 옹색한 전망, 그들의 소심한 상상력이 싫어요. 늙은이가 늙었다고 한탄하고 병자가 자신의 병을 한탄하는 것하고 똑같아요. 당신은 그렇게 생각하지 않아요?"

"그런 생각은 별로 안 해봤소. 내 친구 미샤 고르돈이 당신과 비슷한 생각을 하는 것 같긴 하오."

"저는 가끔 파벨을 찾아가서 몰래 지켜보았어요. 제정 시대에는 총독이 사무실로 쓰던 곳이었어요. 지금은 문 앞에 '청원국'이라는 팻말이 붙어 있어요. 혹시 보신 적 없으세요? 이 도시에서 가장 아름다운 곳이에요. 보도에 청원자들 여러 명이 줄을 서 있곤 했는데 저도 그중에 끼어 있었어요. 물론 문을 박차고 들어가서 그 사람 아내라고 말하지는 않았어요. 어쨌든 성이 다르잖아요. 감정에 호소한다고 해서 될 일도 아니었지요. 그들의 사고방식은 전혀 다르니까요. 그 사람 부친 파벨 페라폰토비치 안티포프가 노동자였고 정치범으로 유배당했던 것 혹시 아세요? 그분이 지금은 전에 유배 생활을 하던 곳에서 살고 있어요. 여기서 아주 가까워요. 티베르친이라고 아시지요? 그 사람도 그 근처에서 살고 있어요. 두 사람 모두 지방 혁명 재판소에서 근무하고 있어요. 그런데 파벨이 아버지에게 찾아가지도 않고 자신이 누구인지 밝히지도 않았다면 믿으시겠어요? 아버지는 그걸 당연하게 여기고 화를 내지도 않아요. 아들이 신분을 감춰야 한다면 그러는 게 당연하다는 거지요. 그들은 돌로 만들어진 존재들이지 인간이 아니에요. 오직 규율과 원칙만 있을 뿐이지요.

그러니 설사 내가 그 사람 아내라는 사실을 밝혔어도 아무 소용 없었을 거예요. 이런 시국에 아내라는 게 무슨 의미가 있겠어요. 세계의 프롤레타리아, 세상의 개조, 그런 것만 중요하지요! 두 발 달린 아내라는 존재는 벼룩이나 이(蝨)보다 나을 게 없어요!

당신은 그 사람이 우리를 의식하지 않고 있다고, 우리를 사랑하지 않는다고, 우리를 잊었다고 생각하시나요? 그렇지 않아요. 저는 그 사람을 잘 알아요. 저는 그가 진정으로 원하는 게 무엇인지도 알아요. 그리고 바로 우리를 사랑하기 때문에 그런 것을 원하고 있다는 것도 잘 알아요. 그는 빈손으로 우리 앞에 나타나는 것을 스스로 용납할 수 없는 사람이에요. 그는 정복자로서의 명예와 영광을 듬뿍 안은 채 우리 앞에 월계관을 바치고 싶은 거예요. 우리를 불멸의 존재로 만들고 우리를 황홀하게 하고 싶은 거예요. 어린아이처럼!"

카챠가 다시 방으로 들어왔다. 라라는 딸을 번쩍 안아 들더니 놀란 딸을 빙글빙글 돌리며 간지럼을 태우고 키스를 퍼부었다.

12

지바고는 말을 타고 바르이키노로 돌아가고 있었다. 그는 이 시골길을 수도 없이 지나갔었다. 길을 너무 잘 알고 있었기에 아무 생각 없었으며 주의를 기울이지도 않고 있었다.

그는 숲속 갈림길에 이르렀다. 곧바로 가면 바르이키노로 가는 길이었고 다른 쪽은 강변의 어촌 바실리예프스코예로 가는 길이었다. 어느덧 저녁때가 되어 해가 기울고 있었다.

그가 집으로 돌아가지 않고 라라의 집에서 처음으로 하룻밤을 지낸 지 어언 두 달이 지났다. 그는 가족들에게 시내에 늦게까지 볼일이 있어 샴데바토프 여관에서 하루 묵고 왔다고 둘러댔다. 그는 오래전부터 그녀를 '라라'라고 불렀으며 반말을 했다. 그는 토냐를 배신한 것이며 사태는 점점 심각해졌다. 충격적인 일이었으며 있을 수 없는 일이었다.

그는 토냐를 사랑했다. 아니, 거의 숭배하다시피 했다. 그는 그녀의 마음의 평화를 이 세상 그 무엇보다 간절히 원하고 있었다. 그는 그녀의 명예를 지켜야 하는 일이라면 그녀의 아버지, 심지어 그녀보다 더 헌신적이 될 준비가 되어 있었다. 누군가 그녀의 자존심을 건드리면 자신의 손으로 그를 갈기갈기 찢어놓을 준비가 되어 있었다. 그런데 그런 그가 그녀를 욕보이고 있었다.

집으로 돌아오면 그는 죄책감에 시달렸다. 아무것도 모르면서 변함없이 자신에게 사랑과 신뢰를 보내는 가족들 앞에서 그는 괴로웠다. 가족들과 대화를 나누는 도중에 갑자기 죄책감에 사로잡혀 주변의 말이 한마디도 귀에 들어오지 않을 때가 많았다. 또한 식사 도중에 음식이 목에 걸려 숟가락을 내려놓고 접시를 밀어낼 때도 있었다. 그럴 때면 토냐가 당황해서 "왜 그러세요. 시내에 무슨 일이 있었어요? 누가 체포되었나요? 총살이라도 당했나요? 놀라지 않을 테니 말해줘요"라고 말하곤 했다.

라라를 아내보다 더 사랑하기에 이런 일을 저지른 것일까? 아니다. 그는 비교하거나 선택을 한 것이 아니다. '자유연애'니 '사랑의 욕구의 정당함' 같은 개념은 그에게는 없었다. 그런 생각을 한다는 것 자체를 저속하게 여기는 사람이었다. 그는 바람을 피운 적도 없으며 자신에게 무슨 특권이 있는 것처럼 생각해본 적도 없었다. 그는 양심의 가책이 가하는 무게에 짓눌리고 있었다.

'앞으로 어떻게 될까?' 그는 가끔 자문하면서 뭔가 불가능한 일, 예기치 못한 일이 벌어져 이 문제가 해결되기를 바라기도 했다.

하지만 말을 타고 집으로 돌아가고 있는 지금은 달랐다. 그는 더 이상 방황하지 않았다. 그는 이 매듭을 끊어버리리라 결심하고 결연한 표정을 지은 채 집으로 돌아가고 있었다. 모든 것을 토냐에게 고백하고 용서를 빌리라. 라라를 다시는 만나지 않으리라.

그는 그날 오전 라라에게 이제 영원히 그만 만나자고, 토냐에게 모든 것을 고백하겠다고 말했다. 하지만 지금 와서 생각하니 너무 부드럽게 말을 했고 자신의 결심이 충분히 전달되지 않은 것 같다고 그는 느끼고 있었다.

라라는 그런 고백을 하는 지바고의 가슴이 얼마나 쓰린지 충분히 알고 있었다. 그녀는 괴로운 모습을 그에게 보여 그를 고통스럽게 하고 싶지 않았다. 그녀는 될 수 있는 한 평온한 표정으로 그의 말에 귀를 기울였다. 눈물이 그녀의 뺨에 흘러내렸다. 하지만 석상에 흘러내리는 빗물처럼 그녀는 그 눈물을 의식하지 못했다. 그녀는 부드럽게 말했다. 억지로 관대한 모습을 보인 것이 아니라 진심을 담은 말이었다.

"내 걱정은 말고 당신 좋은 대로 하세요. 전 이겨낼 수 있어요."

그녀는 자신이 울고 있다는 것도 모르고 눈물을 닦으려 하지도 않았다.

해가 기울수록 숲속은 점점 더 춥고 어두워졌다. 그는 쉴 새 없이 얼굴과 목에 달라붙는 모기떼를 손으로 때려잡으며 터벅터벅 말을 몰고 있었다. 그때였다. 한 가지 단순한 생각이 그에게 떠올랐다.

'아니, 이렇게 서둘 필요가 어디 있어? 물론 결심을 되돌리지는 않을 것이다. 반드시 고백할 것이다. 하지만 그날이 꼭 오늘이어야 할 필요가 어디 있는가? 다음 기회에 고백을 하리라. 게다가 내 결심이 라라에게 분명히 전달된 것 같지도 않다. 그녀의 마음속에 헛된 기대감을 남겨 놓았을지도 모른다. 그리고 그녀에게 훨씬 더 다정하고 따뜻한 말을 전하고 헤어져야 한다. 그녀의 고통을 덜어줄 수 있는 말을 해주어야 한다. 오, 정말 멋진 생각이다. 왜 진작 이런 생각을 할 수 없었단 말인가!'

라라를 한 번 더 볼 수 있다는 생각에 기쁨으로 그의 가슴이 벅차올랐다. 그는 말머리를 돌렸다. 그는 마음속으로 이미 그녀를 만나고 있었다.

도시 교외의 목재 건물들과 포장도로가 보였다. 그는 그녀의 집을 향하여 말을 달렸다. 교외의 작은 집들이 마치 책장을 한꺼번에 넘길 때처럼 스쳐 지나갔다. 숨이 막힐 정도의 질주였다. 멀리 길 끝에, 비가 그친 뒤 맑게 갠 하늘 아래 빛나고 있는 그녀의 집이 보인다. 그녀의 집으로 가는 길목에 늘어서 있는 작은 집들을 그는 그 얼마나 사랑했던가! 그 집들을 손가락으로 집어 들고 입맞춤을 해주고 싶다. 지붕을 모자처럼 눌러쓴 외눈박이 다락방들! 웅덩이에서 딸기처럼 빛나고 있는 촛불과 등불들! 그리고 하얗게 갈라진 하늘 아래 그녀의 집! 그곳에서 창조주의 손으로 빚은 눈부신 아름다움을 다시 맞이하리라!

검은 옷으로 몸을 감싼 모습이 문을 열 것이다. 그리고 이 세상 그 누구도 알지 못하는, 북쪽 하늘의 백야(白夜)처럼 차가운, 그녀와의 그 친밀한 약속이 마치 어두운 해변가를 달릴 때 저 앞에서 달려 나오는 첫 파도처럼 그를 맞으러 오리라.

그가 말갈기 속에 얼굴을 묻고 질주하고 있을 때였다. 무슨 고함소리가 들렸다. 하지만 그는 환청이리라고 생각했다.

갑자기 아주 가까운 곳에서 총성이 울렸다. 그는 몸을 바로 세우고 고삐를 당겼다. 질주하던 말이 옆걸음질을 치면서 멈추었다.

앞에 갈림길이 있었다. '모로와 베트친킨사. 파종 기구. 탈곡 기구'라는 간판이 저녁 햇살을 받아 반짝거렸다. 무장한 세 사람이 말에 탄 채 그의 앞길을 가로막고 있었다. 한 명은 탄띠를 십자로 두르고 교모를 쓴 소년이었으며 또 한 명은 장교 외투를 입고 카자크 털모자를 쓴 기병, 나머지 한 명은 챙 넓은 사제(司祭) 모자를 깊숙이 눌러 쓰고 가장행렬 복장처럼 기묘한 복장을 한 뚱뚱한 사내였다.

"의사 동무, 움직이지 마시오." 세 명 중 가장 나이가 들어 보이는 카자크 기병이 말했다. "시키는 대로 하면 당신에게 아무런 위해도 가하지 않겠소. 그렇지 않을 경우 당신을 쏴버릴 거요. 우리 부대 소속 의사가 살해되었소. 당신을 의무 노동자로 징집하겠소. 말에서 내리고 고삐는 이 젊은 동무에게 주시오. 명심하시오. 달아나려 한다면 인정사정 봐주지 않겠소."

"당신이 숲속의 동무인가요? 미쿨리친의 아들 리베리입니까?"

"아니오. 나는 수석 연락 장교요."

제10장 숲의 형제들

1

지바고가 빨치산의 포로가 된 지도 어느새 1년이 지났다. 그는 비록 포로의 몸이었지만 그에게 주어진 자유의 한계가 아주 모호했다. 그는 벽에 둘러싸인 방에 갇혀 있는 것이 아니었다. 아무도 그를 감시하지 않았고 그의 행동을 지켜보지도 않았다. 빨치산 부대는 끊임없이 이동했고 지바고도 그들과 함께 이동했다. 빨치산 부대는 마을과 정착지를 지나갈 때 지방 주민들과 별도로 생활하지 않았다. 그들과 함께 뒤섞였고 그들에게 녹아들었다.

겉보기에 지바고는 포로 상태가 아니고 자유로운 몸처럼 보였고 그 자신이 스스로 그 자유로움을 누리지 못하고 있는 것처럼 보였다. 그의 예속 상태는 마치 일반적인 삶 속에서 우리가 느끼는 눈에 보이지도 않고 만질 수도 없는 다양한 형태의 강제력의 지배를 받는 것과 비슷했다. 그것은 실제로는 존재하지 않으며 오로지 우리의 상상력이 빚어낸 허구이며 망상처럼 보이기도 한다. 지바고도 비록 족쇄와 쇠사슬을 차거나 감시를 당하고 있지는 않았지만 그런 눈에 보이지 않는 예속 상태에 놓여 있었다.

그는 세 번이나 탈출을 시도했다가 번번이 실패로 끝났다. 그는 아무 처벌도 받지 않았지만 그 행동은 불장난과 다름없었다. 그는 다시는 탈출을 시도하지 않았다. 빨치산 대장 리베리 미쿨리친은 지바고를 좋아했다. 그는 그와 함께 있는 것을 좋아해서 같은 막사에서 함께 잠을 자게 했다. 지바고는 이 강요된 친분 관계가 거북하기 짝이 없었다.

2

이 기간 동안 빨치산은 계속 동쪽으로 이동했다. 그 움직임은 콜차크군을 서부 시베리아로부터 몰아내기 위한 총공격 작전의 일환이었다. 때로는 백군이 배후에서 공격을 가해 오거나 포위를 시도했기에 동쪽을 향한 행군이 중단되고 뒤로 물러설

때도 있었다. 지바고는 꽤 오랫동안 그러한 움직임의 자세한 내용을 이해하지 못했다.

이동은 도로와 평행으로 행해지기도 했고 때로는 도로 자체를 이용하기도 했다. 도로변의 마을과 작은 도시들은 전쟁 상황에 따라 때로는 적군(赤軍)의 수중에 때로는 백군 수중에 놓였다. 하지만 겉으로 보아서는 어느 편 수중에 놓여 있는지 알 수 없는 경우가 대부분이었다.

농민군이 마을이나 작은 도시를 지나갈 때면 그들을 제외한 마을과 도시의 모든 것들은 무의미 속으로 가라앉았다. 길 양옆의 집들은 마치 땅속으로 움츠러든 것 같았으며 진흙탕 속을 지나가는 기병과 말들, 총들, 저격병들이 집들보다 높이 우뚝 솟아있는 것 같았다.

비가 내리는 우중충한 날이면 세상은 오로지 두 가지 색만 띠고 있는 것 같았다. 빛을 받고 있는 곳은 하얗게 보였고 나머지는 온통 검은색이었다. 지바고의 기분도 그와 똑같이 음울한 두 가지 색조에 물들어 있었을 뿐, 그 확연한 대조를 완화시켜주는 그 어떤 중간색도 존재하지 않았다. 군대들의 잦은 이동에 의해 엉망이 된 도로는 그저 진흙으로 이루어진 강이라고 하는 것이 옳았다. 그 때문에 부대원들은 도로를 이용하지 못하고 집들과 가까이 붙어서 수백 미터를 돌아가야만 하는 경우가 많았다.

어느 날 그런 작은 도시 중 하나인 파친스키 시에서 지바고는 영국제 의약품을 전리품으로 접수하라는 명령을 받았다. 백군 지휘관인 카페리 휘하의 부대가 퇴각하면서 남기고 간 것이었다. 그런 상황 속에서 지바고는 뜻밖의 사람을 만났다. 모스크바로부터 유리아틴으로 올 때 열차에 동행했던 차구노바였다. 그녀는 프로호르, 바샤, 오그르이즈코바 및 호송병과 함께 열차에서 도망쳤었다.

그녀가 먼저 그를 알아보았다. 지바고는 길 저편에서 자신을 바라보는 그녀의 모습을 보고도 한참 동안 누구인지 알아보지 못했다. 그녀는 만일 그가 자신을 알아보면 당장이라도 인사할 태세가 되어 있지만 그렇지 않다면 그냥 지나쳐버릴 것 같은 표정이었다.

마침내 지바고가 그녀를 기억해냈다. 그와 함께 사람들이 빼곡하게 들어차 있던 화물차, 강제 노역으로 동원되어 가던 사람들, 호송병들, 땋은 머리를 가슴까지 늘어뜨리고 있던 여자의 모습, 자기 가족들의 모습이 되살아났다. 3년 전 가족들과 함께 했던 여행의 세부 모습들과 함께 지금 그가 그토록 그리워하고 있는 사랑하는 가족들의 얼굴이 생생하게 되살아난 것이다.

그가 그녀에게 고개를 끄덕이며 기다리라고 손짓한 후 진흙탕 길을 조심스럽게 건너 그녀에게 갔다.

차구노바는 지난 2년간 벌어졌던 많은 일에 대해 그에게 이야기해주었다. 그녀는 함께 도망쳤던 나머지 사람들의 소식은 모르고 있었지만 불법으로 강제 노역에 징집되었던 잘생긴 어린 소년 바샤에 대한 이야기는 비교적 소상하게 들려주었다. 그녀는 베레텐니키 마을에 있는 바샤의 집에서 그의 어머니와 함께 잘 지냈다. 하지만 외지인인 그녀에 대한 마을 사람들의 시선이 곱지 않았다. 게다가 바샤와 그녀가 그렇고 그런 사이라는 엉뚱한 소문까지 나돌았다. 그녀는 끝내 제 발로 그곳을 떠나야 했다. 그녀는 크레스토보즈드비젠스크 시에 살고 있는 언니를 찾아갔다. 그런데 누군가 이웃에서 프로호르를 보았다는 소문을 듣고 여기까지 온 것이었다. 헛소문이었지만 그녀는 이 작은 도시에 일자리를 얻고 눌러앉았다.

그사이 그녀의 지인들에게 불행이 닥쳤다. 베레텐니키 마을은 식량 징발을 거부했다는 이유로 마을 전체가 보복을 받았다. 바샤의 집이 불타버리고 가족 중 누군가 죽었다는 것이었다. 또한 크레스토보즈드비젠스크의 집과 재산이 몰수되었고 형부는 투옥되었다가 총살되었다는 소식이었다. 언니는 이웃 마을 먼 친척의 집에 몸을 의탁하고 허드렛일을 하며 살아가고 있었다.

우연히도 차구노바는 지바고가 의약품을 징발할 작정인 파진스크 약국에서 점원으로 일하고 있었다. 차구노바를 비롯해 약국에 딸린 식솔들은 모두 파멸에 이를 참이었다. 하지만 지바고에게는 그 징발을 멈추게 할 권한이 없었다. 차구노바는 약품 징발에 입회했다.

지바고의 짐마차는 약국 뒤에 대기하고 있었다. 창고 안에서 약품을 담은 부대들, 상자들과 병들이 밖으로 운반되어 나왔다.

약국 종업원들이 슬픈 눈으로 그 작업을 바라보고 있었으며 그들의 그런 감정은 마구간에 매어져 있는 비쩍 마른 말에게도 전염된 듯, 말도 슬픈 표정이었다. 비 내리는 하루도 서서히 저물어가고 있었다. 하늘이 약간 맑아졌다. 구름 사이로 칙칙한 청동 햇살이 마당을 비추자 질척한 분뇨가 쌓인 웅덩이가 드러났다.

부대는 깊은 물웅덩이를 피하면서 길을 따라 이동했다. 압수한 의약품 중에서 코카인이 한 통 발견되었다. 빨치산 부대장은 그 무렵 코카인에 중독되어 있었다.

3

부대에서 지바고가 할 일은 태산 같았다. 겨울에는 티푸스가 발생했고 여름에는 이질이 극성을 부렸으며 무엇보다 새로운 전투가 있을 때마다 부상병들이 늘어났다. 빨치산 부대는 잦은 패배와 퇴각에도 불구하고 그 숫자가 점점 불어났다. 그들이 통과하는 지역마다 새로운 가담자가 발생했고 적(敵) 진영에서 탈주하는 자들이 계속 가세했던 것이다. 지바고가 빨치산과 함께 지냈던 1년 반 사이에 병력은 열 배로 불어났다.

지바고에게는 새롭게 유입된 몇 명의 젊은 인턴과 두 명의 조수가 딸려 있었다. 그중 한 명은 헝가리인 공산당원으로서 오스트리아 전투에서 의사로 일하다가 포로가 된 케레니 라이오시였고 다른 한 명 역시 오스트리아군 포로로서 크로아티아인 안겔랴르였다. 안겔랴르는 정식 의학 수련을 받은 여자로서 지바고 밑에서 간호장 역할을 담당하고 있었다. 지바고는 라이오시와는 독일어로 소통했으며 안겔랴르와는 그럭저럭 러시아어로 소통할 수 있었다.

4

국제 적십자 협약에 따르면 군의와 위생병은 전투에 참가하지 못하게 되어 있었다. 하지만 지바고는 딱 한 번 그 규약을 어겼다. 전투가 벌어졌을 때 그도 들판에 있었고 병사들의 운명과 함께 하며 자기방어를 위해 응사하지 않을 수 없었던 것이다.

그는 숲 가장자리 최전선에서 병사들과 함께 적들의 사격을 받고 있었다. 그는 부대 통신병 바로 옆에서 바닥에 엎드려 있었다. 뒤에는 숲이 있었고 앞은 활짝 열린 들판이었다. 그 들판을 통해 백군이 공격해 오고 있었다.

백군은 얼굴을 똑똑히 알아볼 수 있을 정도로 가까이 있었다. 수도의 시민 출신 자원병 소년들, 동원된 예비군 병사들이었다. 하지만 대부분은 젊은이들이었다. 그들은 대학 신입생, 혹은 고등학교 마지막 학년 학생들이었다.

물론 지바고는 그들 가운데 아는 사람이 한 명도 없었다. 하지만 그들 중 절반가량은 낯이 익은 것 같았다. 그들 중 몇몇이 옛날 학우들을 상기시켰고 마치 그들의 동생들처럼 보였던 것이다. 또한 다른 사람들은 전에 극장이나 한길에서 만났던 사람 같았다. 그들의 풍부한 표정에 잘생긴 얼굴들은 자기와 동류에 속하는 사람들의 얼굴 바로 그것이었다. 나름대로 의무감과 애국심에 고취된 그들은 거의 정신없을 정도로 막무가내의 열정과 용기를 보여주고 있었다. 그들은 산개(散開)대형으로 마치 정규군처럼 질서정연하게 전진해 왔다. 그들은 몸을 숨길만한 요철도 무시했으며 뛰거나 바닥에 엎드리지도 않고 꼿꼿한 자세를 유지하고 있었다. 빨치산의 총알이 그들을 우수수 쓰러뜨렸다.

빨치산은 실탄에 한계가 있어서 가까운 거리의 적이나 확실하게 목표를 겨냥할 수 있을 때만 쏘라는 명령을 하달받은 상태였다.

지바고에게는 총이 없었다. 그는 풀 위에 엎드려 전투 장면을 지켜보고 있었다. 그의 마음은 영웅적으로 죽어가는 젊은이들을 향한 공감과 연민으로 온통 가득 차 있었다. 그는 그들이 이기기를 진정으로 원하고 있었다. 그들은 아마도 정신이나, 교육, 도덕적 가르침이나 가치를 자신과 공유하고 있을 터였다.

그는 지금이라도 벌떡 일어나 그들에게 달려가 항복하고 구조되고 싶었다. 하지만 그것은 위험했다. 너무나 위험했다. 손을 들고 달려가는 동안 양 진영으로부터 머리나 가슴 혹은 등에 총을 맞게 될 것이다. 빨치산들은 배반자를 응징하기 위해 총을 쏠 것이며 백군은 그의 의도를 오해하고 총을 쏠 것이다. 그는 이미 여러 번 비슷한 상황에서 모든 가능성을 요모조모

따져본 적이 있었다. 그리고 그런 식의 탈출은 불가능하다는 생각에 포기했었다. 그는 지금도 그런 모순되는 감정을 가라앉힌 채 풀밭에 엎드려 있었다.

하지만 그와 동시에 그는 다른 감정에도 시달리고 있었다. 주변에서 온통 피비린내 나는 전투가 벌어지고 있는데 아무것도 하지 않고 수동적인 자세로 바라만 보고 있는 것은 인간의 한계를 넘어서는 일이었다. 무의식적으로라도 무슨 행동이든 해야만 했다. 중요한 것은 그를 포로로 잡고 있는 부대에 충성하거나 자신의 목숨을 방어하는 것이 아니었다. 지금 눈앞에서 벌어지고 있는 사태의 추이를 따르느냐 아니냐, 주변을 지배하고 있는 법칙에 따르느냐 아니냐의 문제였다. 국외자로 남는 것은 규칙에 벗어나는 것이었다. 전투는 계속되고 있었다. 그와 그의 동료들이 사격의 표적이 되고 있었다. 그도 다른 사람들처럼 응사해야만 했다.

곁에 있던 통신병이 갑자기 몸을 부르르 떨더니 쭉 뻗어버렸다. 그는 그에게로 기어가 탄통과 소총을 집어 들었다. 그는 자기 자리로 돌아와 사격을 시작했다.

하지만 그는 차마 자신이 공감을 느끼는 젊은이들을 겨눌 수 없었다. 그렇다고 허공에 대고 총을 쏘는 것은 어리석은 짓이었다. 그는 벌판 한복판에 있는 불타버린 나무를 겨냥한 뒤, 자신과 타깃 사이에 아무도 없는 것을 확인하고 총을 발사했다. 그는 죽은 나무 주위의 말라비틀어진 가지를 향해 총을 계속 쏘았다.

그런데 오오! 그가 사람을 맞추지 않으려고 그토록 조심을 했건만 이따금 젊은 병사들이 그의 사선(射線)으로 갑자기 뛰어드는 일이 있었고 결국 두 명에게 부상을 입히게 되었다. 그중 나무 가까이 쓰러진 사람은 목숨을 잃은 것 같았다.

마침내 백군 사령관이 무모한 공격이라고 판단하고 퇴각을 명령했다. 빨치산은 소수였다. 주력 부대는 행군 중이었고 그중 일부는 조금 떨어진 곳에서 적의 대부대와 교전하며 측방으로 후퇴하고 있었다. 빨치산은 자신들이 소수 병력임을 들키지 않으려고 퇴각하는 백군을 추격하지 않았다.

간호장 안겔랴르가 두 명의 위생병과 함께 지바고에게 왔다. 지바고는 부상병들을 그들에게 맡기고 통신병에게로 갔다. 혹시 목숨이 붙어 있는지 살펴보기 위해서였다. 하지만 그는 이미 숨을 거둔 뒤였다.

전사자의 목에는 부적이 들어 있는 주머니가 매달려 있었고 그 안에는 반쯤 넝마가 된 쪽지가 들어 있었다. 지바고는 그것을 펼쳐 보았다. 구약의 시편 90편에서 발췌한 글이 적혀 있었다. 병사들에게 시편의 그 구절은 생명을 보호해주는 부적으로 알려져 있었다.

지바고는 통신병 곁을 떠나 자신이 쏜 총알에 맞아 죽은 것이 분명한 백군 병사가 쓰러져 있는 곳으로 달려갔다. 소년의 잘생긴 얼굴에는 순진함이 뚜렷하게 드러나 있었으며 모든 것을 용서하는 듯한 고뇌의 표정이 나타나 있었다.

'내가 도대체 왜 그를 죽인 걸까?' 지바고는 생각했다.

그는 소년의 외투 단추를 풀고 앞자락을 펼쳤다. 안감에는 그 누군가의 섬세한 손길로—어머니의 손길이 분명하리라—그의 이름이 수놓아져 있었다. 세료자 란세비치.

세료자의 셔츠 깃에는 사슬에 달린 십자가와 목걸이가 걸려 있었고 뭔가 납작한 케이스 같은 것이 망가진 모습으로 딸려 나왔다. 지바고가 뚜껑을 열자 그 안에서 쪽지가 나왔다. 쪽지를 열어본 지바고는 자신의 눈을 의심했다. 거기서도 구약의 시편 90편이 나온 것이다. 서로 총부리를 겨누고 있던 두 젊은이에게서 똑같은 부적이 나온 것이다.

그때였다. 세료자가 신음 소리를 내며 몸을 꿈틀했다. 그는 살아있었다. 나중에 안 일이지만 그는 가벼운 내상을 입고 잠시 실신한 것이었다. 총알이 어머니에게서 받은 부적 뚜껑을 맞추었고 그는 그 덕분에 목숨을 건진 것이다. 하지만 이렇게 의식을 잃고 쓰러져 있는 사람을 어떻게 할 것인가? 당시 전쟁의 잔악함이 극에 달해 있었기에 포로는 생존한 채 사령부까지 끌려가는 법이 없었으며 적의 부상병은 들판에서 즉결 처분해 버렸다.

그때 지바고에게 묘안이 떠올랐다. 당시 빨치산 병력은 무척 유동적이었다. 적(敵)군으로 도망간 병사들도 있었고 반대로 적군이 도망쳐서 우군이 되기도 했다. 만일 비밀만 굳게 지킬 수 있다면 세료자를 최근에 입대한 신참으로 위장시킬 수 있으리라.

지바고는 안겔랴르의 도움을 받아 전사한 통신병의 윗도리를 벗긴 다음 그것을 아직 의식을 회복하지 못한 소년병에게 갈아 입혔다. 지바고는 안겔랴르를 절대적으로 신뢰하고 있었다.

그와 안겔랴르는 세료자가 건강을 회복할 때까지 돌보았다. 그는 건강을 회복하자 콜차크군으로 돌아가 적군(赤軍)과 싸움을 계속하겠다는 뜻을 그들에게 감추지 않았다. 그들은 그를 놓아주었다.

5

가을이 되자 빨치산 부대는 '여우의 숲'을 본거지로 정했다. 높은 언덕 위에 있는 작은 숲으로 그 기슭은 삼면이 강으로 둘러싸여 있었다.

그곳은 작년에 백군이 겨울을 보낸 곳으로서 그들은 이웃 마을 사람들의 도움으로 참호를 파서 요새로 만들었다. 하지만 봄이 되자 그들은 요새를 파괴하지 않은 채 그곳을 떠났다. 그들이 만들어놓은 참호와 요새를 이제 빨치산이 이용했다.

지바고는 리베리와 같은 참호에서 지냈다. 그는 내리 이틀 밤이나 이야기를 나누자며 지바고의 잠을 방해했다.

"아버지께서 지금 어떻게 지내시는지 궁금해요. 나는 아버지를 존경합니다."

'어휴, 이런 어릿광대짓을 더 이상 못 참겠군.' 지바고는 한숨을 내쉬며 생각했다. '아버지를 쏙 빼닮았어.'

"이제까지의 이야기로 보면 당신은 아버지에 대해 잘 알고 있어요. 내 생각에 당신은 아버지에 대해 별로 나쁘게 생각하는 것 같지 않군요. 어떻습니까, 의사 동무?"

"리베리 대장, 내일이면 예비 선거 집회가 있어요. 또 보드카 밀조에 대한 재판도 코앞에 있어요. 나하고 라이오시는 아직 자료를 다 준비하지 못했어요. 게다가 나는 이틀 동안이나 잠을 자지 못했습니다. 이야기는 나중에 합시다. 제발 잠 좀 자게 해주세요."

"어쨌든 그 노인을 어떻게 생각하는지 이야기 좀 해보세요."

"우선 당신 부친은 아직 한창 젊어요. 당신이 왜 그런 식으로 노인 운운하는지 모르겠소. 좋아요, 말해주지요. 당신에게 가끔 말했듯이 나는 다양한 종류의 사회주의 간의 차이를 잘 모릅니다. 볼셰비키와 다른 사회주의 사이의 차이에 대해서도 모르겠고요. 당신 부친은 최근 러시아의 혼란과 소요에 대해 책임을 져야 할 사람 중의 한 명입니다. 그는 혁명적인 인물의 전형이고 혁명적 성격의 소유자입니다. 당신과 마찬가지로 그는 러시아를 들끓게 하고 있는 원칙을 대표하고 있습니다."

"칭찬하는 겁니까, 아니면 비난하는 겁니까?"

"다시 말하지만 제발 이런 식의 논의는 다음번 언젠가 적당한 기회로 미룹시다. 그보다는 당신에게 코카인 남용을 조심하라고 충고하고 싶습니다. 당신은 내 책임하에 있는 물품을 마음대로 가져가고 있습니다. 당신은 그것이 다른 목적을 위해 긴요하게 사용되어야 한다는 것도 알고 있고 그것이 독이라는 것도 알고 있습니다. 나는 당신의 건강에 대해 책임이 있습니다."

"당신은 어젯밤에도 마르크시즘 연구회에 불참했어요. 당신의 그 흐릿한 사회의식은 무식한 농부 아낙네나 완고한 부르주아와 다를 바 없어요. 그런데 당신은 의사이면서 책도 많이 읽고 글도 쓰는 것으로 알고 있습니다. 그걸 어떻게 설명할 수 있겠습니까?"

"설명할 것 아무것도 없습니다. 분명 모순되는 짓이겠지요. 하지만 어쩔 수 없어요. 그냥 안됐구나, 라고 생각하면 됩니다."

"겸손한 척 비웃고 있군요. 그런 식으로 빈정거리지 말고 우리가 연구회에서 무엇을 하고 있는지 이해하려 애쓰도록 하세요. 그러면 그렇게 거드름을 피우지 않게 될 겁니다."

"맙소사, 리베리 대장! 나는 거드름을 피우는 게 아닙니다. 나는 당신의 교육 활동을 대단히 존중해요. 당신이 돌린 회람을 봤어요. 병사들의 정신을 향상시키기 위한 당신의 아이디어도 잘 알고 있습니다. 아주 훌륭해요. 병사들이 동료들, 약자들, 의지할 데 없는 자들, 여성들을 대할 때의 태도가 어떠해야 하는지에 대해, 또한 명예와 순결에 대해 당신이 한 말은 거의 두호보르(18세기 중반 러시아 남부에서 일어난 종교 종파-옮긴이 주)의 가르침과 비슷해요. 내가 진심으로 받아들이고 있는 톨스토이주의 정신을 담뿍 담고 있지요. 내 젊은 시절에도 온통 보다 나은 삶을 향한 그러한 열망으로 가득 차 있었습니다. 그런 내가 어찌 비웃음을 흘릴 수 있겠소?

하지만 우선 나는 10월 혁명 이래 등장한 사회 개량이라는 개념에 더 이상 열광하지 않아요. 게다가 그것이 실현되려면 아직 까마득한데 그저 이런저런 말들 때문에 이토록 엄청난 피의 대가를 치렀어요. 나는 절대로 목적이 수단을 정당화한다고는 믿지 않아요. 마지막으로, 이게 가장 중요한 건데, 삶의 개조라는 말만 들어도 나는 자제력을 잃고 절망에 빠져버립니다.

삶의 개조라! 그런 것을 입에 담는 사람은 삶에 대해서는 아무것도 모르는 사람입니다. 삶의 숨결을 느껴본 적도 없고 삶의 심장이 뛰는 소리를 들어본 적이 없는 사람입니다. 제아무리 경험이 많고 많은 일을 했더라도 마찬가지입니다. 그런 사람들은 삶을 마치 아직 그들의 손길에 의해 고상해질 수 있는, 아직 그들의 손에 의해 정제 과정을 거치지 않은 원자재처럼 생각합니다. 하지만 이제까지 삶이 원자재였거나 주조해야 할 물질이었던 적은 한 번도 없어요. 삶 그 자체는, 알겠어요? 자기 갱신의 원칙입니다. 삶은 스스로 끊임없이 새로워지고 영원히 새롭게 형성하면서 변화하는 것입니다. 삶은 당신이나 나 같은 사람의 어리석은 이론을 훨씬 뛰어넘는 겁니다."

"하지만 당신이 우리 모임에 나와서 엄청나게 훌륭한 사람들을 만나게 되면 그렇게 기분이 처져 있지는 않을 겁니다. 당신이 왜 그런 기분에 빠져 있는지 나는 잘 알아요. 우리가 지금 당하는 것 같고 당장 승리가 손에 쥐어지지 않으니 그런 거지요. 하지만 두고 보세요. 우리는 이깁니다. 자, 기운 내세요."

'이건 완전히 소귀에 경 읽기로군.' 의사는 생각했다. '어쩌면 저렇게 사람이 둔하고 유치할 수 있을까! 우리의 의견이 정반대임을 그렇게 힘들여 말했는데도……. 아니, 나를 강제로 억류하고 있으면서 자기네들 계획에 차질이 와서 내가 낙담하고 있다고? 그의 희망이 내게 용기를 불러일으킬 거라고? 어떻게 이 정도로 맹목적일 수가 있지? 이 우주의 운명이 혁명의 승리보다 중요하지 않다 이거로군.'

지바고는 얼굴을 찌푸렸다. 리베리의 유치함에 화가 치솟았음을 감추려고도 하지 않았다. 리베리도 그것을 눈치챘다.

"주피터여, 그대가 화가 났다면 그대가 틀린 것이로다." 리베리가 말했다.

지바고는 거의 폭발 지경에 이르렀다.

"이제 정말 그런 말은 지겹소. 당신들이 러시아 해방자이고 등불이라는 건 인정한다고 칩시다. 당신들이 없다면 러시아가

길을 잃고 비참과 무지에 빠지리라는 걸 인정한다고 칩시다. 그렇더라도 제길, 나는 당신들 누구의 편도 아니오. 당신들을 절대로 좋아하지 않소! 꺼져버리라고 말하고 싶소! 당신네들은 속담을 좋아하지. 하지만 한 가지는 잊고 있소. '말을 물가로 끌고 갈 수는 있지만 억지로 물을 먹일 수는 없다'라는 속담 말이오. 자유를 원하지도 않던 사람들을 해방시키고 그들에게 행복을 가져다주었다고 잔뜩 생색이나 내고 있소. 분명히 내게도 이 캠프보다 더 좋은 곳은 없다고, 이곳 사람들보다 더 좋은 사람들은 없다고 설득하고 싶겠지. 나를 포로로 잡아 놓고는 나를 내 아내, 내 아들, 내 가정, 내 일로부터, 또한 내가 가장 사랑하는 모든 것들, 삶을 살만한 것으로 만들어주는 모든 것들로부터 해방시켜주었으니 당신들에게 감사하라고 말하겠지!

어느 부대인지 모르는 부대가—러시아 군대는 아니라고 하오—바르이키노를 습격했다는 소문이 돌고 있소. 마을이 파괴될 대로 파괴되었고 약탈을 당할 대로 당했다는 소문이오. 당신 가족과 내 가족은 무사히 도망간 모양이오. 무슨 신화에서나 나옴직한 괴물이 강을 건너와 마을 사람들을 조용히 모두 도륙한 뒤 다시 강을 건넜다는 소문이오. 당신은 뭔가 들은 게 없소? 그게 사실이오?"

"말도 안 돼요! 뜬소문일 뿐입니다."

"만일 당신이 병사들 앞에서 잔뜩 찬양했던 그런 친절하고 너그러운 사람이라면 나를 놓아줄 수 없겠소? 내 가족을 찾으러 가겠소. 그들이 어디 있는지도 모르고 살아 있는지 죽었는지도 모르오. 그럴 수 없다면 제발 입 다물고 나를 내버려 두시오. 가족 일 외에는 아무것도 관심이 없고 당신이 무슨 말을 하건 대답도 않겠소. 마지막으로 하는 말이지만, 제길, 내게도 잠을 잘 권리 정도는 있지 않소?"

지바고는 얼굴을 베개에 묻고 엎드렸다. 하지만 리베리는 막무가내였다. 그는 마치 지바고를 안심시키려는 듯 봄까지는 꼭 백군을 격멸시킬 것이다, 그렇게 되면 자유와 평화가 찾아올 것이고 그때는 의사를 아무도 붙잡아 두지 않을 것이다, 이제까지 희생을 치렀으니 조금만 더 견디자, 지금은 의사의 안전이 걱정되어서라도 혼자 보내줄 수 없다, 라고 주저리주저리 늘어놓았다.

'제길, 축음기를 틀어놓은 것 같군.' 지바고는 한숨을 내쉬며 이를 갈았다. '저렇게 같은 말만 계속 늘어놓는 게 부끄럽지도 않나? 저놈의 코카인 중독자는 제 귀에 들리는 자기 말에 질리지도 않나? 밤낮이고 같은 말을 지껄여대니 말이야. 제길, 정말 지긋지긋한 놈이야. 정말이지 이러다가는 언젠가 저놈을 죽여 버리게 될지도 몰라. 오, 내 사랑 토냐! 불쌍한 내 아들! 그리고 아버님! 어디들 있나요? 살아 있기는 한가요? 오, 틀림없이 오래전에 아이를 낳았을 텐데. 무사히 출산은 했을까? 아들일까, 딸일까? 토냐, 영원히 나를 비난할 사람이여! 라라, 그대의 이름을 부르기조차 두렵구려. 내 삶 전체가 숨을 헐떡이는 것 같아. 오, 맙소사, 저 감정이라고는 없는 짐승 놈은 지치지도 않고 계속 떠벌이고 있군! 언젠가 도저히 참지 못하고 저놈을 죽일 거야. 죽이고 말 거야.'

6

'인디언 서머'라고 불리는 초가을이 지나가고 있었다. 황금빛의 맑게 갠 날들이 이어졌다. '여우의 숲'의 서쪽 끝에 백군들이 세운 작은 목조 요새가 작은 탑처럼 땅 위에 우뚝 서 있었다. 지바고는 그곳에서 조수인 라이오시 의사와 만날 약속이 되어 있었다. 여러 가지 의논할 일이 있었던 것이다. 그는 제시간에 도착해서 동료를 기다렸다.

지바고는 라이오시를 기다리는 동안 부서진 참호 주변을 어슬렁거리다가 망루에 올라가 기관총 총안을 통해 강 건너 멀리

숲을 바라보았다. 가을이 되어 이미 침엽수와 활엽수림의 경계가 또렷이 드러나 있었다. 거의 검은색으로 보이는 어두운 침엽수들 사이에서 활엽수들이 불꽃처럼 타오르고 있었다. 마치 울창한 숲속에 성채와 황금빛 망루가 서 있는 고대도시를 방불케 했다.

의사의 발아래 참호 속과 숲길 수레바퀴 자국 속에는 마치 낫으로 베어낸 것처럼 바싹 마른 잎사귀들이 잔뜩 덮여 있었다. 갈색의 잎에서 씁쌀한 향기가 풍겼고 다른 모든 것들도 가을 향기를 내뿜고 있었다. 지바고는 가슴을 활짝 열고 서리를 맞은 사과 향, 씁쓰름한 마른 가지의 향기, 달콤한 대지의 습기, 마치 방금 꺼진 모닥불 연기에서 풍기는 듯한 푸른 9월의 향기를 흠뻑 들이마셨다.

그는 라이오시가 바로 등 뒤에 다가온 것도 모르고 있었다.

"안녕하세요, 선생님." 라이오시가 독일어로 인사했다. 두 사람은 곧장 본론으로 들어갔다.

먼저 지바고가 입을 열었다.

"세 가지 의논할 게 있소. 보드카 밀조자들에 대한 군법회의가 첫 번째 문제요. 다음으로는 야전병원과 약국 정리 문제이고 마지막으로 이건 순전히 내 제안인데, 정신적 질환에 대한 진료에 대해 의논하고 싶소. 당신이 동의할지는 모르겠지만 내가 살펴본 바로는 우리들은 조금씩 미쳐가고 있소. 이런 종류의 현대 질병이 전염병처럼 번지고 있소."

"매우 흥미로운 문제로군요. 하지만 그 문제는 좀 이따가 이야기하지요. 우선 다른 말씀을 드릴 게 있습니다. 부대 내에 심상치 않은 기미가 보입니다. 보드카 밀조자에게 동조하는 분위기가 있습니다. 또한 백군 진영에서 피난 온 가족들 문제로 많은 사람들이 걱정에 휩싸여 있습니다. 아시겠지만 아내들, 자식들, 노인들을 이끌고 호송대가 곧 도착할 겁니다. 많은 수의 빨치산들이 그들이 도착할 때까지 출동을 거부하고 있습니다."

"알고 있소. 나는 그들이 도착할 때까지 기다려야 한다고 보고 있소."

"그런데 이런 상황에서 우리 부대와 우리 관할이 아닌 부대들을 총괄 지휘하는 통합 사령관 투표가 있습니다. 제 생각에는 리베리 동무가 유일한 후보자입니다. 그런데 젊은 사람들 측에서는 다른 사람을 미는 움직임이 있습니다. 보드카 밀조자들, 부농과 장사치 자식들과 백군 탈주병들이 결탁한 겁니다."

"보드카 밀조자들은 어떻게 될 것 같소?"

"우선 총살형이 내려진 다음에 사면될 것 같습니다."

"좋아요. 하지만 그런 문제는 내버려두고 우리 문제로 들어갑시다. 우선 야전병원 문제를 의논하고 싶은데."

"좋습니다. 하지만 방금 말씀하신 정신병 예방 문제도 시급하다는 말씀을 우선 드리고 싶습니다. 저도 선생님과 같은 생각입니다. 지금 전형적으로 우리 시대의 질병이라고 할 수 있는 것이 퍼지고 있습니다. 지금 우리가 겪고 있는 격변과 연관이 있는 것이지요. 우리 캠프에도 그런 질환을 앓고 있는 사람이 있습니다. 바로 팜필 팔르이흐라는 사람입니다. 그는 제정 러시아 병사 출신으로서 계급적 본능이 뛰어나고 혁명에 헌신하고 있는 사람입니다. 그런 사람이 자기가 죽게 되거나 백군에게 사로잡히면 가족들은 어떻게 될 것인가, 혹시 보복이라도 당하지 않을까 하는 걱정 때문에 정신 질환을 앓고 있습니다. 아주 복잡한 경우입니다. 호송되어 오는 피난민 중에 그의 가족이 포함된 것으로 저는 알고 있습니다. 러시아어를 잘 몰라서 그에게 자세히 묻지도 못하겠습니다. 선생님께서 직접 진찰해 보실 필요가 있다고 생각합니다."

"팜필이라면 내가 잘 알고 있소. 군사 평의회에서 자주 충돌했던 사람이오. 이마가 좁고 냉엄하게 생긴 사람이지. 당신이 그런 사람 염려를 왜 하는지 모르겠소. 그는 언제나 극단적인 조치를 주장하고 잔인한 처벌, 사형을 주장했소. 그래서 늘 가까이하지 않으려던 사람이오. 하지만 좋소. 그 사람을 진찰해 보겠소."

7

맑고 화창한 날이었다. 일주일 내내 바람도 불지 않고 건조한 날이 이어졌다.

마치 멀리서 바다가 울부짖는 것 같은 요란한 소리들이 숙영지에서 들려오고 있었다. 가족들이 도착하기 전까지는 '여우의 숲'을 떠나지 않기로 했지만, 가족들이 숙영지에서 그다지 멀지 않은 곳에 와 있는 것이 분명한 이상 슬슬 진지를 철수해 동쪽으로 이동할 준비들을 하고 있었던 것이다.

지바고는 이동 준비가 한창인 부대를 가로질러 팜필을 만나러 갔다. 도중에 만난 병사에게 쇄석장 뒤 자작나무 숲 근처 사령관 텐트 중 하나를 그가 쓰고 있다는 것을 알아내고 그는 그쪽으로 발걸음을 옮겼다.

하지만 몇 걸음 옮기지 않아 너무나 피곤하고 졸려서 발자국이 떨어지지 않았다. 며칠 동안 한숨도 자지 못했기에 피로가 누적된 것이다. 자신이 기거하고 있는 참호로 돌아가 잠시 누워 눈을 붙일 수도 있었다. 하지만 그곳으로 돌아가는 것이 두려웠다. 언제 리베리가 들어와서 방해할지 몰랐다.

지바고는 황금빛 잎사귀들이 흩어져 있는 숲속 공터에 누웠다. 황금빛 나뭇잎 융단 위로 황금빛 햇살이 쏟아지고 있었다. 이내 졸음이 밀려왔다. 그는 울퉁불퉁한 나무뿌리를 카펫처럼 덮고 있는 이끼 위에 팔베개를 하고 있었다. 그는 이내 잠에 빠져들었다. 그를 잠에 빠지게 했던 어른거리는 햇빛과 그림자가 그를 덮고 있었다. 땅 위에 편하게 누워 있는 그의 몸은 햇살과 나뭇잎이 빚어내는 만화경 같은 주변 모습과 별로 구별이 되지 않았다. 마치 마술 모자라도 쓰고 투명인간이 된 것 같았다.

하지만 그는 잠깐 눈을 붙였을 뿐 이내 잠에서 깨어났다. 잠을 자고 싶다는 강렬한 욕망과 필요성이 이번에는 거꾸로 그를 깨운 것이다. 하나의 원인이 제대로 작동하는 것은 지극히 제한된 범위 안에서일 뿐이다. 일단 그 한계를 넘어서면 정반대의 결과를 낳는다. 전혀 휴식을 취하지 못해 깨어 있던 그의 의식은 스스로의 동력으로 강하게 작동하고 있었다. 온갖 상념들이 그의 머릿속에서 회오리쳤고 질주했으며 그의 마음은 마치 고장난 엔진처럼 쿵쾅거렸다. 이런 내적 혼란에 빠진 지바고는 괴로웠고 화가 났다. 그는 분개해서 속으로 외쳤다.

'그 야비한 리베리놈! 사람을 이토록 미치게 만드는 게 많은 세상에, 그래 그것도 부족하다 이거냐! 멀쩡한 사람을 포로로 붙잡아 놓고 우정이니 뭐니 하는 쓸데없는 말로 사람을 괴롭히면서 신경 쇠약에 걸리게 하다니! 언젠가는 놈을 죽이고 말겠어.'

갈색 얼룩 나비 한 마리가 마치 색종이 같은 날개를 접었다 폈다 하면서 숲속의 공터 밝은 곳으로부터 날아왔다. 지바고는 졸린 눈으로 그 모습을 바라보았다. 나비는 자신과 색깔이 같은 나뭇가지 위에 앉았다. 그러자 갈색 얼룩 반점이 있는 나뭇가지와 나비가 전혀 구분이 되지 않았다. 마치 지바고의 몸이 햇살과 그림자의 작용에 의해 감춰지고 사라진 것처럼 나비도 완전히 사라진 것이다.

지바고는 익숙한 생각에 빠져들었다. 그는 의학에 관한 글들에서 간접적으로 그 문제에 대해 짧게 언급하곤 했다. 바로 의지와 목적성이 적응 형태를 낳는 최우선 요인인가 하는 문제였다. 의태와 보호색, 적자생존에 대한 문제. 또한, 자연도태가 바로 의식을 낳고 형성하는 길이라는 가정에 대하여. 주체란 과연 무엇일까? 그리고 객체는? 한 존재의 아이덴티티는 어떻게 정의할 수 있는가? 지바고의 성찰 속에서 다윈은 셸링(18세기 독일의 관념론 철학자-옮긴이 주)과 만났고 방금 날아간 나비는 현대 회화 및 인상파 미술과 만났다. 그는 창조와 피조물과 창조성에 대하여, 창조본능과 모방본능에 대하여 생각했다.

그는 다시 잠이 들었다가 이내 깨어났다. 바로 가까운 곳에서 들려오는 숨죽인 듯한 속삭임에 깨어난 것이다. 얼핏 귀에 들린 몇 마디 말로도 뭔가 은밀하고 부정한 모의가 행해지고 있음을 알 수 있었다. 물론 그들은 가까운 곳에서 누가 엿듣고 있으리라는 생각은 꿈에도 하지 못하고 있었다. 만일 그가 조금이라도 몸을 움직여 자신의 모습을 들킨다면 목숨을 빼앗기게 될 것이다. 지바고는 숨을 죽이고 귀를 기울였다.

그들 중 몇 사람 목소리는 귀에 익었다. 사니카, 고르시카, 코시카와 아직 어린 티를 벗지 못한 갈루진 외에 빨치산에서 겉돌기만 할 뿐 아무짝에도 쓸모없는 자들이었으며 평소에도 비열한 짓을 서슴지 않고 저지르던 자들이었다. 그중에는 밀주 사건에 연루되어 있으면서도 남들을 밀고해서 일시적으로 기소를 면한 자하르 같은 자도 있었다. 그런데 그들 중에 시보블류이도 끼어 있는 것을 보고 지바고는 놀랐다. 그는 사령관 경호원들 중 한 명이었으며 '백은(白銀) 중대'에 속한 뛰어난 빨치산이었다. 그는 리베리로부터 깊은 신임을 받고 있는 자였다. 그런데 그가 음모에 가담했단 말인가!

음모자들은 적으로부터 온 대표들과 협상을 벌이고 있었다. 적 대표들의 말은 전혀 들리지 않았다. 너무 낮은 목소리로 속삭이고 있던 때문이었다.

그중에서 가장 자주 입을 연 것은 주정뱅이 자하르였다. 그가 주동자인 모양이었다. 그는 상스러운 욕설을 내뱉으며 숨찬 목소리로 말했다.

"그런데, 잘 들어. 가장 중요한 건 쥐도 새도 모르게 해치워야 한다는 거야. 어느 놈이라도 발설하는 놈이 있으면,—자, 이 칼이 보이지?—배때기를 확 쑤셔버릴 테니까. 알겠어? 자네들도 알다시피 우리는 이제 막다른 골목에 처한 거야. 빠져나갈 구멍이 없다고. 스스로 살길을 찾아야 해. 아무도 생각 못할 방법을 써야 해. 저들은 생포를 원하고 있어. 이런 기회는 다시는 없을 거라고. 여기 저쪽 대표들이 너희들에게 모든 것을 다 이야기해줄 거야. 꼭 산 채로 넘겨달라는 거야." 이어서 그는 적(敵) 대표들에게 말했다. "자, 이제 여러분들이 이 친구들에게 말해줄 차례요."

적들이 뭐라고 이야기를 시작했지만 지바고는 한마디도 알아들을 수 없었다. 이쪽 배반자들이 한참 동안 입을 다물고 있는 것으로 보아 자신들의 제안을 상세하게 설명하고 있으리라고 짐작할 수 있을 뿐이었다. 이윽고 자하르가 다시 입을 열었다.

"이봐, 잘들 들었지? 그놈이 그 얼마나 잘난 놈인지 이제 너희들도 알았을 거야. 우리가 왜 그따위 녀석을 위해 목숨을 바쳐야 해? 그놈은 제대로 된 사내도 아니야. 얼뜨기가 아니면 수도사 같은 놈이지. 그것도 사춘기도 못 벗어난 수도사 같은 놈. 야, 왜 히죽거리고 있는 거야! 어쨌든 그놈이 하는 말대로 따르다가는 우리도 수도사가 되거나 고자가 돼야 할 거야. 그놈 하는 말 좀 들어보라고. 욕지거리도 안 된다, 술을 마셔도 안 된다, 여자랑 자지도 마라! 아니, 어떻게 그런 식으로 살 수 있어? 오늘 밤 여울로 꼬여내는 거야. 내가 할게. 그리고 모두 한꺼번에 놈에게 달려드는 거야. 어려울 것 없어. 식은 죽 먹기라고. 다만 생포해야 한다는 게 좀 문제이긴 해. 하지만 일이 뜻대로 안 되면 내가 직접 놈을 해치우겠어. 저들도 도와줄 사람들을 보내줄 거야."

자하르는 그곳을 떠나 걸어가면서도 계속 거사 계획에 대해 떠들어댔다. 하지만 그들이 멀어져갔기에 지바고는 더 이상 들을 수 없었다.

'이런 야비한 놈들. 리베리를 백군에게 넘겨주거나 죽이겠다는 거 아니야.'

지바고는 조금 전까지도 자신을 괴롭히는 리베리를 저주하고 죽기를 바랐던 사실을 다 잊고 놀라며 분개했다. '가만, 이 일을 어떻게 막지?'

그는 그를 이 캠프에 처음 납치해 온 연락 장교 카멘노드보르스키에게 알려야겠다고 생각하고 발걸음을 옮겼다. 하지만 지바고는 그를 만날 수 없었다. 게다가 지바고는 공연한 고민을 한 셈이었다. 범죄가 실행에 옮겨지지 않은 것이다. 음모는 미리 발각되었다. 나중에 알려진 사실이지만 리베리는 이 음모에 대해 미리 훤히 알고 있었다. 그날 중으로 전모가 드러나 일당은 모두 체포되었다. 시보블류이가 이중 첩자 역할을 했던 것이다. 지바고는 다행이라고 생각하기는커녕 더욱더 불쾌해졌다.

8

지바고는 한창 이동 준비 중인 부대원들을 지나 팜필 팔르이호를 찾아갔다. 그가 찾아갔을 때 팜필은 손에 도끼를 들고 텐트 입구에 서 있었다. 그의 앞에는 어린 자작나무 통나무들이 높이 쌓여서 텐트 입구를 막고 있었다.

"반가운 손님들을 맞기 위해서요." 팜필이 설명했다. "마누라와 아이들이 곧 올 거요. 텐트가 너무 낮아서 비가 오면 물이 새요. 지붕 구실을 하게 하려고 이 나무들을 벤 거요."

"팜필, 쓸데없는 짓 같은데요. 가족들을 텐트에서 지내게 해줄 것 같소? 아니, 일반인을, 게다가 여자와 어린애를 부대 내에서 함께 지내게 해주는 데가 어디 있어요? 어딘가 바깥쪽 수레 안에서 지내게 할 거요. 시간이 나면 당신이 찾아가 볼 수는 있겠지만 군 텐트 안으로 들이는 건 어림도 없지. 그건 그렇고 내가 찾아온 건 다른 일 때문이오. 당신이 점점 야위어 가고 먹지도 않는 데다 잠도 자지 않는다고 하더군요. 겉보기에는 이발을 좀 했으면 하는 것 빼놓고는 괜찮아 보이기는 하지만……."

팜필은 헝클어진 검은 머리와 구레나룻을 기른 건장한 사내였다. 이마가 울퉁불퉁해서 마치 두 겹인 것 같았고 관자놀이에는 고리나 강철 테를 끼운 것 같았다. 그 때문에 그는 눈을 치켜뜨고 상대방을 노려보는 것 같다는 인상을 주었다.

혁명 초기에는 이번 혁명도 1905년 혁명 때와 마찬가지로 상류 식자층에서 일어난 역사 속의 짧은 사건 정도로 끝나지 않을까 하는 두려움이 있었다. 저변의 하층민에게는 아무런 파급 효과도 불러일으키지 않을까 하는 우려가 컸던 것이다. 따라서 혁명 주도층에서는 수단 방법을 가리지 않고 민중들에게 혁명에 대해 널리 선전 선동하고 그들을 분노에 휩싸이게 만드는 데 전력을 기울였다.

그러한 혁명 초기에 팜필과 같은 존재는 좌익 지식인들에게 좀처럼 얻기 힘든 횡재였으며 귀하게 여겨질 수밖에 없었다. 그는 특별히 선동하지 않아도 지식인과 관리, 지주들을 극도로 증오하고 있었다. 팜필과 같은 존재가 보여주는 비인간적 잔혹함은 경이로운 계급의식으로 간주되었고 그런 류의 야만성은 프롤레타리아적 강인함과 혁명적 본능의 전범으로 대접받았다. 그런 자질로 인해 팜필은 명성을 쌓았다. 그는 빨치산 지도부와 당 지도부로부터 높은 평가를 받았다.

지바고의 눈에는 이 음울하고 비사교적인 동시에 무정하고 마음이 좁은 거인이 정상 이하로 보였고 심지어 동물처럼 보였다.

"텐트 안으로 들어갑시다." 팜필이 말했다.

"아니, 그럴 것 없소. 바깥이 더 좋소."

"그럼 그렇게 합시다. 저 나무 위에 걸터앉아 이야기합시다."

두 사람은 어린 자작나무 가지 위에 앉았고 팜필은 지바고의 권유에 의해 자신의 삶에 대한 이야기를 시작했다.

"그럼, 이야기를 해봅시다. 마누라와 나는 젊었소. 마누라는 집안 살림을 했고 나는 들일을 했지. 그런대로 괜찮았소. 아이들이 생겼소. 나는 군대에 끌려갔지. 나를 전쟁터로 보냈소. 그리고 전쟁이 있었지. 전쟁에 대해서야 할 말이 뭐 있겠소? 의사 동무, 당신도 다 겪은 일이니까. 그리고 혁명이 일어났소. 나는 빛을 보았소. 병사들의 눈이 열렸소. 적이 독일군이 아니라 같은 동포가 되었소. '세계 혁명의 용사들이여! 총을 내리고 고향으로 돌아가라! 부르주아를 처부셔라!' 어쩌고저쩌고. 의사 동무, 그런 것도 당신이 다 알고 있는 일이오. 자, 계속하리다. 이어서 내전이 일어났소. 나는 빨치산에 합류했소. 그 부분은 빼버리겠소. 그러지 않으면 언제 이야기가 끝날지 모르니까. 자, 한마디로 말해, 지금 내 눈에 뭐가 보인다고 생각하오? 내가 어린애인 줄 아시오? 내가 잘못 알고 있는 건가? 나도 짬밥깨나 먹은 놈이라고! 의사 양반, 우리는 곤경에 빠졌어. 끝장난 거요. 그 기생충 같은 비열한 놈들이 우리를 덮칠 거라고. 우리를 포위할 거란 말이오.

그런데 내게는 마누라와 새끼들이 있소. 만일 놈들이 이긴다면 마누라와 새끼들은 어디로 도망가지? 놈들이 마누라와 새끼들은 죄가 없다고 생각해주겠어? 내 대신 마누라를 꽁꽁 묶은 다음 고문할 거요. 마누라와 애들 뼈를 다 으스러뜨리고 갈기갈기 찢어놓을 거야. 이런 판국인데 내가 왜 잠을 자지 않느냐고 묻는단 말이오? 무쇠로 만들어진 인간이라도 미치지 않고는 못 배길 거요."

"팜필, 당신 정말 이상한 사람이로군. 이해할 수가 없어요. 몇 년 동안 가족들과 헤어져 있으면서도 그들이 어디 있는지도 모르고 있었고 걱정도 하지 않았잖소. 그런데 막상 하루 이틀 뒤면 그들을 볼 수 있게 되니까 기뻐하기는커녕 마치 가족들 장례라고 치르는 것처럼 난리니 말이오."

"전에는 그랬지만 이제는 달라요. 백군 놈들에게 당하려는 판국이라니까요. 내 목숨이 아까워서 이러는 게 아니야. 나는 곧 죽을 거요. 하지만 나는 내 가족들을 나와 함께 저세상으로 데리고 가지는 않겠어. 그것들은 남아 있을 거야. 하지만 그 더러운 놈들에게 잡히는 날엔! 그것들의 피를 마지막 한 방울까지 짜낼 거란 말이오."

"그래서 허깨비가 보이는 거요? 당신에게 허깨비가 나타난다고 하던데."

"아니, 의사 양반, 아직 이야기가 안 끝났어. 제일 중요한 이야기가 남아 있다니까. 당신이 원한다면 사실을 다 털어놓겠어. 면전에서 이런 이야기한다고 기분 나빠하지 마시오. 난 당신 같은 사람들을 수도 없이 죽였소. 내 손에는 수많은 장교들의 피가 묻어 있지. 부르주아들과 장교들의 피! 하지만 그런 건 아무렇지도 않아. 이름이나 숫자조차 생각나지 않아. 그런데 애송이 한 놈이 머리에서 영 떠나지를 않는단 말씀이야. 내가 왜 그 녀석을 죽였을까? 놈이 나를 웃겼고 나는 농담처럼 놈을 죽여버렸소. 아무 이유도 없이 그저 바보처럼.

2월 혁명 때 일이었소. 케렌스키 정부 때였지. 우리는 반란을 일으켰소. 우리는 역 근처에 있었지. 전선을 이탈한 거요. 우리를 전선으로 돌아가라고 설득한답시고 애송이를 선동가로 보냈소. 승리를 위해 싸우자는 거지. 그래, 그런 젖비린내 나는 놈이 우리를 달래러 온 거야. 정말 애송이였지. '승리하는 그날까지!'가 놈이 외친 구호였어. 녀석은 그 구호를 외치면서 플랫폼에 있는 방화용 물통 위로 올라갔소. 그런데 갑자기 뚜껑이 뒤집히면서 그 녀석이 물속에 빠진 거야. 곧바로 물속에 빠진 거지. 얼마나 우스운 꼴이었는지 당신은 상상도 못할 거요. 나는 정신없이 웃었소. 멈출 수가 없었지. 마치 그 녀석이 내 몸을 간질이는 것 같았소. 그때 내가 놈에게 총을 겨누고 발사해서 놈을 죽여버렸소. 도대체 어떻게 된 일이지 나도 모르겠소. 마치 누군가가 그렇게 하라고 시킨 것 같았소.

그렇소, 그게 바로 내 눈에 보이는 허깨비요. 밤마다 그 역(驛)이 꿈에 나타난단 말이오. 그때는 우스웠지만, 지금은 슬프단 말이야."

"혹시 멜류제예보 시의 베류치라는 역 아닌가요?"

"기억나지 않소."

"당신 즈이부시노 주민들과 함께 반란을 일으켰던 것 아니오?"

"잊어버렸소."

"그때 당신이 이탈한 전선은 어디지? 서부 전선이요? 당신 서부 전선에 있었소?"

"그런 것 같기는 하군. 서부였던 것 같아. 하지만 기억이 나지 않아."

제11장 마가목

1

주로 아이들과 아낙네들로 이루어진 빨치산 가족들 호송대가 부대를 따라다닌 지도 벌써 오래되었다. 짐마차 뒤로는 수천 마리에 이르는 엄청난 수의 소들이 뒤따르고 있었는데 대부분 암소였다.

빨치산의 아내들과 함께 숙영지에 새로운 얼굴이 하나 나타났다. 쿠바리하라는 이름의 그 여자는 어떤 병사의 아내로서 주술로 가축의 병을 치료하는 수의사 노릇을 했고 무당 역할도 하고 있었다.

빨치산 캠프는 새로운 숙영지로 이동해 있었다. 처음에는 임시로 머물면서 겨울을 보내기 적당한 곳을 주변에서 물색할 계획이었다. 하지만 사정이 여의치 않아 부대는 그곳에서 겨울을 보내기로 했다.

새로운 캠프는 이전 '여우의 숲' 캠프와는 사뭇 달랐다. 주변으로는 발을 들여놓을 수 없을 정도로 빽빽한 침엽수림이 둘러싸고 있었으며 그중 한쪽은 밀림이 까마득히 멀리까지 펼쳐져 있었다. 처음 며칠 모두들 캠프를 설치하느라 정신이 없는 동안 지바고에게는 시간적 여유가 있었다. 그는 이 방향 저 방향으로 숲속을 살펴보았고 깊이 들어갔다가는 길을 잃기 십상이라는 것을 알 수 있었다. 그가 이리저리 둘러보는 동안 두 곳이 그의 주의를 끌었고 마음에 새겨졌다.

그중 한 곳은 숙영지와 바로 접해 있는 침엽수림 가장자리였다. 정확히 말하면 그곳이 아니라 그곳에 있는 나무 한 그루였다. 가을이라 활엽수들이 헐벗고 있어 마치 열린 문 안을 들여다보듯 숲 안이 훤히 보였다. 그런데 마가목 한 그루가 유일하게 푸르른 잎을 떨어뜨리지 않은 채 외로운 자태를 멋지게 뽐내고 있었다. 마가목은 질척질척한 소택지 위로 솟아 있는 언덕에 뿌리를 내리고 있었다. 그 나무는 야무진 진홍빛 열매를 매단 채 늦가을의 칙칙한 하늘을 향해 몸을 뻗치고 있었다. 피리새와 곤줄박이처럼 작고 가벼운 새들이 가지에 앉아 열매를 쪼아 먹고는 열매를 삼키기 위해 머리를 뒤로 젖히고 목을 길게 늘이고 있었다.

새들과 나무 사이에는 뭔가 생생한 친교(親交)가 맺어져 있는 것 같았다. 마치 새들이 아무 짓도 하지 못하도록 나무가 오랫동안 감시하다가 마침내 새들이 불쌍해져서, 보모가 보채는 아이에게 가슴을 열 듯 마음을 열어준 것 같았다. 나무는 새들을 향해 미소 지으며 '그래, 그래, 알았어. 어서 실컷 먹으렴'이라고 말하는 것 같았다.

다른 한 곳은 더욱 주목할 만한 곳이었다. 그곳은 한쪽 면이 가파른 낭떠러지로 되어 있는 언덕이었다. 그 위에서 아래를 내려다보면 낭떠러지 아래에 이 위와는 다른 그 무엇, 예컨대 개울이나 분지, 혹은 잡초들이 자라고 있는 들판 같은 것이 있는 것 같다는 착각에 빠졌다. 하지만 그 아래도 위와 마찬가지로 아찔한 심연만이 있을 뿐이었다. 마치 숲이 나무들과 함께 푹 꺼져 내린 것처럼 발아래 또 다른 나무 꼭대기들이 있을 뿐이었다. 구름이라도 찌를 듯 우뚝 솟아 있던 숲이 발을 헛디뎌 비틀거리다가 한꺼번에 아래로 무너져 내린 것 같았다. 그대로 땅속으로 처박혀야만 했지만 마지막 순간에 기적적으로 구출되어 저렇게 안전하게 저 아래에서 바스락거리는 소리를 내고 있는 것 같았다.

하지만 그 언덕에서 정작 눈에 띄는 것은 다른 것이었다. 언덕 가장자리에는 화강암들이 마치 선사시대 고인돌처럼 삐죽 솟아 있었다. 지바고가 이곳에 처음 왔을 때 그는 이곳 모습이 자연적으로 이루어진 것이 아니라 사람의 손길이 가해진 것이라고 확신했다. 이곳은 저 옛날 이교도 신전이 있던 곳이리라. 미지의 예배자들이 이곳에서 기도를 드리고 희생 제의를 치렀으리라.

춥고 음산한 어느 날 바로 이곳에서 열한 명의 음모 사건 주모자들과 보드카를 밀조한 두 위생병의 사형이 집행되었다.

사령관의 핵심 경호원들이 포함된 스무 명의 충실한 빨치산들이 사형수들을 이곳으로 끌고 왔다. 소총을 든 호송병들이 죄수들을 반원형으로 바싹 둘러싸고 언덕 가장자리로 몰아붙였다. 이제 낭떠러지 아래로 몸을 던지는 것 외에는 도망갈 구석이라고는 없었다.

심문과 오랜 구금, 혹독한 고문 등으로 인해 그들은 이미 사람 몰골이 아니었다. 삐쩍 마른 몸매에 시커먼 낯빛, 자랄 대로 자란 머리카락과 수염 때문에 그들의 모습은 마치 유령 같았다. 그들은 체포 즉시 무장해제 되었고 이후 다시 몸수색을 당하지 않았다. 죽음을 눈앞에 둔 사람들에게 지나친 행위, 비열한 행위로 여겨졌고, 그들을 잔인하게 조롱하는 것 같았기 때문이었다.

그런데 브도비첸코와 나란히 걷고 있던 르자니츠키가 시보블류이를 겨냥해 권총을 세 발 쏘았다. 시보블류이는 모의에 가담하는 척했던 이중첩자였다. 르자니츠키는 브도비첸코의 친구로서 둘 다 무정부주의자였다. 그는 명사수였지만 손이 떨리는 바람에 빗나가고 말았다. 호송병들은 그를 쓰러뜨리거나 그를 향해 총을 발사해 거꾸러뜨리지 않았다. 옛 동료에 대한 연민의 정 때문이었다. 르자니츠키의 권총에는 세 발의 실탄이 남아 있었지만 그는 사격이 빗나간 것에 화가 나서 그 사실을 잊고 권총을 바위에 내던져버렸다. 그 바람에 네 번째 총알이 발사되어 사형수인 파치콜라의 발에 맞았다. 파치콜라는 외마디 비명을 지르며 한쪽 발을 부여잡고 그 자리에 쓰러졌다. 그는 고통스러워 마구 비명을 질렀다. 가까이 있던 두 명의 동료가 그를 안아 올리더니 부축해서 끌고 갔다. 흥분해 있는 동료들에게 밟혀 죽지 않게 하기 위해서였다. 파치콜라는 계속 신음을 내뱉으며 한쪽 발로 껑충껑충 바위 가장자리로 걸어갔다. 모두들 그가 내지르는 비인간적인 비명 소리에 전염되었다. 마치 무슨 신호라도 받고 일제히 자제력을 잃어버린 것 같았다. 이어서 이루 묘사하기 어려운 광경이 벌어졌다. 모두들 큰 소리로 욕을 내뱉고 호소하거나 애원했고 저주의 말을 내뱉었다.

아직 노란 테가 둘린 학생모를 쓰고 있던 어린 갈루진은 모자를 벗더니 무릎을 꿇고 동료들이 있는 바위 쪽으로 뒷걸음질을 쳤다. 그는 땅바닥에 머리를 박은 채 호송병들을 향해 엉엉 울면서 애걸했다. 마치 실성한 것 같았다.

"동무들, 잘못했어요. 다신 안 그럴 테니 용서해주세요. 살려주세요. 저는 별로 오래 살지도 못했어요. 좀 더 살고 싶어요. 엄마를 한 번 더 보고 싶어요. 제발 저를 놔주세요. 용서해주세요. 뭐든 시키는 대로 하겠어요. 동무들 발에 입을 맞추겠어요. 엄마, 엄마 살려줘! 엄마, 죽기 싫어!"

그러자 사형수들 중에 누군가 덤덤한 말투로 말했다.

"이보게 동무들! 어떻게 이럴 수 있나? 우리 함께 두 번의 전투를 치른 사이가 아닌가! 우리는 같은 목표를 위해 일어섰고 함께 싸우지 않았나! 동무들, 우리를 불쌍히 여기고 놓아주게. 그 은혜를 평생 잊지 않겠네. 평생 고마워하겠네. 자네들 귀머거린가? 왜 대답이 없어? 자네들도 하느님을 믿지 않는가?"

이번에는 누군가가 시보블류이를 향해 소리쳤다.

"배신자 유다 같은 놈! 이놈아 우리가 배신자라면 네놈은 그 세 배나 더 배신자다! 바로 너 같은 놈을 목매달아야 해! 충성을 맹세한 황제를 쳐 죽이더니 우리에게 충성을 맹세해 놓고 배신했어. 이번에는 또다시 배신하기 전에 그 악마 놈에게 입을 맞춰라! 네 놈은 그놈을 또 배반할 테니까!"

죽음을 눈앞에 둔 상황에서도 전혀 자제력을 잃지 않고 있던 사람이 있었다. 브도비첸코였다. 그는 고개를 높이 쳐들고 백발을 휘날리면서 마치 동료 무정부주의자들에게 말하듯 르자니츠키에게 말했다. 모두에게 충분히 들릴 수 있을 만큼 큰 목소리였다.

"스스로를 욕되게 하지 말게, 르자니츠키! 자네 항의는 저들 귀에 들리지도 않아. 이 새로운 오프리치니크(이반 황제 시절의 친위대-옮긴이 주)들, 새로운 고문실의 사형집행인들이 자네의 말을 이해할 수 있겠어? 하지만 낙담할 것 없어. 역사가 진실을 말해 줄 걸세. 후대 사람들이 이 인민위원 제국에서 행세하던 자들과 그들이 저지른 짓들을 실컷 비웃을 걸세. 우리는 세계 혁명의 여명기에 우리의 이상을 위해 순교하는 거야. 정신 혁명 만세! 세계 무정부주의 만세!"

저격병들만 알아차릴 수 있는 명령에 따라 스무 발의 총성이 일제히 울렸다. 사형수의 절반이 그 자리에서 쓰러져 즉사했다. 남은 자들에게 두 번째 일제 사격이 가해졌다. 갈루진 소년의 몸이 가장 오래 부르르 떨렸지만 마침내 그의 몸도 길게 뻗은 채 움직이지 않았다.

2

더 동쪽으로 이동해서 겨울을 보내자는 생각은 쉽게 포기할 수 없었다. 강의 분수지를 따라서 나 있는 도로 너머로까지 척후병을 보내서 살펴보기도 했으며 리베리 자신이 지바고를 홀로 숙소에 남겨두고 밀림 속으로 들어가기도 했다.

하지만 빨치산 부대가 이동하기에는 이미 늦었고 갈 곳도 없었다. 빨치산이 최악의 곤경에 빠져 있던 때였다. 백군이 숲속의 빨치산 비정규군을 단번에 섬멸하기 위해 그들을 포위하고 사방에서 압박해 오고 있었다. 포위망을 조금만 더 좁혔어도 빨치산은 괴멸되었을 것이다. 다행히 포위망이 넓었다. 겨울이 다가오고 있었고 숲에는 점점 더 발을 들여놓기가 어려웠기 때문에 적은 포위망을 더 이상 좁힐 수 없었다.

어쨌든 어디론가 이동한다는 것은 불가능해졌다. 이제 겨울을 다른 곳에서 나겠다는 계획은 포기하고 진지를 더욱 단단하게 구축해야 했다. 겨울이 되면 많은 눈이 내려 스키 장비가 부족한 백군의 진격이 불가능하다는 이점도 있었다. 지금 당장 필요한 것은 참호를 파고 식량을 비축하는 일이었다.

병참 참모 비슈린은 밀과 감자가 턱없이 부족하다고 수차례 보고했다. 하지만 소들의 숫자는 넉넉해서 비슈린은 겨울철 주식이 우유와 고기가 될 것이라고 내다보았다.

겨울옷도 부족했다. 대부분의 빨치산들은 거의 헐벗은 차림이었다. 숙영지의 거의 모든 개들은 도살되었으며 모피 가공 경험이 있는 사람들이 개가죽 재킷을 만들었다.

의약품도 부족하기는 마찬가지였다. 지바고에게 남아 있는 약품이라고는 겨우 키니네, 황산나트륨, 요오드 정도였다. 요오드도 고체 상태였기에 수술하거나 붕대를 감을 때면 알코올에 용해시켜야 했다. 그러자 밀주 시설을 모두 파괴해버린 것이 새삼 아쉬웠다. 다행히 죄상이 가벼워 처형을 면한 증류 기술자들이 있었다. 그들에게 부서진 증류기를 수리하거나 새로운 증류기를 만들라는 명령이 떨어졌다. 금지되었던 주조가 의약품이라는 명목으로 재개되었다. 사람들은 의미심장한 눈길을 교환하며 고개를 저었다. 또다시 폭음(暴飮)이 늘어났고 부대의 질서 문란에 일조했다.

제조된 알코올은 거의 100도에 가까웠다. 그 정도 도수면 고체 요오드를 용해하기에 적당했다. 또한 지바고는 추위와 함께 다시 나타난 티푸스 치료를 위해 그 알코올로 키니네 제를 준비할 수 있었다.

그 무렵 지바고는 팜필의 가족을 만났다. 팜필의 아내와 아들, 그리고 두 명의 딸 등 네 명의 가족은 그해 여름 내내 이리저리 도망 다니는 비참한 생활을 했다. 그들은 하도 고생을 했기에 얼굴이 완전히 굳어 있었으며 팜필을 보고도 무표정이었다. 팜필은 가족, 특히 아이들을 너무나 사랑했다. 그가 날카롭게 간 도끼의 한쪽 귀퉁이 날로 토끼, 곰, 닭과 같은 목제 인형을 깎는 솜씨에 지바고는 혀를 내두르곤 했다. 가족이 도착하자 팜필은 명랑해졌고 병도 나은 것 같았다.

3

겨울이 눈앞에 닥쳤을 무렵 숙영지에 큰 혼란이 일었다. 앞서 말한 대로 백군은 빨치산을 완전 포위하고 있었다. 하지만 포위망이 더 좁혀질 가능성은 없었다. 그런데 독 안에 든 쥐 신세처럼 얌전히 있다가는 적들의 사기만을 높여줄 것이라고 지휘부는 판단했다. 설사 독 안이 안전하다 할지라도 포위망 돌파 작전을 한두 번 정도 시도할 필요가 있었다.

빨치산은 주력 부대는 남겨둔 채 일부 병력으로 포위망의 서쪽을 집중 공격했다. 며칠간의 치열한 전투 끝에 빨치산은 백군을 물리치고 적들의 배후를 공격할 수 있었다.

그 공격으로 인해 아직 빨치산 부대와 합류하지 못하고 숲에 숨어 있던 빨치산 가족 난민들이 빨치산 숙영지로 물밀 듯 들어올 수 있게 되었다. 전혀 예기치 않던 사태가 발생한 것이다. 이들 중에는 빨치산과 전혀 연고가 없는 사람들도 있었다. 백군의 보복을 두려워한 인근 농민들이 조상 땅을 버린 채 빨치산이 자신들을 보호해주리라고 믿고 난민에 합류한 것이다.

가뜩이나 식량과 물자 부족에 허덕이고 있던 빨치산 입장에서는 난처하기 짝이 없는 일이었다. 게다가 아무 연고도 없는 사람까지 돌볼 여력은 없었다. 빨치산은 난민들에게 대표를 보냈다. 난민들의 발길을 칠림카 강가에 있는 마을로 돌리게 하려는 의도에서였다. 그 마을은 숲속 개간지에 형성된 드보리라는 마을이었다. 난민들을 그곳에 겨울 동안 정착시키고 필요한 식량을 보내줄 예정이었다.

그러나 그사이 빨치산 사령부가 도저히 손을 쓸 수 없는 지경에 이르도록 사태가 악화되어버렸다. 빨치산의 공격에 뒤로 물러났던 백군이 다시 공격해 와서 빨치산이 뚫어놓은 길을 봉쇄해버린 것이다. 공격에 나섰던 빨치산 부대는 숲 안의 본대로 돌아갈 길이 막힌 채 고립되어버렸다.

피난민도 비슷한 상황이었다. 그들은 숲에서 길을 잃은 채 우왕좌왕했고 파견된 대표자들은 난민들을 만나지 못하고 그들과 길이 엇갈린 채 되돌아왔다. 그러자 거의 다 아낙네들로 구성된 난민들이 나무를 베어 다리를 놓고 나뭇가지와 통나무를 깔아 숲에 길을 내기 시작했다. 빨치산 사령부의 애당초 의도에 완전히 반하는 것이었고 리베리의 계획을 기본적으로 엉망으로 만드는 사건이었다.

이래저래 빨치산 부대는 진퇴양난의 처지에 빠져 있었다.

4

해가 점점 짧아졌다. 5시면 벌써 어두워졌다. 황혼 무렵 지바고는 큰길을 가로질러 숙영지로 돌아가는 중이었다. 언덕과 마가목이 숙영지의 경계 구실을 하고 있는 공터에 이르렀을 때 그가 농담 삼아 라이벌이라고 부르고 있는 수의사이자 무당인 쿠바리하의 굵고 도발적인 목소리가 들려왔다. 그녀는 경쾌한 속요 같은 것을 쉰 목소리로 노래하고 있었다. 그녀의 노래 도중에 박수 소리와 웃음소리가 들리는 것으로 보아 사람들이 한데 모여 듣고 있는 것 같았다. 이윽고 정적이 찾아왔다. 사람들이 모두 흩어진 것이 분명했다.

홀로 남은 쿠바리하는 생각에 잠겨 나지막하게 다른 노래를 부르기 시작했다. 마치 자기 자신에게 들려주는 노래 같았다. 어둠 속에서 마가목 앞의 소택지와 맞닿아 있는 작은 길을 조심스럽게 걸어오던 지바고는 그 자리에서 못 박힌 듯 걸음을 멈추었다. 쿠바리하는 오래된 러시아 민요처럼 보이는 노래를 부르고 있었다. 그가 모르는 노래였다. 혹시 그녀가 즉흥적으로 만든 노래일까?

러시아 민요는 둑에 갇힌 물과 같다. 물은 얌전히 갇힌 채 더 이상 흐르지 않는 것처럼 보인다. 하지만 깊은 곳에서는 끊임없이 수문을 통해 물이 흘러가고 있고 수면의 잔잔함은 눈속임일 뿐이다. 반복과 비유 등의 모든 수단을 다 동원해서 노래는 주제를 천천히, 그리고 슬그머니 보여준다. 그리고 갑자기 어느 한계에 이르게 되면 스스로를 활짝 드러내 우리를 놀라게 한다. 그런 식으로 노래가 지니고 있던 애조를 표현하는 것이다. 노래는 언어로 시간을 멈추게 하려는 정신 나간 시도이다.

쿠바리하는 반은 노래하고 반은 중얼거리고 있었다.

토끼가 넓은 세상으로 뛰쳐나갔다네,
하얀 눈 위 넓은 세상으로.
귀가 늘어진 토끼가 마가목으로 달려가
마가목에게 하소연했네.
나는 소심한 토끼 아니니?
심장이 콩닥콩닥하는 나약한 토끼 아니니?
나는 짐승 발자국이 무서워.
짐승 발자국과 늑대의 굶주린 배가 무서워.
오, 마가목, 예쁜 마가목아! 나를 불쌍히 여겨주렴!
네 아름다움을 사악한 적에게 주지 마렴,
사악한 적, 사악한 까마귀에게 주지 마렴.
네 붉은 열매를 바람에,
바람에 흩날려 이 넓은 세상에,
이 하얀 세상에 뿌려주렴.
그것을 그리운 고향땅까지
뿌려주렴, 굴려주렴.
저 길 끝에 있는 마지막 집에,

거리 마지막 집, 마지막 창문에,

그녀가 있는 그곳에,

내 사랑하는 사람이

내 그리운 사람이 숨어 있는 그곳에.

슬픔에 잠긴 내 사랑에게, 내 신부에게,

뜨거운 사랑의 말을 속삭여주렴.

병사인 내가 포로가 되어 괴로워하고 있다고,

불쌍한 병사인 내가 멀리 타향 땅에서 고향을 그리워하고 있다고.

이 쓰린 감금 상태에서 벗어나

나의 붉은 열매, 나의 사랑하는 신부 곁으로 갈 것이라고.

5

팜필의 아내는 그녀의 병든 암소를 쿠바리하에게 데리고 왔다. 굿으로 병을 고치려는 것이었다. 사람들은 암소를 다른 소들과 격리시킨 뒤 암소의 뿔을 나무에 잡아맸다. 암소 앞다리 옆의 나무 그루터기에 소 주인인 아가피아가 앉고 쿠바리하는 암소 뒷다리 옆에 있는 착유(搾乳)대에 앉았다.

조금 떨어진 곳에는 호기심에 찬 구경꾼들이 모여 있었다.

쿠바리하는 그들이 귀찮은 듯 사나운 눈초리로 아래위를 훑어 보고 있었다. 하지만 그녀는 마치 예술가처럼 우쭐해서 그들이 자신에게 방해가 된다는 것을 인정하는 건 자신의 위엄을 떨어뜨리는 짓이라고 느꼈다. 그녀는 짐짓 그들을 모르는 체했다. 지바고는 군중들 뒤에 몸을 숨기고 있었기에 그녀의 눈에 띄지 않았다.

그가 그녀를 그렇게 자세히 바라본 것은 이번이 처음이었다. 그녀는 늘 그렇듯 영국군 모자를 쓰고 있었으며 황록색 외투 깃을 세우고 있었다. 이 젊지 않은 여인의 눈에 드러나 보이는 거만하고 열정적인 표정에는 젊음의 불길과 어두움이 깃들어 있었고, 자신의 복장 따위는 전혀 신경을 쓰고 있지 않음이 역력했다.

그 광경을 바라보면서 지바고가 무엇보다 놀란 것은 팜필의 아내의 변한 모습이었다. 그녀를 거의 알아보지 못할 정도였다. 그녀는 불과 며칠 사이에 무서울 정도로 늙어 있었다. 그녀의 불룩 솟은 눈동자는 금방이라도 눈구멍에서 튀어나올 것 같았으며 그녀의 목은 달구지 채처럼 가늘고 길었다. 그녀가 속에 지니고 있는 은밀한 공포가 그녀를 그렇게 만든 것이었다.

"젖이 나오지 않아요." 그녀가 쿠바리하에게 말했다. "새끼를 배서 그러나보다 했더니 그게 아니에요. 지금껏 젖도 나오지 않고 새끼도 배지 않았어요."

"새끼는 무슨 새끼! 젖통 위에 부스럼 딱지가 앉았잖아. 약초 연고를 줄 테니까 거기다 문질러. 물론 주문도 외워주겠어."

"고민이 하나 더 있어요. 남편 때문이에요."

"바람을 못 피우게 해줄게. 마법을 걸어 돌아오게 해주겠어. 아주 쉬워. 너무 달라붙어서 성가실 지경이 될걸. 세 번째는 뭐야?"

"남편이 바람을 피워서가 아니에요. 그런 건 아무래도 좋아요. 나하고 아이들에게 너무 달라붙어서 문제예요. 늘 그 생각에만 사로잡혀 있어요. 나는 그 사람이 무슨 생각하는지 알아요. 숙영지가 갈라져서 우리가 따로따로 떨어질까 봐 걱정하고 있는 거예요. 우리가 백군에게 잡혀도 함께 있지 못할 걸 걱정하는 거예요. 나는 그 사람이 무슨 생각하는지 알고 있어요. 무슨 일이라도 저지를까 봐 걱정이에요."

"어디 한번 생각해보지. 걱정을 싹 씻어버릴 방법을 찾아보겠어. 자, 세 번째 걱정거리를 말해 봐."

"없어요. 암소랑 남편이 걱정일 뿐이에요."

"뭐야? 겨우 그것뿐이라고? 자네는 복도 많은 거야! 자네 같은 사람은 드물어. 그 빈약한 가슴에 두 가지 슬픔뿐이라니!

게다가 그중 하나는 남편이 자기를 너무 좋아해서라니! 좋아, 슬슬 시작해볼까. 암소를 낫게 하면 뭘 줄 거야?"

"뭘 원하세요?"

"빵 한 덩어리하고 자네 남편!"

주위에서 웃음소리가 터져 나왔다.

"놀리시는 거예요?"

"너무 비싸다 이거지? 좋아. 빵은 없어도 돼. 남편으로 흥정을 끝내지."

웃음소리가 더욱 커졌다.

"이름이 뭐야? 남편 말고 암소."

"이쁜이요."

"암소들 절반 이름이 이쁜이로군. 좋아. 하느님의 축복으로부터 시작해볼까."

그녀는 암소를 위한 주문을 외기 시작했다. 그녀는 처음에는 오로지 암소에만 관심을 쏟는 것 같았다. 하지만 얼마 후 그녀는 신이 들린 듯 아가피아에게 마법에 관한 모든 가르침을 주기 시작했다. 지바고도 마치 주술에 걸린 것처럼 환상적인 주문의 말에 귀를 기울였다.

"모르고시아 아주머니, 어서 우리의 손님으로 오소서. 수요일에 오셔서 썩은 부스럼을 떼어내 주소서! 마법을 풀어주고 딱지를 떼어주소서! 암소의 젖통이에서 벌레를 떼어내 주소서! 이쁜아, 얌전히 서 있어. 할 일을 해야지. 우유 통을 엎지 마. 산처럼 얌전히 서서 강처럼 젖을 흘려라. 힘을 내라! 딱지를 떼서 쐐기풀 속에 던져라. 마법의 말씀은 주인의 말씀처럼 강하도다!

아가피아야, 보이느냐. 너는 모든 걸 다 알아야 한다. 명령, 금지, 도망가라는 말, 보호해주는 말. 너는 저기를 바라보며 '저기 숲이 있다'라고 말하겠지. 하지만 저것은 숲이 아니다. 저것은 천사들과 싸우고 있는 악마의 힘이다. 너희들이 바슬리이고의 군대와 싸우고 있듯 전쟁 중이다.

다른 쪽을 보아라. 아니, 그쪽 말고 내가 가리키는 곳을 바라보아라. 이봐, 뒤통수로 보지 말고 눈으로 보란 말이다. 그래, 맞다! 그래, 저게 뭐라고 생각하느냐? 바람이 자작나무를 엉켜놓는다고 생각하겠지? 혹은 새가 둥지를 짓는다고 생각하느냐? 아니다, 둘 다 아니다. 저건 정말로 악마의 짓거리다. 물의 요정이 딸을 위해 화관을 엮어주려 하고 있다. 그런데 사람들이 오는 소리에 놀라서 도중에 그만둬버렸다. 하지만 오늘 밤에 끝낼 것이다. 두고 보면 안다.

이번에는 저 붉은 깃발을 보아라. 그래, 너는 깃발이라고 생각하겠지. 잘 봐라. 저건 깃발이 아니다. 죽은 여자들이 진홍색 머릿수건을 흔들고 있는 거다. 유혹하고 있는 거다. 무엇 때문에 유혹을 하느냐고? 수건을 흔들고 고개를 끄덕이고 윙크를 해서 젊은이들을 사지(死地)로 유혹하는 거다. 기아와 역병을 앓게 유혹하는 거다. 그게 저것의 정체다. 그런데 너희들은 그녀들을 믿고 그녀들에게 간다. 너희들은 저걸 깃발이라고 생각한다. '이 세상의 모든 가난한 자들이여! 프롤레타리아들이여! 내게 오라!'라며 흔들고 있는 깃발이라고 생각한다.

아가피아야, 너는 이제 모든 것을 다 알아야 한다. 모든 것을! 모든 새들이, 돌들이, 풀들이 무엇인지. 예를 들어 저 새는 찌르레기이다. 저 짐승은 오소리이다.

이제 다른 걸 말해주마. 네가 누군가에게 반했다면 내게 말해라. 그가 누구이건 너를 연모하게 만들어주겠다. 너희들 대장이건, 콜차크이건 이반 왕자이건, 그 누구건. 내가 허풍을 떠는 줄 아느냐? 그렇지 않다. 잘 보아라, 내가 말해주마. 눈보라가 치고 회오리바람이 부는 겨울이 와서 눈송이들이 들판에서 휘날릴 때 내가 그 눈보라 기둥을 단도로 푹 찌르마. 내가 그 단도를 눈에서 빼내면 그 칼은 피로 빨갛게 물들어 있을 것이다. 너는 그런 이야기를 들어본 적이 있느냐? 너는 내가 허풍을 떨고 있다고 생각하겠지. 어떻게 그럴 수 있느냐고, 바람과 눈으로 만들어진 눈 기둥에서 어떻게 피가 나올 수 있느냐고 말하겠지? 그런데 얘야, 회오리바람은 단순히 바람이 아니고 눈이 아니다. 그것은 늑대 인간이다. 잃어버린 아이를 찾아 울부짖으며 들판을 헤매고 있는 늑대 인간이다. 나는 그 늑대 인간을 찌른 거고 칼에서 피가 흐르는 것은 그 때문이다.

나는 이제 그 칼로 그 어떤 사내의 발자국이건 도려낼 수 있다. 그것을 명주실로 꿰어 네 치마에 달아주마. 그러면 그 사내가 누구건, 콜자크이건 스트렐리니코프이건 새로운 황제이건 네 뒤를 졸졸 따라다니며 놓아주지 않을 거다. 내가 거짓말을 한다고 생각하겠지! 너는 '이 세상의 모든 가난한 자들이여, 프롤레타리아들이여, 내게 오라!'라는 말이 거짓말이라고 생각하느냐?

하늘에서 돌들이 비처럼 떨어지는 것처럼 수많은 일들이 벌어지고 있다. 한 남자가 집 밖으로 나가자 그 머리 위에 돌이 떨어진다. 그리고 기사들이 하늘을 질주해 간다. 많은 사람들이 그 광경을 보았다고 한다. 말발굽이 지붕을 박차고 날아오른다. 혹은 옛날 마법사들이 예언했듯이 '이 여자 안에는 곡식과 꿀과 담비 가죽이 들어있다.' 기사들이 마치 상자를 가르듯 그 여자의 어깨를 가른다. 그리고 칼로 그녀의 어깨뼈에서 엄청난 양의 옥수수와 다람쥐와 꿀벌 집을 꺼낸다."

우리는 가끔 깊은 연민을 그 안에 품고 있는 강렬한 감정에 사로잡힐 때가 있다. 우리가 그 무엇, 혹은 그 누군가를 사랑하면 사랑할수록 사랑의 대상은 그만큼 더 희생자처럼 여겨진다. 여성을 향한 연민의 도가 지나쳐서 그녀를 비현실적인 세계, 완전히 상상적인 세계 속으로 옮겨 놓는 남자도 있다. 그는 그녀가 숨 쉬고 있는 공기도 질투하고 자연의 법칙도 질투하며 그녀가 태어나기 전 수천 년간 세상에서 벌어진 모든 일에 대해서도 질투한다.

지바고는 쿠바리하의 입에서 나온 말들이 고대 연대기들에 나오는 내용들을 반복하고 있다는 것, 또한 여러 세기에 걸쳐 무당들과 이야기꾼들의 입을 거치면서 원래의 의미를 왜곡하고 그로부터 멀어진 것임을 알고 있었다. 그런데 그는 왜 그 왜곡된 전설에 꼼짝 못 하고 사로잡히게 된 것일까? 왜 이 터무니없는 횡설수설이 마치 실제로 일어난 일들, 지금 일어나고 있는 일들을 묘사하고 있는 것처럼 그에게 충격을 준 것일까?

라라의 왼쪽 어깨가 갈라졌다. 비밀 금고의 자물쇠를 돌리는 열쇠처럼 검이 그녀의 어깨뼈를 열고 그녀의 영혼 속에 깊이 감춰져 있던 비밀을 훤히 드러냈다. 낯선 도시들, 거리들, 방들이 마치 감아놓았던 필름이 풀리듯 잇따라 펼쳐지면서 그 모습을 드러냈다.

오, 그는 그 얼마나 그녀를 사랑하고 있었던가! 그녀는 그 얼마나 아름다운가! 그가 언제나 생각했고 꿈꾸었고 원했던 것이 바로 그런 사랑이 아니던가! 그녀를 그토록 아름답고 사랑스럽게 만드는 것은 무엇인가? 무어라 이름 붙일 수 있고 분석할 수 있는 그 무엇인가? 아니다! 절대로 아니다! 그녀는 창조주께서 단숨에 그려 놓으신 그녀의 모습, 더없이 단순한 그 선(線) 덕분에 그토록 아름다운 것이다. 그녀는 그런 신성한 모습 그대로, 마치 목욕을 갓 마치고 강보에 싸인 아이처럼 그의 영혼의 품에 안긴 것이다.

그런데 지금 그에게 무슨 일이 벌어지고 있고 그는 어디에 있는 것인가? 그는 지금 빨치산들과 함께 시베리아 숲속에 있다. 지금 빨치산들은 포위되어 있으며 그도 그들과 운명을 함께 해야만 할 처지에 있다. 이 무슨 터무니없고 기막힌 상황이란 말인가! 다시 한번 그의 머릿속과 그의 눈앞에 보이는 모든 것들이 혼란스럽고 흐려졌다.

순간, 예상하고 있던 눈 대신 이슬비가 내리기 시작했다. 그리고 그의 눈앞 허공에 마치 도시의 거리를 가로질러 걸려 있는 거대한 플래카드처럼 숲속 한쪽 빈터에서 다른 쪽 빈터까지 거대한 이미지가 펼쳐졌다. 놀랍게도 하나의 얼굴이었다. 그 얼굴은 울고 있었으며 더욱 강해진 빗줄기가 그 얼굴에 입을 맞추며 그 얼굴을 적시고 있었다.

"이제 가봐." 무당이 아가피아에게 말했다. "암소에게 주문을 외웠어. 이제 좋아질 거야. 성모님께 기도해. 빛이 그분 안에 머물고 있고, 살아 있는 세상의 언어가 그분 안에 적혀 있어."

6

전투가 끊이지 않았다. 격렬한 전투가 벌어져 많은 사상자를 낸 어느 날 저녁 끔찍한 일이 숙영지에서 벌어졌다.

그날 동료 한 명이 적에게 포로로 잡혔다가 오른팔과 왼쪽 다리가 잘린 채 비참한 모습으로 아군 숙영지로 돌아왔다. 빨치산을 겁주기 위해 본보기로 일부러 돌려보낸 것이었다. 사람들은 그 끔찍한 몰골의 부상병이 어떻게 한쪽 팔과 한쪽 다리로 여기까지 기어올 수 있었는지 상상조차 할 수 없었다.

피를 하도 많이 흘렸기에 계속 까무러치면서, 죽어가는 그 병사는 주변에 둘러선 사람들에게 기어들어가는 목소리로 적들에게 얼마나 잔인한 고문을 받았는지 떠듬떠듬 이야기했다. 그의 말을 알아듣기 위해서는 고개를 숙이고 귀를 기울여야만 했다.

"놈들이 오고 있어……, 아, 숨을 쉴 수 없어……. 자네들은 숲속에 있으니까 아무것도 몰라……. 얼마나 끔찍한 일이 벌어지고 있는지……. 사람을 산 채로 솥에 넣고 끓이고 있어. 산 사람 가죽을 벗기고 있어……. 닭장 같은 데 사람들을 몰아넣고 한 명씩 꺼내 가……. 닭 모가지 비트는 것과 똑같아. 사람들을 한 줄로 세워놓고 상처에 소금을 쑤셔 넣고 끓는 물을 붓기도 해. 토하거나 똥을 싸면 그걸 억지로 먹여. 오, 어린아이들과 여자들이 무슨 꼴을 당하고 있는지 알아? 오, 하느님!"

불행한 부상병은 숨을 거두었다. 말을 끝내지도 못한 채 갑자기 외마디 비명을 지르더니 마지막 숨을 토해낸 것이다. 사람들은 모자를 벗고 성호를 그었다.

그런데 정작 그보다 더 끔찍한 일은 바로 그날 밤에 벌어졌다. 그 죽어가는 사람을 둘러싸고 있는 군중들 중에 팜필도 있었다. 그는 부상병이 죽어가는 모습을 보았으며 그의 이야기를 들었다. 그 순간 자신이 죽으면 처하게 될 가족의 운명에 대한 그의 걱정이 절정에 달했다. 그의 상상 속에서 서서히 고문을 받아 죽어가는 가족들의 모습이, 고통으로 일그러진 그들의 얼굴이 보였고 그들의 신음 소리, 도와달라는 외침이 들렸다. 그는 절망적인 고통에 휩싸였다. 그는 가족들이 미래에 받게 될 고통을 미리 막기 위해, 또한 자신의 고통을 끝장내기 위해 가족을 자기 손으로 죽였다. 아내와 어린 두 딸과 아들, 끔찍이도 사랑했기에 면도날처럼 날카로운 도끼로 목각 인형을 깎아주곤 했던 그 아이들을 바로 그 도끼로 살해한 것이다.

놀라운 것은 그가 즉각 뒤따라 자신의 목숨을 끊지 않았다는 사실이었다. 그가 무슨 생각을 할 수 있었을까? 무엇을 예상할 수 있었을까? 무슨 의도나 계획을 갖고 있었을까? 명백히 미친 짓이었고 이제 그를 구할 방도란 없었다.

리베리와 지바고와 군사 위원회 위원들이 그를 어떻게 처리할 것인지 논의하는 동안 그는 고개를 가슴까지 떨어뜨린 채 자유롭게 숙영지 주변을 어슬렁거렸다. 그의 누렇고 탁한 눈에는 초점이라고는 없었다. 멍한 표정으로 잔뜩 찡그린 그의 거의 비인간적인 얼굴에는 극복할 수 없는 고통이 드러나 있었다.

아무도 그를 동정하지 않았다. 모두들 그를 피했다. 그에게 린치를 가하자는 목소리도 있었지만 그 누구도 귀를 기울이지 않았다.

이 세상에서 그가 할 일은 아무것도 없었다. 어느 날 새벽 그는 광견병에 걸린 개처럼 숙영지에서 사라졌다. 그는 그렇게 자기 자신으로부터 도망간 것이다.

7

겨울 강추위가 찾아왔다. 얼어붙은 안개로부터 불협화음이 들리고 뭔가 이상한 형체가 나타난 것처럼 보였고 쨍하고 갈라지는 소리가 들리더니 사라져버린 것 같았다. 태양은 우리에게 익숙한 태양이 아니라 누군가 바꿔치기를 한 것 같았다. 태양이 새빨간 공처럼 숲에 걸렸다. 마치 꿈이나 옛날이야기에서처럼 꿀같이 빽빽한 황갈색 광선이 거기서 흘러나와 나무에 걸렸고 공중에 얼어붙어 있었다.

오솔길을 걷고 있던 지바고는 길에서 리베리와 마주쳤다.

"안녕하시오, 이방인 양반! 저녁에 내 참호로 오시오. 함께 밤을 보내며 이야기를 나눕시다. 당신에게 들려줄 새로운 소식이 있소."

"전령이 돌아왔습니까? 바르이키노 소식이라도 있습니까?"

"동무나 내 가족 소식은 없소. 무소식이 희소식이라지 않소?

무사히 제때 피신했을 거요. 만일 무슨 화라도 당했다면 분명히 소식이 들려왔을 거요. 그 이야기는 오늘 밤에 합시다. 기다리겠소."

그날 저녁 리베리의 참호로 찾아간 지바고는 같은 질문을 되풀이했다.

"우리 가족에 대해 아무것도 들은 게 없습니까? 있다면 말해주시오."

"당신은 그저 코앞의 일에만 정신이 팔려 있군. 내가 아는 한 그들은 안전하오. 하지만 그보다 더 중요한 소식이 있소. 얼린 송아지 고기 좀 드시겠소?"

"됐습니다. 자, 중요한 소식이나 말해줘요."

"정말 괜찮겠소? 그럼 나만 한 입 먹겠소. 사실 정말 필요한 건 고기보다 빵과 야채인데. 그리고 의사 동무도 알다시피 괴혈병이 돌고 있소. 지난가을에 여자들에게 호두와 딸기를 더 많이 따 모으게 하는 건데……. 어쨌든 일이 잘 돌아가고 있소. 실은 내가 예언했던 일이 사실로 드러난 거지. 모든 전선에서 콜차크군이 퇴각하고 있소. 완전 오합지졸들이지. 자, 이제 알겠소? 그런데 당신은 줄곧 앓는 소리만 하고 있으니……."

"내가 언제 앓는 소리를 했다는 거요?"

"내내 그랬잖소. 특히 비스인이 우리를 포위했을 때."

지바고는 지난가을을 회상해보았다. 반역자들의 처형, 팜필의 일가족 살해 사건, 끝없이 이어지던 피비린내 나는 광기와 살인. 백군과 적군의 잔혹성은 마치 경쟁이라도 하듯 점점 더 심해졌고 잔학은 또 다른 잔학을 낳았다. 그의 코앞에서, 목구멍에서 피비린내가 진동했고 그 때문에 숨이 막혔으며 헛구역질이 났다. 피비린내가 그의 머리 위까지 치솟았고 그의 눈에 현기증이 일었다. 그건 불평이나 앓는 소리가 아니다. 그건 뭔가 다른 것이다. 하지만 그것을 어떻게 리베리에게 설명할 수 있단 말인가?

지바고가 말이 없자 리베리가 다시 입을 열었다.

"정말 송아지 고기를 들지 않겠소? 참, 괴혈병 문제 말인데, 참모들을 모아 놓고 강의해야 하지 않겠소? 상황을 설명하고 대처 방법을 알려줘야 하지 않겠소?"

"제발 그만 좀 괴롭혀요. 정말 내 가족에 대해 아는 게 없습니까?"

"말했잖소. 정확한 정보는 아무것도 없다고. 어쨌든 내전은 끝났어요. 콜차크 세력은 괴멸되었소. 적군(赤軍) 주력 부대가 그들을 뒤쫓아 철로를 따라 동쪽으로 몰아내고 있소. 바닷속에 처박으려는 거요. 적군(赤軍) 다른 부대가 서둘러 우리에게 오고 있소. 우리와 합류해서 여기저기 흩어져 있는 백군 잔당들을 소탕하려는 거요. 러시아 남부는 이제 완전히 해방되었소. 그런데도 기쁘지 않단 말이오? 더 이상 뭐가 필요하단 말이오?"

"나도 기쁩니다. 하지만 내 가족은 어디 있다는 겁니까?"

"바르이키노에는 없어요. 아주 잘된 일이오. 지난여름에 돌던 소문은 사실이 아니오. 누군지 알 수 없는 자들이 바르이키노를 습격했다는 소문 말이오. 난 늘 그게 말이 안 되는 소리라고 생각해왔지. 하지만 바르이키노가 텅텅 비어 있다는 건 사실이오. 어쨌든 무슨 일인가 있긴 있던 모양인데, 내 가족이나 당신 가족이 제때 그곳을 떠난 건 잘된 일이오. 내 소식통에 의하면 그곳에 잔류한 얼마 되지 않는 주민들이 모두 그렇게 생각하고 있다고 하오."

"그럼 유리아틴은? 거긴 어떻게 되었습니까? 지금 어느 쪽 수중에 있습니까?"

"그곳에 대해서도 말도 안 되는 소리가 들리고 있지. 하지만 사실일 리 없소."

"어떤 소식입니까?"

"백군이 아직 그곳에 잔류하고 있다는 소식이오. 하지만 절대로 있을 수 없는 일이지. 내가 직접 증명해 보이겠소."

이어서 리베리는 너덜너덜한 군용 지도를 꺼내어 펼쳐 보였다. 그는 연필을 들고 설명을 시작했다.

"자, 잘 보시오. 이 모든 지역에서 백군들이 물러났소. 이곳, 이곳, 이곳, 이 모든 지역에서 말이오. 알겠소?"

"네."

"그러니 놈들이 유리아틴은 물론이고 그 근처 어디에도 얼쩡거리고 있을 리 없소. 만일 그곳에 남아 있다가는 고립무원이 되어 포로가 되고 말 거요. 백군 지휘관이 아무리 멍청하다 해도 그걸 모를 리 없소. 왜 외투를 걸치는 거요? 어디 가려고?"

"잠깐 나갔다 오겠소. 담배 연기가 지독해서 골이 아파요. 맑은 공기 좀 쐬고 오겠소."

밖으로 나온 지바고는 참호 입구에 의자 대용으로 놓여 있는 굵은 통나무 위의 눈을 손으로 쓸어냈다. 그는 그 위에 앉아 팔꿈치를 무릎에 대고 두 손으로 턱을 괸 채 생각에 잠겼다. 침엽수림, 빨치산 숙영지, 그들과 함께 보낸 지난 18개월은 이제 그의 머릿속에 들어 있지 않았다. 그는 그 모든 것을 잊었다. 사랑하는 사람들에 대한 기억만이 그의 머릿속을 채우고 다른 모든 것을 몰아내 버렸다. 그는 그들의 운명이 어떻게 되었을지 추측해 보았고 그의 눈앞에 이미지들을 떠올렸다. 새로운 이미지가 떠오를 때마다 그것은 전의 이미지보다 끔찍했다.

토냐가 사샤를 팔에 안고 눈보라 치는 벌판을 걸어가고 있다. 사샤는 담요에 싸여 있고 토냐의 발이 눈에 깊이 빠져 있다. 그녀는 온 힘을 다해 겨우 발을 빼낸다. 하지만 불어 닥친 눈보라와 바람에 비틀거리다가 쓰러진다. 몸을 일으키지만 다리에 너무 기운이 없어서 서 있기조차 힘들다. 바람이 세차게 불어오고 눈이 그녀를 덮는다. 아, 그런데 잊고 있던 게 있다. 그녀에게는 아이가 둘이다. 그녀는 둘째 아이에게 젖을 물리고 있다. 그녀는 그가 이곳에서 보았던 난민 여자들, 견딜 수 없는 긴장과 고통으로 미쳐가고 있던 그 여자들처럼 두 손 중 그 어느 손도 자유롭지 못하다.

그녀는 두 손에 아이를 안고 있고 가까이 도와줄 사람도 없다. 사샤의 아버지는 사라졌고 아무도 그가 어디 있는지 모른다. 그는 멀리 떨어져 있고 언제나 멀리 떨어져 있었으며 평생 가족과 떨어져 있다. 그러고도 아버지라고 할 수 있을까? 세상 어떤 아버지가 그토록 멀리 자식과 떨어져 있을 수 있단 말인가? 토냐의 아버지는 어떻게 되었을까? 장인은 어디에 있는가? 뉴샤는? 그리고 다른 사람들은? 더 이상 묻지 않는 것이

낫다. 더 이상 그 생각을 하지 않는 것이 낫다.

지바고는 자리에서 일어나 참호 안으로 들어가려고 했다. 그 때 갑자기 머릿속에 새로운 생각이 떠올랐다. 그는 리베리에게 돌아가려던 마음을 고쳐먹었다.

지바고는 이미 오래전에 스키와 건빵이 담긴 자루를 비롯해, 혹시 탈출할 때가 오면 필요할 수도 있을 물품들을 감춰놓았었다. 그는 숙영지 바로 바깥, 키 큰 소나무 아래 눈 속에 그것들을 묻어놓았다. 그는 정확하게 그 장소를 찾을 수 있도록 나무에 눈금을 그어 놓았다. 그는 눈 위에 다져진 오솔길을 통해 보물들이 묻혀 있는 곳을 향해 걸어갔다. 보름달이 휘영청 떠 있는 맑은 밤이었다. 그는 경계병들이 있는 곳을 잘 알고 있었기에 무사히 그들을 피해갈 수 있었다. 그런데 그가 마가목이 서 있는 언덕 위 공터에 이르렀을 때였다. 멀리서 경계병 한 명이 그를 향해 고함을 치더니 스키를 타고 그를 향해 맹렬하게 질주해 왔다.

"멈춰라! 그렇지 않으면 쏘겠다! 넌 누구냐? 암호는?"

"이봐, 왜 그래? 나를 모르겠어? 자네들 의사 지바고야."

"아, 지바고 동무로군요. 미안합니다. 못 알아봤어요. 하지만 지바고 동무, 여기서 더 멀리는 갈 수 없어요. 명령은 명령이니까요."

"좋을 대로 하게. 암튼 암호는 '붉은 시베리아'이고 응답은 '간섭자 타도'라네."

"아, 잘 알고 있군요. 그렇다면 계속 가도 돼요. 그런데 이 밤중에 뭘 찾으러 가는 겁니까? 환자라도 생겼습니까?"

"목이 마른 데다 잠이 오질 않아서. 맑은 공기를 쐬고 눈이라도 집어 먹고 싶어서. 그런데 얼어붙은 열매가 달린 마가목이 눈에 띄더군. 열매를 조금 따먹어 보고 싶어서 그런 거라네."

"정말 부르주아 근성을 못 버리셨군! 참 나, 겨울철에 마가목 열매를 따먹는다는 소리는 금시초문이야! 3년 동안이나 못된 근성을 몰아내려고 두들겨 팼어도 여전하시군. 좋아요, 정신 나간 양반, 가서 실컷 열매를 따먹든지 말든지 하시오. 내가 상관할 게 뭐 있어."

말을 마치자 경계병은 전속력으로 스키를 질주해서 벌거벗은 겨울 덤불 뒤로 사라졌다. 지바고는 오솔길을 따라 마가목 아래 이르렀다. 마가목은 반은 눈에 덮이고 반을 얼어붙은 잎과 열매를 매단 채 눈이 하얗게 덮인 가지를 두 가닥 지바고를 향해 내밀고 있었다. 지바고에게 라라의 강하고 흰 팔이 떠올랐다. 그는 가지를 잡고 자기 쪽으로 잡아당겼다. 마가목은 마치 응답이라도 하듯 가지를 덮고 있던 눈을 털어냈다. 그는 자신이 무슨 말을 하는지도 모르는 채 중얼거렸다.

'내 너를 찾으리라. 나의 미녀, 나의 사랑, 나의 마가목, 나의 피와 살이여!'

보름달이 떠 있는 맑은 밤이었다. 그는 침엽수림 안쪽으로 더 깊이 들어가 표시해둔 나무로 갔다. 그는 묻어 두었던 물건들을 파낸 뒤 캠프를 떠났다.

제12장 조각상이 있는 집 맞은편

1

'상인 거리'는 유리아틴 고지대에 있는 집들과 교회들을 뒤로 하고 구불구불 아래쪽으로 완만하게 내려간다.

길모퉁이에 조각상이 새겨진 짙은 잿빛 집이 서 있다. 건물 정면 낮은 곳의 커다란 정사각형 석벽 위에 새로운 정부 발행 신문과 포고문들이 붙어 있다. 몇몇 사람들이 인도에 서서 말없이 그것들을 읽고 있다.

최근에 눈이 녹은 뒤 건조하고 추운 날씨가 이어지고 있다. 몇 주 전까지만 해도 어둑어둑해졌을 시각이었지만 이제는 대낮처럼 밝았다. 겨울이 물러가면서 남긴 공허를 저녁이 되어도 떠나지 못하고 어슬렁거리는 빛이 채우고 있었다. 사람을 들뜨

게 만드는 빛이었다. 그 빛은 사람을 안절부절못하게 만들고 긴장시키는, 멀리서 들려오는 외침 같았다.

백군(白軍)은 최근에 적군(赤軍)에게 도시를 넘겨주고 떠났다. 폭격과 유혈, 전쟁의 불안은 끝났다. 겨울이 끝나고 낮이 길어지자 불안과 경계심이 사람들을 찾아왔듯이 이 휴지(休止) 상태는 사람들을 안심시킨 것이 아니라 더욱 안절부절못하게 만들었다.

포고문 한 장에는 다음과 같은 글이 적혀 있었다.

> 노동 수첩을 권당 50루블에 배부함. 배부처는 유리아틴 소비에트 '10월가(街)'(구 '행정가') 5번지 137호실임.
> 노동 수첩을 소지하지 않은 자, 혹은 허위 기재하거나 부정으로 소지한 자는 전시 규정에 의해 엄벌에 처함. 노동 수첩에 관한 자세한 사항은 유리아틴 식량부 137호실에 게시된 공고문을 참고할 것.

사람들 속에 섞여 지바고는 공고문들을 죽 훑어보았다. 오랫동안 씻지 않아 꾀죄죄한 몰골이었으며 배낭을 어깨에 걸치고 지팡이를 들고 있었다.

어느 공고문에는 도시에는 식량이 충분하게 비축되어 있다, 다만 부르주아들이 식량 배급을 방해하고 혼란을 일으킬 목적으로 식량을 은닉하고 있을 뿐이다, 라고 적혀 있었다. 그 공고문은 다음과 같은 글로 끝을 맺고 있었다.

누구든 식량을 은닉하는 자는 즉석에서 총살에 처할 것임.

이어서 이런 공고문도 붙어 있었다.

착취 계급에 속하지 않는 자는 소비자 연맹에 회원으로 가입할 수 있음. 자세한 사항은 유리아틴 소비에트 식량부 137호실로 문의할 것.

퇴역 군인들에 대해서는 다음과 같은 경고문이 붙어 있었다.

총기를 반납하지 않은 자, 신규 허가증 없이 불법으로 총기를 소지하고 있는 자는 법에 의해 엄벌에 처함. 허가증 갱신을 원하는 자는 유리아틴 혁명 위원회 63호실을 방문할 것.

지바고는 어지럽게 붙어 있는 신문기사들, 회의 연설문, 포고문들의 제목을 죽 훑어보았다.

'유산 계급에 대한 징발과 세액 산정과 과세에 대하여', '노동자의 지배력 확립에 대하여', '공장 운영 위원회에 대하여' 등등 온갖 강제 집행 포고문, 연설문들이었다.

이것들은 새로운 권력이 이 도시를 장악하면서 그전에 이곳에서 시행되고 있던 것들과 대체해서 새롭게 내린 규제들이었다. 이 새로운 법령과 규제들은 새로운 체제가 절대적이라는 것을 사람들에게 상기시키려는 의도에서 내려진 것들이었다. 사람들이 백군 치하에서 그 엄연한 사실을 잊었을지도 모른다는 우려에서 내려진 것들이었다.

지바고는 천편일률적으로 끝없이 이어지는 그 포고문들에 머리가 어지러울 뿐이었다. 이런 식의 포고문들이 정확히 언제 것이지? 제1혁명 때 것인가? 혹은 백군에 의해 잠시 성립된 체제 때 것인가? 아니면 바로 작년에 시행된 것인가? 혹은 재작년? 그는 생애 딱 한 번 이 강경한 언어, 일치단결을 강조하는 언어에, 이 편협함에 열광했던 적이 있었다. 하지만 그렇게 딱 한 번 분별없이 열광했다고 해서 그 대가로 자신의 삶 전체를 이 요지부동의 정신 나간 선언과 요구에만 귀를 기울이며 보내야 한단 말인가? 시간이 흐르면 흐를수록 비현실적이고 의미가 없으며 결코 실현이 불가능하다는 것이 드러나고 있는 이 선언에 계속 열광해야 한단 말인가? 단 한 번 지나치게 너그러운 반응을 보였다고 해서 영원히 그 노예가 되어야만 한단 말인가?

그의 눈길이 어느 연설문 한 장 위에 머물렀다.

> 기아(飢餓)에 대한 보고서들을 보면 지방 기구들이 믿을 수 없을 만큼 나태해져 있음을 여실히 알 수 있다. 권력 남용이 명백하게 자행되고 있고 대규모의 투기가 횡행하고 있지만 이 지역 상공 위원회는 무엇을 했는가? 유리아틴과 라즈빌리예의 상업 지역에 대한 대규모 수색을 실시하고 투기꾼들을 현장에서 사살하는 등 과감하고 엄격한 테러에 의해서만 기아에서 해방될 수 있을 것이다.

'어떻게 이렇게 맹목적일 수 있지! 정말 부러울 정도야!' 지바고는 생각했다. '지상에서 빵이 사라진 게 언제인데 이제 와서 빵 이야기를 할 수 있다니! 유산 계급의 권력 남용? 투기꾼? 아니, 그런 게 사라진 게 언제인데! 농부? 마을? 그런 게 어디 있어? 삶 전체를 뒤집어 엎어버린다는 자기네들의 원래 계획과 조처들을 잊었단 말인가? 이제 더 이상 존재하지도 않고 오래전에 사라진 주제들을 해마다 식지 않는 열정으로 잠꼬대처럼 늘어놓다니, 주변 현실에 대해서는 아무것도 모를 뿐 아니라 눈길조차 주지 않으려 하다니, 도대체 어떻게 되어 처먹은 인간들이란 말인가!'

지바고는 머리가 어지러웠다. 자칫하면 그 자리에서 쓰러질 것만 같았다. 그는 비틀거리며 발걸음을 옮겼다.

2

지바고가 이 도시에 들어선 것은 한 시간 전이었다. 그는 철로 쪽으로부터 시내로 들어왔는데 도시 입구에서 이 '상인 거리'까지 들어오는 데 꼬박 한 시간이 걸린 것이었다. 몸이 쇠약해질 대로 쇠약해져 있었으며 마지막 며칠간 걸어오는 동안 남아 있는 기력이 모두 소진되어버린 상태였다. 그는 가끔 걸음을 멈추었고 그때마다 무릎을 꿇고 거리 포석(鋪石)에 입을 맞추고 싶은 충동을 가까스로 억눌렀다. 다시는 볼 수 없으리라고 생각했던 도시에 다시 발걸음을 딛게 되자 그는 마치 옛 친구를 만난 것처럼 기뻤다.

길게 이어진 도보 여행 중 절반을 그는 철로를 따라 걸었다. 대부분의 철로는 제 기능을 잃은 채 눈에 묻혀 있었다. 그는 지나는 길에 백군이 버리고 떠난 기차들을 여러 번 지나쳤다. 눈 속에 묻힌 채 버려진 기차들은 무장한 노상강도 무리들의 본거지로 쓰이거나 도주 중인 범죄자와 정치범들, 이 시기에 어쩔 수 없이 방랑자가 된 사람들의 은신처 구실을 했다. 하지만 대부분의 열차들은 철로를 따라 맹위를 떨치며 마을들을 휩쓸고 지나간 티푸스와 혹한에 희생된 사람들의 납골당과 공동묘지로 변해 있었다.

'인간은 인간에게 늑대이다'라는 옛 속담을 확증해준 시대였다. 나그네는 길에서 다른 나그네를 만나면 그 길에서 벗어나거나 자신이 살해될 수도 있다는 두려움에 낯선 이를 죽였다. 드물긴 해도 인육을 먹는 경우도 있었다. 문명화된 인간의 법칙이 중단되고 야수의 법칙만이 지배했다. 인간은 동굴 생활을 하던 선사시대의 꿈을 꾸었다.

지바고도 마찬가지였다. 그도 사람들의 모습이 눈앞에 보이면 될 수 있는 한 그들을 피했다. 하지만 그에게는 그들이 모두 낯익은 사람처럼 보였다. 모두들 빨치산 숙영지에서 도망친 사람들처럼 보였다. 대부분의 경우 그가 착각한 것이었지만 딱

한 번 착각이 아닌 경우가 있었다. 열차를 완전히 뒤덮고 있는 눈 더미로부터 한 소년이 나와서 용변을 보더니 다시 안으로 들어갔다. 아무리 보아도 '숲의 형제들' 중의 한 명 같았고 이번에는 잘못 본 것이 아니었다. 그는 총살을 당해 죽은 줄 알았던 갈루진이었다. 하지만 그는 부상을 입고 잠시 의식을 잃었을 뿐이었다. 그는 의식이 돌아오자 처형장에서 기어 나와 숲 속에 몸을 숨기고 상처가 아물기를 기다렸다. 그런 후 그는 가명을 쓰고 몸을 숨기면서 고향으로 돌아가는 중이었다.

이러한 광경은 뭔가 초월적인 모습을 보는 듯 생소했다. 마치 어쩌다가 실수로 지구로 내려오게 된 미지의 행성의 삶의 단편(斷片)을 보는 것 같았다. 오로지 자연만이 역사에 충실하게 남아서 현대 회화에서 볼 수 있는 모습을 간직하고 있었다.

지바고는 게시판의 공고문들을 읽는 동안에도 시선이 자주 건너편 집의 3층 창문을 향했다. 그 집 전 주인의 가구들을 쌓아놓은 방의 창문이었다. 전에는 하얗게 회칠이 되어 있었지만 지금은 회칠이 벗겨진 채 투명하게 안이 들여다보였다. 그 변화는 무엇을 뜻할까? 전에 살던 사람들이 돌아온 것일까? 아니면 라라가 저 집에서 나가고 새로운 입주가가 들어와 모든 것을 새롭게 바꾼 것일까?

불확실함은 견디기 어려운 법이다. 지바고는 길을 가로질러 그 집 마당으로 들어갔다. 그리고 그가 잘 알고 있는 계단, 그가 그토록 그리워했던 계단을 올라갔다. 현관에는 초인종이 있었다. 하지만 고장이 났는지 아무 소리도 나지 않았다. 그는 혹시나 하는 마음에 문을 두드려보았다. 아무런 응답이 없었다.

라라와 카챠는 집에 없는 것이 분명했다. 아마 유리아틴에 없을지도 모르고 어쩌면 이미 이 세상 사람이 아닐지도 모른다. 그는 최악의 사태에 대처할 마음 준비를 했다. 그는 별 기대 없이 열쇠가 숨겨져 있던 곳의 벽돌을 들어내고 안을 더듬어보았다. 오, 이 무슨 기적 같은 일이! 열쇠뿐 아니라 쪽지까지! 지바고는 층계참의 창문으로 가서 쪽지를 펼쳐보았다. 더 큰 기적이! 도저히 믿을 수 없는 일이! 편지는 바로 그에게 쓴 것이었던 것이다! 그는 황급히 편지를 읽었다.

> 오, 지바고, 얼마나 행복한지 몰라요! 당신이 살아 있는 모습을 보았다는 거예요. 도시 근교에서 당신을 보았다는 사람이 제게 달려와서 말해주었어요. 당신이 곧장 바르이키노로 가실 것 같아 카챠와 함께 그곳으로 가요. 혹

시 몰라서 열쇠를 늘 두던 곳에 두고 가요.

꼼짝하지 말고 기다리고 계세요. 저는 지금은 앞쪽 방을 사용하고 있어요. 한길 쪽으로 나 있는 방 두 개요. 가구들을 좀 처분했기 때문에 아파트는 널찍해 보일 거예요. 음식물을 좀 남겨 두었어요. 주로 삶은 감자예요. 드시고 남은 건 꼭 뚜껑을 닫고 무거운 것을 올려놓으세요. 쥐들이 극성이니까요. 정말 너무 기뻐요.

그는 편지를 끝까지 다 읽었다. 하지만 그는 편지가 뒤쪽까지 이어지고 있다는 사실을 알아차리지 못했다. 그는 종이를 입술로 가져간 다음 잘 접어서 열쇠와 함께 주머니에 넣었다. 그는 이루 말할 수 없는 기쁨과 함께 찌르는 듯한 아픔을 동시에 느꼈다. 라라가 바르이키노로 간다고 하면서 아무 설명도 덧붙이지 않은 것은 그의 가족이 그곳에 없다는 것을 뜻하지 않는가? 그는 그 사실이 불안해서 견딜 수 없었지만 가족에 대한 생각 자체만으로도 견딜 수 없는 슬픔과 아픔을 느꼈다. 어째서 라라는 그들이 어떻게 되었는지, 그들이 어디에 있는지 한 마디도 쓰지 않은 것일까? 마치 그들이 더 이상 이 세상에 존재하지 않는 것처럼!

3

그는 전에 라라가 살던 아파트 바로 앞의 집 문을 열쇠로 열었다. 아직 날은 어두워지지 않았다. 방 안은 싸늘했지만 바깥과 마찬가지로 환했다. 바깥과 마찬가지로 초봄 저녁의 싱그럽고 산뜻한 빛이 방 안을 채우고 있었다.

시내를 향하여 걷고 있던 한두 시간 전만 하더라도 그는 극도로 쇠약해 있어서 이러다가 큰 병에 걸리는 것이나 아닌지 두려웠다. 그런데 밖과 마찬가지로 방 안도 밝다는 사실에 지바고는 원기가 솟았다. 바깥 공기처럼 싸늘한 방 안 공기에 잠겨 있자니 그는 그 공기가 더없이 친근하게 여겨졌고 도시 분위기와도, 이 세상 삶과도 동질감을 느꼈다. 그가 좀 전에 느꼈던 두려움은 씻은 듯 사라졌다. 병에 걸릴지도 모른다는 걱정도 사라졌다. 봄날 저녁의 투명함, 곳곳으로 스며드는 봄날의 빛이 좋은 전조처럼 여겨졌으며 희망이 가득한 앞날을 예고하는 것 같았다. 이제 모든 것이 잘될 것이고 삶에서 원하는 것을 모두 성취할 수 있을 것이며 모든 사람들을 찾아내어 다시 맺어주고 화해시킬 수 있으리라. 모든 것을 다 밝혀내고 제대로 표현할 수 있으리라. 라라와의 만남이 그 모든 것이 이루어지리라는 증거라 생각하며 그는 기쁜 마음으로 그녀와의 만남을 기대했다.

이제 그는 조금 전에 그를 사로잡고 있던 피로감에서 벗어나 통제 불능의 격렬한 흥분에 사로잡혀 있었다. 느닷없이 찾아온 이 활기는 분명히 그가 좀 전에 느꼈던 나약함보다 훨씬 더 확실한 발병의 징후였다. 지바고는 얌전히 앉아 있을 수 없었다. 그는 한시라도 빨리 밖으로 뛰쳐나가고 싶었다.

그는 이곳에 자리를 잡기 전에 무엇보다 우선 이발을 하고 수염을 깎고 싶었다. 그는 도시를 지나오는 동안 이미 이발소를 찾아보았었다. 하지만 그가 알고 있던 이발소는 비어 있거나 다른 영업을 하고 있었고, 여전히 이발소 간판이 달려 있는 곳은 자물쇠가 채워져 있었다. 그에게는 면도기가 없었다. 가위라도 있으면 어떻게 해보련만 라라의 화장대를 아무리 뒤져도 가위는 없었다.

전에 스파스카야 거리에 재봉 가게가 있었던 것이 그에게 생각났다. 만일 재봉 가게가 그대로 있다면 문을 닫기 전에 얼른 가서 가위를 빌리리라. 그는 밖으로 뛰쳐나갔다.

4

그의 기억은 틀리지 않았다. 재봉 가게는 그 자리에 그대로 있었고 여전히 일을 하고 있었다. 창문을 통해서 재봉사들이 일하는 모습이 길 가는 사람들에게 보였다.

안에는 바느질하는 여자들이 바글바글했다. 진짜 재봉사들뿐 아니라 평소에 재봉을 해 본 적이 있는 나이가 든 상류층 부인들도 열심히 바느질을 하고 있음이 분명했다. 그녀들은 포고문에서 언급한 노동 수첩을 교부받아 정식 노동자가 되기 위해 일을 하는 것이리라. 민첩한 재봉사들의 손짓에 비해 그들의 서툰 솜씨를 금세 알아볼 수 있었다.

지바고는 창문을 두드리며 안으로 들여보내 달라고 손짓했다. 안에서 안 된다고 누군가 손짓했다. 지바고는 자신의 꼴이 너무 남루해서 그러는 줄 알았다. 그의 짐작이 반은 맞았다. 하지만 그의 몰골 때문에 그에게 그런 손짓을 한 것만은 아니었다. 재봉 가게에서는 군용 피복만 만들고 있었고 개인 주문은 받지 않고 있었기에 지바고를 개인 손님으로 알고 저리 가라고 손짓을 한 것이다.

지바고는 두 손가락으로 가위질 흉내를 냈다. 하지만 안쪽에 있는 사람들은 무슨 뜻인지 이해할 수 없었다. 그들은 지바고가 자기들을 흉내 내며 못된 장난질을 하고 있다고 생각했다. 누더기처럼 너덜너덜한 옷차림에 이상한 행동을 하고 있는 지바고의 모습은 영락없이 미치광이였다. 여자들은 킥킥거리며 어서 저리 가라고 손짓을 했다. 지바고는 집을 빙 돌아 안마당을 통해 안으로 들어가서 가게 뒷문을 두드렸다.

5

검은 드레스를 입은 나이 지긋한 여자가 문을 열어주었다. 얼굴이 가무잡잡하고 강인해 보이는 인상이었다. 재봉사들의 우두머리인 것 같았다.

"정말 끈질긴 사람이네. 왜 이렇게 귀찮게 하는 거예요? 바쁘니까 무슨 일인지 빨리 말해요."

"가위가 필요해서 그럽니다. 그렇게 놀라실 필요 없습니다. 가위를 빌려서 머리와 수염을 자르고 싶습니다. 여기서 자르고 바로 돌려드리겠습니다. 가위를 빌려주시면 정말 감사하겠습니다."

놀란 여자는 의혹의 눈초리로 그를 바라보았다. 정신이 좀 이상한 사람으로 생각하고 있음이 분명했다.

"저는 긴 여행 끝에 이곳에 막 도착했습니다. 이발을 좀 하고 싶은데 열려 있는 이발소가 한 군데도 없더군요. 제가 직접 깎는 수밖에 없는데 가위가 없어서요. 가위를 좀 빌려주실 수 없겠습니까?"

"좋아요, 제가 깎아드리겠어요. 하지만 경고해요. 무슨 꿍꿍이 속이 있다면 즉시 고발할 거예요. 정치적인 이유 같은 걸로 변장하려는 건 아니겠지요? 당신을 위해 목숨을 걸 수는 없어요."

"절대로 아닙니다! 무슨 그런 생각을!"

그녀는 그를 안으로 들이더니 아주 작은 곁방으로 데려갔다. 잠시 뒤 지바고는 마치 이발소에서처럼 목둘레에 커다란 천을 두르고 앉아 있었다. 재봉사는 방에서 나가더니 가위, 빗, 이발 기계, 가죽 끈, 면도칼 등을 가지고 들어왔다. 이발 도구가 완벽하게 갖춰져 있는 것을 보고 지바고는 놀랐다.

그녀가 말했다.

"살면서 안 해본 일이 없어요. 이발사 일도 했어요. 이전 전쟁 때 간호사로 일하면서 이발과 면도를 배웠거든요. 먼저 가위로 수염을 잘라낸 뒤에 면도를 하지요."

"머리를 좀 짧게 깎아주실 수 있겠습니까?"

"해볼게요. 보자 하니 인텔리이신 것 같군요. 멀리서 오셨어요? 뭘 타고 오셨어요?"

"걸어서 왔습니다."

"집안 일 때문인가요?"

"무슨 말씀을! 가족 일이라니요! 신용조합 순회 검사관 일을 하고 있었습니다. 회계 감사차 동시베리아로 출장을 나갔다가 발이 묶인 겁니다. 당신도 아시다시피 기차가 어디 있어야지요. 어쩔 수 없이 걸어와야 했습니다. 한 달 반 걸렸습니다. 도중에 겪은 일을 이야기하자면 한도 끝도 없을 겁니다."

"그렇다면 아예 입을 다무는 게 좋아요. 자, 여기 거울이 있어요. 한번 들여다보세요. 어때요?"

"좀 더 짧았으면 좋겠네요. 죄송하지만 조금 더 잘라주실 수 없습니까?"

"더 짧으면 오히려 단정하지 못해요. 충고 하나 해드릴게요. 요즘은 그저 입을 다물고 있는 게 상책이에요. 신용조합이니 검사관이니, 길에서 겪은 일이니 하는 것들은 아예 다 잊어버리세요. 그런 이야기를 했다가는 무슨 봉변을 당할지 몰라요. 지금은 그런 때가 아니에요. 차라리 의사나 학교 선생 행세를 하는 게 나아요. 자, 이제 수염을 대충 잘랐으니까 면도를 하겠어요. 한 10년은 젊어 보일 거예요. 물이 다 식었네. 뜨거운 물을 가져올 테니 잠시 기다리세요."

그녀를 기다리는 동안 지바고는 그녀가 누군지 궁금했다. 아무래도 자신과 그녀가 어떤 식으로든 연관이 있는 것만 같았다.

그녀에 대해 무슨 이야기를 들은 것 같기도 했고, 누군가를 상기시키는 것 같기도 했다. 하지만 도무지 생각이 나지 않았다.

그녀가 뜨거운 물을 가지고 돌아왔다.

"자, 이제 면도를 해드릴게요. 다시 말씀드리지만 말조심해야 해요. 조금 따끔거릴 거예요. 살갗이 면도날을 만난 지가 하도 오랜만이니 그럴 수밖에 없죠. 조금만 참으면 익숙해질 거예요. 하긴 정말 별의별 일을 다 겪었으니 더 익숙해질 것도 없지요. 백군이 이곳을 점령했을 때는 정말 처참했어요. 약탈에, 살인에, 납치에! 하지만 사령관은 인정이 많은 사람이라고들 했지요. 갈리울린이라는 사람이었지요. 그 사람을 알고 있는 여자 한 명이 사람들을 위해 사령관을 자주 만난 모양이에요."

'라라 이야기를 하는 거로군.' 지바고는 짐작했다. 하지만 그는 신중하게 입을 다물고 더 이상 자세한 이야기는 하지 않았다. 그녀가 계속 말했다.

"물론 이제는 정말 달라졌어요. 수색과 밀고, 총살 같은 건 여전히 있지만요. 하지만 기본 생각이 달라요. 우선 지금은 새로운 정권의 시작이에요. 이제 막 권력을 잡았을 뿐 본궤도에 오르지 않았어요. 그리고 뭐니 뭐니 해도 그들은 서민 편이고 그게 그들의 힘이에요. 우리 집에는 저를 포함해서 네 자매가 있어요. 모두 노동자예요. 그러니 그들에게 끌리는 게 당연하지요. 언니는 죽었어요. 형부는 바르이키노의 공장에서 관리인으로 일했어요. 형부의 아들, 그러니까 제 조카는 농민군 대장이에요. 아주 유명해요."

그제야 지바고는 그녀가 누구인지 알 수 있었다.

'그래, 리베리의 이모야. 미쿨리친의 전처의 동생, 못하는 게 없다는 바로 그 여자야.'

하지만 지바고는 자신의 정체가 드러날까 두려워 그에 대해서는 아무 말도 하지 않고 다른 질문을 했다.

"바르이키노는 이곳에서 꽤 멀리 떨어져 있는 산간벽지 아닌가요? 그런 곳이라면 이런 격동기에도 안전하겠지요?"

"꼭 그렇지도 않아요. 어찌 보면 여기보다 더 나쁜 일을 당했다고 볼 수도 있어요. 정체 모를 무장 집단이 그곳을 유린했거든요. 우리나라 말을 쓰지 않더래요. 한 집 한 집 샅샅이 훑으면서 보이는 족족 밖으로 끌어내서 총살해버렸어요. 그러고는 흔적도 없이 사라져버렸어요. 시체는 눈 위에 버려져 있었고요. 지난겨울에 벌어진 일이에요. 머리를 그만 좀 움직이세요. 하마터면 벨 뻔했잖아요."

"당신 형부가 바르이키노에 살고 계셨다고 하셨지요? 그분도 화를 당하셨나요?"

"아뇨. 천만다행으로 부인과 함께 제때 도망갈 수 있었어요. 물론 둘째 부인 말이에요. 지금 어디 있는지는 아무도 모르지만 무사한 건 분명해요. 모스크바에서 온 사람들도 그 집에 있었는데 그 사람들은 형부 가족보다 먼저 떠났어요. 가장이었던 의사는 행방불명이에요. 하지만 남은 사람들 듣기 좋으라고 행방불명이라고 말하는 거지요. 죽은 게 틀림없어요. 찾고 또 찾았지만 헛수고였으니까요. 아, 그리고 나이가 많은 또 한 남자, 그러니까 죽은 의사의 장인이 정부로부터 부름을 받았다고 하더군요. 대학교수이고 농학자라고 하더군요. 가족들이 모스크바로 가는 길에 이곳 유리아틴에 잠시 머물렀었어요. 백군이 다시 쳐들어오기 전에 떠난 거지요. 아니, 왜 또 그렇게 몸을 비꼬고 움직이는 거예요? 정말 목을 베이고 싶어요?"

'그래, 그들이 모스크바에 있다!'

6

'모스크바에! 그래, 모스크바에!'

지바고는 라라의 집 철제 계단을 올라가면서 매 걸음마다 마음속으로 그렇게 부르짖었다.

쥐들이 제집인 양 들끓는 집 안으로 들어간 그는 우선 불을 지피기 위해 구석에 있는 독일식 난로에 장작을 넣었다. 그런데 장작을 난로에 넣는 중에 장작의 잘린 면에 K와 D자가 새겨져 있는 것을 보고 그는 놀랐다. 그것은 통나무가 어느 창고에서 반출된 것인지 표시하는 글자였다. 바르이키노에서 지내던 시절 그는 땔감으로 쓰던 통나무에서 그 소인을 본 적이 있었다. 그리고 그 통나무는 바로 안핌 삼데뱌노프가 그들 가족들을 위해 갖다준 것이었다.

그 글자를 발견하고 지바고는 너무 당혹스러웠다. 라라의 집에 이 장작이 있다는 것은 안핌과 라라가 알고 지낸다는 것, 안핌이 전에 지바고의 집에 필수품을 공급해주었듯 라라에게 물품을 대주고 있다는 것을 뜻했다. 지바고는 그의 도움을 받는 것을 늘 꺼림칙하게 생각했었다. 그런데 이제껏 그에게 느끼고 있던 부담감에 다른 감정이 덧붙여진 것이다.

안핌이 라라를 도와주는 것은 단순히 선의에서만은 아닐 것이다. 그는 안핌의 자유분방한 생활과 라라의 여성으로서의 경솔함에 대해 생각했다.

'그래, 둘 사이에 그 무언가 있는 것이 분명해.'

그는 가슴이 찢어지는 것 같았다. 의혹을 떨쳐버릴 수 없었다. 하지만 한 가지 고통은 자연스럽게 다른 고통을 몰고 오는 법, 이번에는 다른 상념에 젖었고, 덕분에 그 터무니없는 질투에서 잠시 벗어날 수 있었다. 바로 가족들에 대한 그리움이었다.

'그렇다면 사랑하는 가족들은 지금 모스크바에 있단 말인가? 그 기나긴 여행을 되풀이했단 말인가? 이번에는 내가 없는 가운데 여행했단 말인가? 장인어른은 왜 소환당했을까? 아카데미에 복직한 것일까? 집에는 무사히 도착했을까? 아니, 이런, 그 집이 그대로 남아 있는지도 모르면서 이런 생각을 하다니!

오, 하느님 이 모든 게 너무나 고통스럽습니다. 아, 생각을 멈출 수만 있다면. 아, 생각이 정리되지 않아. 토냐, 내가 어찌 된 거지? 아무래도 병에 걸린 것 같아. 우리는 어떻게 될까? 오, 내 사랑 토냐, 당신은 어떻게 될까? 사샤는? 장인어른은? 아, 또 있지. 새로 태어난 아이는? 왜 그 아이는 자꾸 잊어버리는 걸까? 그리고 나는? 오, 주여, 영원한 빛이여! 왜 우리를 버리시나이까? 왜 사랑하는 이들을 제게서 떼어놓으시나이까? 왜 우리는 언제나 헤어져 있어야만 하는 것입니까? 하지만 우리는 언젠가 다시 만나 함께 있을 수 있겠지. 안 그렇소, 여보? 나는 걸어서라도 당신 곁으로 갈 거요. 우리는 다시 만나 잘 지낼

수 있을 거야. 그러면 모든 게 다 잘될 거야.'

이어서 그의 생각은 다시 라라를 향했다. 그에게 라라는 과연 어떤 존재일까? 그런데 그에게 그 질문에 대한 답은 언제나 준비되어 있었다.

봄날 저녁이다. 대기 속에 여기저기 소리들이 흩어져 박혀 있다. 마치 이 광활한 전체 공간이 살아 있음을 보여주듯 멀리 여러 군데 거리에서 들려오는 아이들 노는 소리. 그리고 바로 이 광활한 공간이 러시아이고 비할 데 없이 소중한 그의 어머니이다. 멀리까지 널리 이름이 난 러시아, 수난자이며, 고집불통이고, 헤프고 정신 나간 러시아, 무책임하면서도 찬양받는 러시아, 영원히 빛을 발하면서도 비참한 재난과 예측 불가능한 모험으로 가득한 러시아! 오, 살아 있다는 것은 그 얼마나 달콤한 일인가! 살아 있으면서 삶을 사랑한다는 것은 그 얼마나 좋은 일인가! 삶에 대해 감사하기를, 존재 그 자체에 대해 감사하기를, 마치 한 존재가 다른 존재에게 감사하듯 그 모든 것에 감사하기를 그 얼마나 간절히 열망했던가!

바로 그것이 라라였다. 우리는 삶, 그리고 존재와 직접 소통할 수는 없다. 하지만 라라는 바로 삶을 대표하는 존재이며 그 표현이었다. 말로 표현할 수 없는 존재의 원칙이 그녀 안에서 표현되고 말로 나타난다.

그가 방금 전 한순간이나마 그녀를 의심한 것은 그릇된 것이다. 천부당만부당한 짓이다! 그녀에 관한 한 모든 것이 흠 없이 완벽하다.

경탄과 후회의 눈물이 그의 눈을 채웠다. 그는 난로 뚜껑을 열고 불을 지폈다. 활활 타오르는 불꽃이 그를 미망에서 깨어나게 했다. 그는 라라가 그리웠다. 지금 이 순간 그녀를 생생하게 느끼게 해줄 수 있는 그 무언가가 절실히 필요했다.

그는 주머니에서 편지를 꺼냈다. 쪽지가 뒤집혀 접혀 있었기에 뒷면이 앞에 나와 있었다. 그는 그곳에도 무언가 적혀 있다는 것을 발견했다. 그는 종이를 반듯하게 편 후 춤추는 불빛에 비추어 읽어보았다.

> 당신 가족들에게 무슨 일이 있었는지는 당신도 알고 있겠지요. 그들은 모스크바에 있어요. 토냐가 딸을 낳았어요.

그 아래 몇 줄이 지워져 있고 그다음에는 다음과 같은 말이 이어져 있었다.

별 쓸모없는 이야기 같아서 지웠어요. 만났을 때 이야기 하기로 해요. 서둘러 나가야 해요. 말을 빌리러 가야 해요. 말을 빌리지 못하면 어쩌나 걱정이에요. 카챠를 데려가려면 말이 꼭 필요해요.

마지막 문장은 지워져서 읽을 수가 없었다.

7

난로가 충분히 덥혀지자 지바고는 요기를 하고 곧바로 잠에 빠져들었다. 식곤증을 이길 수 없었던 것이다. 잠에 빠져들자마자 그는 악몽에 시달리다가 잠에서 깨어났다. 꼼짝도 할 수 없었다. 그의 내부에서 그 자신이 아니라 그보다 더 거대한 그 누군가가 눈물을 흘리며 흐느끼고 있었고 어둠 속에서 그 무언가 단어들이 인광처럼 빛을 발하고 있었다. 그 눈물 흘리는 영혼과 함께 그도 눈물을 흘렸다. 그는 자기 자신에 대한 연민을 느꼈다.

'나는 병에 걸린 거야.' 잠과 환각과 인사불성 사이에 잠깐 정신이 들면 그는 생각했다. '아직 교과서에서도 볼 수 없고 학교에서도 배우지 않은 새로운 종류의 티푸스에 걸린 거야. 뭐

든 먹어야 한다. 그렇지 않으면 굶어 죽을 것이다.'

그는 팔꿈치를 짚고 몸을 일으키려 했다. 하지만 몸을 일으킬 수 없었다. 그는 다시 잠에 빠져들었다. 아니면 의식을 잃은 것인지도 몰랐다.

'내가 이곳에 얼마나 오래 누워 있었지?' 잠깐 의식이 돌아오면 그는 궁금해했다. '몇 시간이 지난 거지? 아니면 며칠이 지난 건가? 내가 자리에 누웠을 때는 초봄이었어. 하지만 창문에 성에가 두껍게 끼었는지 방 안이 어둡군.'

부엌에서는 쥐들의 기분 나쁜 찍찍 소리, 쥐들이 접시 위를 오가며 달그락거리는 소리, 벽을 오르내리는 소리가 들렸다.

지바고는 다시 잠에 빠져들었다. 그리고 다시 깨어났을 때 성에가 낀 창문이 핑크빛으로 물들어 있는 것을 발견했다. 마치 크리스털 잔 안의 적포도주처럼 붉은빛이었다. 지바고는 지금이 새벽인지 저녁인지 궁금했다.

가까운 데서 목소리가 들리는 것 같았다. 그는 자신이 드디어 착란 상태에 빠졌구나, 라고 생각하고 두려움에 사로잡혔다. 그는 자기 연민에 빠져 하늘에 대한 원망의 말을 속삭이듯 뱉어냈다.

"영원한 빛이시여! 왜 저를 버리시나이까? 왜 저를 저주받은 깊은 어둠 속에 빠뜨리시나이까?"

갑자기 그는 자신이 착란 상태에 빠져 있지 않다는 것을 깨달았다. 그의 몸은 깨끗하게 씻겨 있었다. 그는 입고 있던 더러운 옷이 아니라 깨끗한 셔츠로 갈아입은 채 소파가 아니라 시트를 깐 침대에 누워 있었다. 그리고 바로 그 옆에 그녀가 앉아서 고개를 숙이고 울고 있었다. 그녀의 머리카락이 그의 머리카락과 뒤섞였고 그녀의 눈물이 그의 눈물과 뒤섞였다. 라라였다. 지바고는 너무나 기쁜 나머지 또다시 정신을 잃었다.

8

조금 전까지만 해도 그는 자신을 버린 하늘을 원망했다. 하지만 이제는 하늘이 강인하면서도 하얀 여인의 팔을 펼치고 그의 침대까지 내려와 천상의 숨결을 그에게 내뿜고 있었다. 그는 기쁨으로 머리가 어질어질할 정도였으며 의식이 마비될 정도로 한없이 깊은 행복에 빠져들었다.

한평생 그는 활동적으로 살아왔다. 집안일도 돌보고 환자를 치료하고 사색하고 연구하고 글을 썼다. 그런데 이렇게 모든 활동과 투쟁과 생각을 멈추고 그 모든 것을 자연에 맡겨버린다는 것은 그 얼마나 행복한 일인가! 자연의 일부가 되어 그 자비

롭고 경이로우며 한없이 아름다운 손에 자신을 맡긴다는 것은 그 얼마나 기쁜 일인가!

지바고는 빠르게 회복이 되었다. 라라가 그를 먹이고 간호했으며 극진하게 보살폈다. 그녀는 따뜻하고 부드러운 목소리로 그에게 질문하고 대답했다. 제아무리 사소한 대화라 할지라도 둘 간의 대화에는 플라톤의 『대화』처럼 깊은 의미가 담겨 있었다. 그들은 그들이 지닌 공통점으로만이 아니라 그들을 세상으로부터 격리시키는 것들에 의해서도 맺어졌다. 두 사람은 현대 인간의 전형적인 비극적인 모습, 판에 박힌 찬양의 말들을 소름 끼치도록 날카롭게, 또한 열광적으로 외치는 그 모습으로부터 추방되어 있었다. 또한 두 사람은 오늘날 예술과 학문 분야에 종사하는 수많은 사람들로부터도 소외되어 있었다. 대부분의 학자와 예술가들은 이른바 시대의 정신이라는 것을 공들여 유포하고 실행하며 그것에 충실하게 복무한다. 아찔할 정도로 아둔한 짓이다. 그런 분위기에서 뛰어난 천재는 절대로 나올 수 없다. 지바고와 라라는 바로 그 아둔함으로부터도 멀리 떨어져 있었다.

그들의 사랑은 위대했다. 대부분의 사람들은 이런 엄청난 감동을 맛보지 못한 채 사랑을 한다. 하지만 지바고와 라라에게 사랑의 정염은 어차피 죽음에 이를 수밖에 없는 인간이라는 존재에게 마치 영원의 숨결이 찾아온 것과 같았다. 그 순간은 바로 계시의 순간이었으며 자기 자신과 삶에 대해 끊임없이 새로운 것을 발견하는 순간이었다. 그리고 바로 그 점에서 그들은, 또한 그들의 사랑은 특별했다.

9

"당신은 반드시 당신 가족에게 돌아가야 해요. 당신을 단 하루라도 필요 이상으로 잡아두고 싶지 않아요. 하지만 지금은 상황이 여의치 않아요. 우리가 소비에트 러시아의 일부가 되는 순간 우리는 그 폐허로 빨려 들어간 셈이에요. 당신이 앓아누워 있는 동안 유리아틴이 얼마나 변했는지 당신은 모를 거예요. 우리들의 식량은 몽땅 모스크바로 실려 가고 있어요. 밑 빠진 독에 물 붓기예요. 우리에겐 아무것도 남은 게 없어요. 우편도 끊겼고 곡물 수송 열차 외에는 기차 운행도 끊겼어요. 그러니 그렇게 피골이 상접한 몸으로는 아무 데도 갈 수 없어요. 게다가 걸어간다는 건 말도 안 되는 일이에요.

당신에게 충고 같은 걸 하고 싶지는 않지만 제가 당신 입장이라면 일자리를 구해보겠어요. 당신 직업은 환영받고 있어요.

지방 보건소에서 뭔가 일을 얻을 수 있을 거예요. 당신은 반드시 무슨 일이든 해야 해요. 당신 아버지는 시베리아의 백만장자이고 자살을 했어요. 당신 부인은 지주이자 공장주의 딸이에요. 게다가 당신은 빨치산으로부터 도망쳤어요. 당신은 절대로 무사할 수 없어요. 혁명군으로부터 도망친 탈영병인 셈이에요. 당신은 무슨 일이 있어도 빈둥거리면 안 돼요. 내 입장도 별로 나을 게 없어요. 나도 뭔가 해야만 해요. 내 발등에도 불이 떨어진 셈이에요."

"무슨 소리요? 스트렐리니코프는 어쩌고?"

"실은 바로 그 사람 때문에 더 어려운 처지에 빠졌어요. 그 사람에게 적이 많다고 이야기해준 적이 있지요? 적군(赤軍)이 일단 승리를 거두자 비당원이면서 높은 자리에 오른 사람들은 숙청 대상이 되었어요. 나야 속사정은 잘 모르지만 아마 알고 있는 정보가 너무 많기 때문일 거예요. 흔적도 없이 살해되지 않고 그냥 추방만 당한다면 그나마 다행이에요. 하지만 파벨은 약점이 너무 많아요. 그 사람은 큰 위험에 처해 있어요. 그가 극동 쪽에 있었다는 사실은 알고 있지요? 들리는 말로는 그가 도망쳤대요. 그는 몸을 숨겼고 그들이 그를 추적하고 있어요. 하지만 그 이야기는 그만해요. 나는 울기 싫어요. 그 사람 이야기를 한마디라도 더 하면 울음이 터질 것 같아요."

"당신, 아직 그를 무척 사랑하고 있군."

"우리는 결혼한 사이잖아요. 그 사람은 제 남편이에요. 그는 훌륭하고 올곧은 사람이에요. 고상한 인격의 소유자예요. 그 사람에 비하면 나는 정말 보잘것없는 여자일 뿐이에요. 비교할 수조차 없어요. 하지만 이제 그 이야기는 정말 그만해요. 나중에 다시 말해줄 기회가 있을 거예요.

당신 부인 토냐는 정말 훌륭한 사람이에요. 보티첼리의 그림에 나오는 여자 같아요. 그녀가 출산할 때 내가 바르이키노에 함께 있었어요. 우리 둘은 정말 사이가 좋았어요. 하지만 그 이야기도 좀 이따 해요.

아까 말했듯 우리 둘 다 취직을 해야 해요. 둘이 함께 아침부터 일을 하면 수억 루블을 벌 수 있어요. 수억 루블이라니 놀랍죠? 인플레가 엄청 나요. 화물열차로 돈을 가득 싣고 온다는데 차량이 최소한 마흔 대는 된대요. 파란 것과 빨간 것 두 종류 지폐인데, 파란 건 5백만 루블이고 빨간 건 천만 루블이에요. 인쇄가 형편없어서 흐릿하고 잉크도 번져 있어요."

"아, 그 돈을 본 적이 있소. 우리 가족이 모스크바를 떠나기 직전에 발행되어 유통되던 거요."

10

"그런데 바르이키노에는 왜 그렇게 오래 있었던 거요? 누가 살고 있소? 빈집으로 알고 있는데……."

"카챠와 집을 치우고 있었어요. 당신이 그곳으로 먼저 오리라고 생각했던 거지요. 엉망인 집안 꼴을 당신에게 보여주고 싶지 않았어요."

"출산 때 그곳에 있었다고 했지? 토냐 이야기를 해줘요. 아이 이름은 뭐지?"

"마샤예요. 할머니 이름을 따온 거예요."

"자, 내 가족 이야기를 좀 해줘요."

"나중에 해줄게요. 그 이야기만 하면 눈물이 나올 것 같아서예요."

"그리고 당신에게 말을 빌려준 사람 있잖소? 안핌이라는 사람. 흥미로운 사람이라고 생각하지 않소?"

"그래요, 정말 재미있는 사람이에요."

"나도 그 사람을 잘 알고 있소. 우리가 바르이키노에 살고 있는 동안 자주 드나들었소. 낯선 곳에 자리 잡는 걸 도와주었소."

"알고 있어요. 그 사람이 말해줬어요."

"아주 친하게 지냈겠군. 당신도 열심히 도와주었겠지?"

"정말 굉장히 많이 도와줬어요. 그 사람이 없었으면 어떻게 되었을까 의심스러울 정도예요."

"그랬을 거야. 둘이 보통 사이가 아니었을 텐데……, 그 사람이 꽤나 당신 뒤를 쫓아다녔을 거야."

"정말이에요! 당연히 그랬어요."

"당신 그 사람 좋아하오? 미안하오. 그런 질문은 하는 게 아니지. 그런 걸 캐물을 권리가 내게는 없지. 미안하오, 내가 좀 지나쳤소."

"아니, 괜찮아요. 그러니까 그 사람하고 나하고 어떤 관계인지 궁금한 거지요? 잘 알고 지내는 사이 이상의 관계가 아닌지 궁금한 거지요? 물론 그런 건 없어요. 그 사람이 내게 엄청나게 베풀어준 건 사실이에요. 나는 그 사람에게 큰 빚을 진 거예요. 하지만 설혹 그가 금덩어리를 갖다주거나 나를 위해 목숨을 바친다 해도 그 사람과는 한 발자국도 더 이상 가까워질 수 없어요. 나는 그런 사람은 늘 싫었어요. 그 사람과 나는 공통점이 전혀 없어요. 그 사람처럼 꾀가 많고 자신만만한 사람은 실생활에서는 더할 나위 없는 능력을 발휘하지요. 하지만 감정 문제에 관한 한 그렇게 뻔뻔하고 오만한 사람만큼 끔찍한 사람은 없어요. 그런 건 내 인생관이나 연애관과는 거리가 멀어요.

게다가 안핌을 보면 정말 너무나 혐오스러운 다른 사람이 떠올라요. 나를 이런 처지에 빠지게 만든 장본인이에요."

"이해할 수가 없군. 지금의 당신이 어때서? 무슨 생각이 떠오른다는 거요? 어디 한번 설명해 봐요. 내가 보기에 당신은 더없이 훌륭한 여자인데."

"어머, 어쩜 그런 말을! 나는 진지한 이야기를 하고 있는데 당신은 마치 살롱 규방에서처럼 입에 발린 말을 하고 있군요. 내가 어떤 여자냐고요? 내 안의 그 무언가가 망가진 여자이고 평생 그렇게 망가진 채 살아야 하는 여자예요. 나는 인생을 너무 일찍 알아버렸어요. 나는 인생의 가장 나쁜 면을 일찍 발견한 거예요. 일그러진 싸구려 인생 말이에요. 자기만족에 빠진 기생충 같은 늙은이, 뭐든지 자기가 좋아하는 것은 해야만 직성이 풀리는 그런 늙은이를 통해 그런 인생을 본 거예요."

"알 것 같아. 당신에게 뭔가 있다고 늘 생각했었지. 하지만 조금만 참고 내 말을 들어봐요. 나는 아직 어린 소녀였던 당신이 그 얼마나 충격을 받았고 그 얼마나 큰 고통을 겪었을지 짐작할 수 있어. 어린 소녀로서는 겪어서는 안 될 고통을 겪은 거야. 하지만 그건 모두 과거의 일이오. 내 말은 이제 그 일로 고통을 겪어야 하는 사람은 당신이 아니라는 뜻이오. 당신이 아니라 나 같은 사람, 당신을 사랑하는 나 같은 사람이 고통스러워해야 한다는 뜻이야. 왜 곁에서 당신을 보호해주지 못했는가, 라며 머리를 쥐어뜯어야 할 사람은 바로 나란 말이오. 나는 그 사람에게 강렬한 질투를 느끼고 있어. 정말 이상한 일이지만 그가 나 자신보다 못한 인간이고 나와는 아무런 공통점도 없기 때문이야. 상대방이 나보다 훨씬 뛰어난 사람이었다면 나는 전혀 다른 감정을 느꼈을 거야. 그런 사람이 당신을 사랑한다면 그 사람에 대해 불평하거나 다투는 대신 뭔가 비극적인 형제애를 느꼈을 거야. 물론 한 여자를 동시에 사랑할 수는 없겠지. 그렇게 되면 나는 아마 물러날 거야. 그때 느끼는 감정은 질투와는 다른 것이겠지. 고통이나 분노도 아닐 거야. 아마 어느 예술가가 자신보다 훨씬 재능이 뛰어난 예술가를 만났을 때 느끼는 감정과 비슷할 거야. 그렇게 되면 예술 창작을 위한 모든 노력을 포기하겠지. 그의 작품을 모방할 수도 없는 노릇이고 어떻게 계속 작품 활동을 할 수 있겠어?

아니, 우리가 이런 이야기를 하려던 건 아니잖아. 나는 만일 당신에게 불평할 것도 후회할 것도 없었다면 당신을 이토록 사랑할 수는 없었을 것 같소. 나는 한 번도 넘어지거나 비틀거려 본 적이 없는 사람은 좋아하지 않아. 그런 사람이 지키는 미덕에는 생명력이 없고 그렇기에 가치도 별로 없어. 삶의 아름다움은 그런 사람들에게서는 그 모습을 드러내지 않아."

"내가 생각하는 아름다움도 바로 그런 거예요. 그런 아름다움을 보기 위해서는 때 묻지 않은 상상력이, 어린아이 같은 시선이 필요하다고 나는 생각해요. 나는 바로 그런 상상력과 시선을 빼앗긴 거예요. 내가 내 인생의 첫걸음부터 다른 사람의 소인이 찍혀 있는 비틀린 삶을 보지 않았다면 나 나름대로 삶을 보는 눈을 기를 수 있었을지도 몰라요. 게다가 그것만이 아니에요. 애초부터 내 삶에 그런 추하고 부도덕하고 이기적인 삶이 침범해 들어왔기에 정말로 훌륭한 사람, 나를 사랑했고 나도 사랑했던 사람과의 결혼마저 파괴되고 말았어요."

"잠깐 당신 남편 이야기는 잠시 뒤로 미룹시다. 나는 당신 남편 같은 사람은 질투하지 않는다고 좀 전에 말했지? 나보다 훨씬 못난 자에게만 질투를 느낀다고 말했지? 그러니 우선 당신 삶에 부당하게 끼어들어 온 그 사람 이야기부터 해줘요. 당신 표현대로 당신의 삶을 망친 사람 말이오. 그 작자가 누구요?"

"아주 유명한 모스크바의 변호사예요. 아버지 친구였어요. 아버지가 돌아가시고 우리가 무척 어려울 때 경제적으로 어머니에게 많은 도움을 주었어요. 미혼에 부자예요. 내가 하도 그 사람을 심하게 비난하니까 당신이 필요 이상으로 지나친 흥미를 느끼는 것 같아요. 그냥 흔한 사람이에요. 원한다면 이름을 가르쳐줄 수도 있어요."

"그럴 필요 없소. 누군지 알고 있소. 한 번 본 적도 있소."

"정말이에요?"

"당신 어머니가 음독했을 때 호텔 방에서 보았소. 늦은 밤이었지. 우리 둘 다 고등학교 학생이었을 때요."

"아, 기억나요. 당신 누군가와 함께 있었지요?"

지바고가 그녀의 질문에 대답하지 않고 말했다.

"그때 그곳에서 코마로프스키를 보았소."

지바고의 입에서 코마로프스키의 이름이 나오자 그녀의 얼굴이 붉어졌다.

"그랬어요? 충분히 그럴 수 있는 일이지요. 그 사람과 함께 있을 때가 많았으니까요. 그때 그 사람을 자주 만났어요."

"난 그날 밤 학교 친구와 함께 있었소. 미샤 고르돈이라는 친구였소. 그때 그 친구가 내게 해준 이야기가 있소. 그 친구가 전에 우연히 같은 장소에 있었던 코마로프스키의 얼굴을 기억해 낸 거요. 그 친구가 중학생이었을 때 열차에서 우리 아버지가 자살하는 것을 우연히 목격했소. 그때 아버지와 동행하고 있던 인물이 바로 코마로프스키였소. 아버지를 알코올 중독자로 만들어 결국 파산하게끔 이끈 거요. 아버지가 자살한 것도, 내가 고아가 된 것도 다 그 작자 때문이오."

"아니, 이럴 수가! 정말 놀라워요! 그렇다면 그 사람은 당신에게도 악마란 말이에요? 아, 그 사람 때문에 우리는 더 가까워진 셈이네요! 무슨 운명 같아요!"

"바로 그 때문에 그 사람을 나는 미친 듯이 질투하고 있는 거요."

"어떻게 그런 말을 할 수 있어요? 나는 그 사람을 사랑하지 않는 정도가 아니에요. 나는 그 사람을 경멸해요."

"당신은 당신 자신에 대해서 그토록 잘 알고 있나? 인간이라는 존재는, 특히 여성은 신비스러운 존재이고 모순으로 가득 차 있는 존재요. 그를 향한 당신의 혐오감 속에는 그 무언가 이상한 게 숨어 있는 거요. 당신이 그를 혐오하기에 아무런 강요 없이 당신의 자유의지로 사랑하게 된 사람보다 더 강하게 그 사람에게 예속되어 있는 거요."

"어떻게 그런 끔찍한 말을! 하지만 늘 그렇듯 당신 입에서 나온 말은 제아무리 부자연스러운 말이라 할지라도 진실처럼 보여요. 하지만 정말 그렇다면 이토록 무서운 일이!"

"당황할 것 없소. 내 말을 귀담아들을 필요도 없소. 다만 어둡고 무의식적인 요소, 비이성적이고 불가해한 그 무엇을 내가 질투하고 있다는 뜻일 뿐이니까. 나는 당신의 화장품을, 당신 피부의 땀 한 방울을, 당신이 숨 쉬고 있는 공기 중의 미생물, 아무도 모르게 당신의 핏속으로 들어가 당신에게 병을 옮길지도 모를 그런 미생물을 질투하고 있을 뿐이오. 나는 마치 전염병을 질투하듯 코마로프스키를 질투하고 있는 거요. 마치 죽음이 우리를 갈라놓듯 언젠가 그가 당신을 데려갈 거요. 애매하고 말도 안 되는 소리를 내가 늘어놓고 있다는 걸 나는 잘 알고 있소. 하지만 그 이상은 분명하게 설명할 수가 없구려. 당신을 미칠 듯이, 정신없이, 무한히 사랑하오."

11

"자, 이제 당신 남편 이야기를 해줘요. 셰익스피어가 「로미오와 줄리엣」에서 '우리는 불운이라는 책의 같은 줄에 적혀 있도다'라고 말했지."

"우리가 멜류제예보에 있었을 때 그 사람 이야기를 당신에게 많이 했어요. 나는 그 사람을 찾고 있었고 당신은 부상으로 누워 있었지요. 이곳 유리아틴에서 먼발치로 그 사람을 보았을 때 나는 깜짝 놀랐어요. 경비가 삼엄한 것에도 놀랐지만 그 사람이 하나도 변하지 않은 것 같아서 더 놀란 거예요. 여전히 잘생긴 얼굴이었고 정직하고 의연한 얼굴이었어요. 이 세상 그 누구보다 정직한 얼굴이었어요. 허세를 부리지 않는 남성적인 모습도 그대로였어요. 그런데 딱 한 가지 달라진 게 있었고 그것 때문에 나는 불안했어요.

그의 얼굴에 뭔가 추상적인 것이 기어들어 와 그의 얼굴에서 생기를 빼앗아 간 것 같았어요. 살아 있는 인간의 얼굴이 원칙과 관념의 화신으로 변해버린 것 같았어요. 그것을 알아보는 순간 가슴이 철렁 내려앉았어요. 나는 그가 자기 자신을 보다 상위의 힘에 기탁한 결과라는 것을, 그 힘은 무시무시하고 가차 없다는 것을, 결국에는 그 힘이 그 사람 자신을 먹이로 삼게 되리라는 것을 알았어요. 그는 낙인이 찍힌 사람이며 그게 그의 운명이라는 생각이 들었어요. 아니, 내가 혼동하고 있는지도 몰라요. 아마 당신이 해준 이야기를 내가 느꼈던 것으로 착각하고 있는지도 몰라요. 우리는 서로 감정만 나누는 게 아닌가 봐요. 나는 당신에게 여러 가지 점에서 영향을 받고 있나 봐요."

"혁명 전에 그와 만나던 시절에 대해 이야기해봐요."

"옛날 내가 아직 어렸을 때 나는 순수를 꿈꾸었어요. 그리고 그는 바로 그런 순수함의 화신이었어요. 우리는 거의 같은 집에서 자랐어요. 그 사람하고 갈리울린하고 나 말이에요. 그 사람은 나한테 푹 빠져 있었어요. 나를 볼 때마다 얼어붙었으니까요. 어린 시절부터 자존심이 강했기에 그걸 감추려고 애썼지만 척 보기만 해도 알 수 있는 어린애다운 정열이었어요. 그 사람과 나는 정말 달랐어요. 하지만 나는 그때부터 이미 그 사람을 마음속으로 택하고 있었어요. 나이가 충분히 들면 이 멋진 소년과 결혼하겠다고 마음먹고 있었으니 속으로는 이미 약혼한 거나 마찬가지였어요.

그 사람은 정말 재능이 뛰어난 사람이에요. 아버지는 기차 궤도를 바꾸는 전철(轉轍)수이자 건널목지기일 뿐인데 어떻게 자신의 재능과 노력만으로 고전과 수학 두 분야에서 그 정도 수준에 오를 수 있었는지 모르겠어요. 사실 그 정도 수준이라는 건 적당한 표현이 아니에요. 최고 수준이지요! 정말 대단한 일이에요."

"그렇다면 왜 결혼 생활이 파경에 이른 거요? 부부가 그토록 사랑했는데."

"대답하기 정말 어려워요. 하지만 애써볼게요. 당신에게 설명하려니 뭔가 어색해요. 나처럼 평범한 여자가 당신처럼 현명한 사람에게 러시아인들의 삶에서 전반적으로 무슨 일이 벌어졌는지, 왜 가정이 붕괴하게 되었는지 이야기하려 하고 있다니. 하지만 이야기해보겠어요.

제가 보기에 그건 개인들의 문제가 아니에요. 성격 차이나 사랑하고 않고의 문제가 아니에요. 모든 관습과 전통, 우리들의 모든 생활방식, 가정이나 질서에 연관된 모든 것들이 부서져 먼지 가루가 되어버렸어요. 사회 전체를 뒤집어엎고 재조직한다는 명분하에 말이에요. 인간적인 삶의 길이 통째로 파괴되고 황폐화되었어요. 남은 거라고는 마지막 한 조각 껍질마저 벗겨져버린 인간의 영혼밖에 없어요. 인간의 영혼에게 변한 것은 아무것도 없어요. 인간의 영혼은 언제나 추위에 떨며 자신과 마찬가지로 춥고 외로운 이웃 영혼에게 손을 뻗치고 있었으니까요. 당신과 나는 지상의 최초의 두 인간인 아담과 이브 같아요. 이 세상이 시작될 때 그 둘에게는 몸을 가릴 것이 아무것도 없었어요. 지금 우리들도 세계의 종말 앞에서 몸에 걸칠 것도 살아갈 집도 없이 떨고 있어요. 그리고 당신과 나는 아담과 이브로부터 지금까지 수천 년에 걸쳐 창조된 그 측량할 길 없는 위대함에 대한 기억과 같은 거예요. 우리가 살아가고 사랑하고 울고 서로에게 의지하는 것은 그 모든 사라진 놀라운 것들을 기리기 위해서예요."

12

그녀는 잠시 침묵에 잠겼다가 더욱 차분한 목소리로 이야기를 이어나갔다.

"당신에게 말해주고 싶어요. 만일 스트렐리니코프가 다시 옛날의 파벨 안티포프로 돌아와 줄 수 있다면, 그 사람이 광기에 찬 반역을 그만둘 수 있다면, 만일 시간을 되돌릴 수 있다면, 만일 기적에 의해 어디선가 다시 우리 집에 불이 밝혀지고 파벨의 서재에 호롱불이 켜질 수만 있다면 그곳이 지구 끝이라 할지라도 기어서라도 갈 거예요. 내 안의 모든 것이 거기 응할 거예요. 나는 과거의 부름에, 그 정결한 것, 그 충실한 것의 부름에 저항할 수 없을 거예요. 제아무리 소중한 것이라도 기꺼이 희생할 거예요. 당신마저도. 이토록 아늑하고 자발적이고 자연스러운 우리의 사랑까지도. 오, 용서해주세요. 그런 뜻이 아니에요. 그건 진심이 아니에요."

그녀는 흐느끼며 그의 품으로 파고들었다. 하지만 그녀는 곧바로 마음을 추스르며 눈물을 닦고는 말을 이었다.

"그 부름은 당신을 토냐에게 돌려보내라는 의무의 부름이기도 해요. 오, 하느님! 우리는 그 얼마나 비참한가요! 우리는 어떻게 될까요? 우리는 어떻게 해야 하나요?"

이윽고 그녀의 마음이 완전히 가라앉자 그녀가 계속 말했다.

"그런데 우리 가정이 왜 무너졌느냐는 당신의 질문에는 대답하지 않았군요. 사실 저는 한참 뒤에야 분명하게 깨달을 수 있었어요. 말해줄게요. 그건 우리 집만의 이야기가 아니에요. 다른 많은 사람들이 겪은 운명이에요."

"말해봐요, 라라. 당신은 정말 현명하오."

"우리는 전쟁이 일어나기 두 해 전에 결혼했어요. 우리가 막 자립해서 가정이 안정되려 할 때 전쟁이 일어났어요. 저는 이제 전쟁이 우리가 지금 겪고 있는 모든 불행의 원인이라고 믿고 있어요. 나는 어린 시절을 잘 기억하고 있어요. 아직은 지난 세기의 평화로운 전망이 받아들여지고 있던 때였지요. 이성에 귀를 기울이는 것이 당연시 여겨지던 때였고 양심이 시키는 대로 행동하는 것이 옳고 자연스러운 일이었던 때였어요. 사람의 손에 의해 사람이 죽는 일이 드물고 비정상적인 일인 때였어요. 살인은 연극이나 신문, 혹은 탐정소설에서나 볼 수 있는 일이지 일상생활에서는 구경도 할 수 없는 때였어요. 그런데 이렇게 평화롭고 순진하고 온건하던 삶이 갑자기 피와 눈물과 집단 광기와 야만의 세계로, 살육이 합법화되고 보상받는 세계로 도약해버린 거예요. 나는 그런 일에는 마땅히 보상이 뒤따른다고 생각해요. 어떻게 모든 것이 한꺼번에 무너져 내렸는지는 나보다 당신이 더 잘 알 거예요. 기차도, 식량 보급도, 가정생활의 기반도, 도덕적 기준도……."

"계속해요. 당신이 무슨 말을 이어서 할 것인지 알 것 같아. 당신 어떻게 그렇게 정확하게 세상을 다 볼 수 있는 거지? 당신 이야기를 듣고 있자니 정말 즐거워!"

"그러자 우리의 땅 러시아에 허위가 찾아온 거예요. 가장 큰 불행, 모든 악의 근원은 사람들이 더 이상 자기 자신의 의견에 대한 신뢰감을 상실했다는 사실이에요. 사람들은 모두, 자기만의 도덕적 감각을 따르는 것은 시대에 뒤떨어진 짓이다, 모두 함께 목소리를 맞춰 노래해야 한다, 다른 사람들이 갖다준 관념, 모든 사람들의 목을 꽉 채우고 있는 그 관념으로 살아가야 한다고 생각하게 된 거예요. 알맹이 없는 미사여구가 군림하게 된 거예요.

사회악이 전염병처럼 번졌어요. 정말 전염력이 강했어요. 모든 것에 영향을 미쳤어요. 우리의 가정도 오염이 된 거지요. 무언가가 잘못되기 시작했어요. 자연스럽고 자발적이던 분위기는 사라지고 어리석은 호언장담이 판을 치기 시작했어요. 뭔가 현란하고 인위적이고 강요된 것들이 우리의 대화에 스며들었어요. 세계적으로 중요해 보이는 주제들에 대해 그럴듯하게 말하면서 자신이 현명해졌다는 착각에 빠진 거지요. 그토록 분별력이 있는 파벨이, 자신에게 엄격하고 실제와 겉모습을 정확하게 구분할 줄 알던 파벨이 우리의 삶에 기어들어온 이 기만(欺瞞)을 왜 알아차리지 못한 걸까요?

바로 그 점에서 그는 치명적이고 무시무시한 실수를 범하고 말았어요. 그는 시대정신을, 다시 말해 그 시대에 사회에 만연해 있는 악을 개인적이고 가정적인 악으로 잘못 판단한 거예요. 그는 가정에서 오가는 진부한 표현들, 우리들이 일상생활에서 나누는 부자연스럽고 딱딱한 어투에 대해 우리가 그런 식으로 대화할 수밖에 없는 것은 자신이 평범한 사람이기 때문이다, 거짓된 삶을 살고 있기 때문이다, 라고 생각했어요. 결혼 생활에서는 그런 사소한 문제가 아주 중요한 의미를 띨 때가 있잖아요.

그는 아무도 강요하지 않았는데 스스로 전쟁터로 나갔어요. 자신이 우리들에게 짐이 되고 있다, 가족들을 그 부담에서 벗어나게 해주겠다, 라는 정말 어리석은 생각 때문이었어요. 그것이 그 사람의 광기의 출발점이에요. 일종의 미성숙하고 빗나간 허영심 때문에 그는 아무도 분노하지 않는 일에 분노했어요. 그는 사태의 진행 상황 자체에 대해 부루퉁해졌어요. 그는 역사와 싸우기 시작했어요. 그는 오늘날까지도 역사와 힘겨루기를 하고 있어요. 그 때문에 그는 그처럼 상궤를 벗어난 싸움꾼이 된 거예요. 그는 그 어리석은 야심 때문에 스스로 파멸의 길을 걷고 있어요. 아, 그를 구해줄 수만 있다면!"

"오, 그를 향한 당신의 사랑은 정말 순수하고 강력해! 그를 사랑해! 계속 사랑해! 나는 그를 질투하지 않아. 나는 당신을 방해하지 않을 거야."

13

여름이 왔다가 기척도 없이 가버렸다. 지바고는 완전히 회복되었다. 머지않아 모스크바로 떠날 계획을 세운 그는 세 개의 임시 일자리를 얻었다. 돈의 가치가 급격하게 하락하고 있었기에 웬만큼 벌어서는 생활이 어려웠다.

지바고는 매일 새벽 동이 틀 무렵 집에서 나와 '상인 거리'를 지난 다음 광장을 가로지른다. 이어서 부야노프가 거리 모퉁이를 돌아 군 진료소로 들어간다. 이곳이 그의 주된 일터였다. 그리고 그는 일주일에 서너 차례 마야스키 거리에 있는 유리아틴 보건 당국의 회의에 참석한다. 한편 도시의 정반대 쪽에 이전에 '산부인과 연구소'로 사용되던 건물이 있다. 안핌의 아버지가 아이를 낳다가 사망한 아내를 기리기 위해 세운 연구소였다. 이제 그 연구소는 '로자 룩셈부르크(독일의 좌익 혁명가-옮긴이 주) 연구소'로 명칭이 바뀌고 내 · 외과 의사들 속성 양성소로 운영되고 있었다. 지바고는 그곳에서 일반 병리학을 비롯해 한두 가지 선택 과목에 대한 강의를 한다.

허기와 피곤에 시달리며 밤중에 집으로 돌아오면 라라가 부지런히 식사 준비와 빨래 등 집안일을 하고 있다. 소매를 걷어붙이고 치마를 걷어 올린 헝클어진 그녀의 모습, 그 산문적인 모습에서 지바고는 거의 숨이 막힐 정도로 놀라운 매력을 발견했다. 그녀가 무도회에 가기 위해 가슴이 패인 드레스에 바스락거리는 화려한 치마를 입고 하이힐을 신고 있다 할지라도 그처럼 매력적이지는 않았을 것이다. 그녀는 요리와 빨래 청소 외에도 딸 카챠에게 공부를 가르쳤다. 그리고 새롭게 개편된 학교의 교사 자격을 얻기 위해 정치 서적을 부지런히 읽었다.

두 모녀가 친근하게 여겨지면 여겨질수록 지바고는 그들을 가족처럼 생각하지 않으려 애썼다. 자신의 가족에 대한 의무,

가족을 배신했다는 마음속 고통 때문에 자신을 엄격하게 제어했던 것이다. 그가 그런 식으로 엄격하게 선을 긋고 있는 것이 라라나 카챠에게는 전혀 모욕적인 행동이 아니었다. 반대로 그들을 향한 그의 태도에는 일체의 속된 것이 배제된 존경심 같은 것이 들어 있었다.

하지만 마음속으로 그런 모순과 분열을 안고 지낸다는 것은 슬프고 고통스러운 일이었다. 그는 차츰 그것에 익숙해졌다. 하지만 그것은 쉽게 아물지 않아 자꾸만 재발하는 상처에 익숙해지는 것과 같은 것일 뿐이었다.

14

그렇게 두세 달이 흘러갔다. 10월 어느 날 지바고가 라라에게 말했다.

"아무래도 일을 그만둬야겠소. 병원 일은 그럭저럭 버텨보겠지만 보건 당국의 일과 강의는 도저히 견딜 수가 없어. 내 관심 분야에 대해 발언이나 강의를 하면 관념론이다, 신비주의다, 괴테의 자연철학이다, 신 셸링주의다, 라면서 이구동성으로 나를 비판하거든. 때로는 오늘 당장이라도 체포될 것 같은 위협을 느껴."

"유라, 아직 괜찮을 거예요. 다행히 아직 그런 때는 되지 않은 것 같아요. 하지만 당신 말이 옳아요. 조심하는 게 좋겠지요. 나는 새로운 체제가 권력을 잡게 되면 몇 단계를 거치게 되어 있다고 생각해요. 첫 번째가 이성의 승리의 단계이지요. 비판 정신의 단계라고 봐도 돼요. 온갖 편견들과 투쟁을 벌이는 단계이기도 해요.

그런 다음에는 두 번째 단계가 와요. 온갖 그늘진 행동들이 판을 치는 시기예요. 거짓 공감을 내세우는 사람들, 어딘가 빌붙어 사는 사람들이 득세하는 시기이지요. 온갖 의혹의 눈초리들, 밀고, 음모, 증오가 점점 더 늘어가지요. 당신 말이 옳아요. 지금 그 두 번째 단계가 시작되고 있는 거예요.

멀리서 실례를 찾을 것도 없어요. 새롭게 두 명이 이곳 혁명재판소 위원으로 왔어요. 노동자 출신으로 정치적인 이유 때문에 유형을 갔던 사람들이지요. 티베르진과 안티포프예요. 둘 다 나를 잘 알고 있는 사람이고, 더욱이 그중 한 명은 제 시아버지예요. 그런데 최근에 그들이 이곳으로 온 다음부터 우리 모녀의 생명이 걱정되어 못 견디겠어요. 무슨 일이든 할 수 있는 사람들이에요. 게다가 시아버지는 나를 싫어해요. 그 사람들은 나를 파멸시킬 거예요. 혁명적 정의(正義)를 명분으로 내세우며 파벨까지도 죽일 수 있는 사람들이에요.

주변에 온통 위험뿐이에요. 우리가 안전할 수 있는 시기는 끝난 것 같아요. 머지않아 당신이나 나는 체포될 거예요. 그렇게 되면 카챠는 어떻게 되는 거지요? 나는 어머니예요. 그런 불행한 일을 겪기 전에 대책을 세워야 해요. 아, 정말 미칠 것 같아요."

"머리를 짜내 봅시다. 하지만 우리가 할 수 있는 게 뭐가 있지? 우리 힘으로 이 광풍을 피할 수 있을까? 이건 다 운명이 아닐까?"

"그래요, 도망갈 수도 없을 거예요. 갈 곳이 아무 데도 없어요. 하지만 눈에 뜨이지 않는 곳으로 물러나 숨을 수는 있어요. 예를 들면 바르이키노로 가는 거예요. 외따로 떨어진 데다 버림받은 곳이니까 여기에서처럼 사람들 눈에 띌 일은 없을 거예요. 곧 겨울이 다가오지만 이럭저럭 1년은 버틸 수 있을 거예요. 시내와의 연락 건은 안핌이 도와줄 거예요. 아마 우리를 숨겨주는 일도 도와줄 거예요. 당신 생각은 어때요? 거긴 지금 아무도 없고 텅 비어 있을 거예요. 적어도 내가 3월에 그곳에 갔을 때는 그랬어요. 늑대도 나온대요. 무서울 거예요. 하지만 지금은 티베르진이나 안티포프 같은 인간이 늑대보다 더 무서워요."

"어떻게 말해야 할지 모르겠소. 당신 나보고 어서 모스크바로 가라고 내내 재촉하지 않았소? 지금은 모스크바로 가는 것도 다소 쉬워졌소. 역에 문의해보니 암표도 구할 수 있을 것 같고, 정식 통행증명서가 없어도 열차에서 끌어내리지 않는 모양이야. 전처럼 쉽게 사람을 사살하지도 않는다더군. 이제 너무 죽여서 지친 모양이지.

모스크바에 아무리 편지를 보내도 답장이 없어서 걱정이요. 그곳으로 가서 무슨 일이 있는지 알아봐야 해. 당신 자신이 늘 하던 이야기잖아. 그런데 바르이키노에 가서 지내자니? 설마 그런 황량한 곳에 혼자 가서 지내겠다는 건 아니겠지?"

"물론이에요. 당신이 없으면 불가능한 일이에요."

"그런데도 나보고 모스크바로 가라고 하는 거요?"

"그래요. 가야 해요."

"잠깐 내 말을 들어봐요. 내게 좋은 생각이 있어. 우리 셋이 함께 모스크바로 갑시다."

"내가 모스크바로요? 정신이 나갔군요! 내가 거긴 뭐하러? 안 돼요. 난 여기 있어야 해요. 파벨의 운명은 여기서 결정될 거예요. 나는 이곳에 있어야 해요. 그가 나를 필요로 하면 곧바로 달려갈 수 있어야 해요."

"그러면 카챠는 어떻게 되는 거요?"

"당신, 시무슈카 알지요? 얼마 전에 당신에게 이야기해줬지요? 그녀와 카챠에 대한 이야기를 나눴어요. 그녀가 가끔 나를 보러 오거든요."

"알고 있소. 가끔 봤소. 숲속의 빨치산 리베리의 막내 이모 아니요?"

"정말 멋진 분이에요. 예쁘고 우아하고 아주 박식해요. 책도 많이 읽었고 친절한 데다 아주 명석해요."

"내가 이곳에 도착하는 날 그녀의 언니가 내 머리를 깎아주었소. 재봉사인 글라피라 말이오."

"알고 있어요. 두 명 다 큰 언니인 아브도차와 함께 살고 있어요. 정직한 노동자 가족이에요. 만일 우리 두 사람이 체포되거나 무슨 일이라도 벌어지면 카챠를 돌봐달라고 부탁할 거예요. 아직 결심이 선 건 아니지만."

"하지만 그건 우리가 막다른 골목에 다다랐을 때 이야기요. 제발 그런 일은 일어나지 말아야지."

"사람들은 시무슈카의 머리가 좀 어떻게 된 게 아니냐고들 이야기해요. 그녀가 평범한 사람이 아니라는 사실은 부정할 수 없어요. 하지만 그녀는 정신이 나간 게 아니에요. 생각이 깊고 독창적일 뿐이지요. 지적(知的)이라기보다는 세상을 보고 체험하면서 배운 게 많은 사람이에요. 그녀 생각과 당신 생각에는 놀랄 정도로 공통점이 많아요. 그녀가 카챠를 맡아준다면 안심하고 맡길 수 있을 거예요."

15

지바고는 다시 한번 역에 가보았으나 아무런 소득도 없이 돌아왔다. 결정된 것은 아무것도 없었다. 그와 라라는 한 치 앞도 내다볼 수 없는 상황에 처해 있었다. 첫눈이라도 내릴 것처럼 어둡고 추운 날이었다. 벌써 겨울이 가까이 다가왔음을 느낄 수 있었다.

지바고가 집으로 돌아와 보니 손님이 와 있었다. 시무슈카였다. 그는 여자들의 대화를 방해하고 싶지 않았다. 게다가 혼자 있으면서 생각을 가다듬고 싶었다. 그녀들은 옆방에서 대화를 나누고 있었으며 커튼만 쳐진 채 문이 열려 있었다. 커튼 사이로 그녀들의 대화가 똑똑히 들렸다.

먼저 라라의 목소리가 들렸다.

"저는 바느질을 계속하고 있을 테니 신경 쓰지 말고 계속 이야기해주세요. 계속 듣고 있을 테니까요. 역사와 철학 강의를 듣는 것 같아요. 당신 이야기는 너무 재미있어요. 게다가 당신 이야기를 듣고 있으면 마음이 편해져요. 눈이 올 것 같아요. 눈이 오는 날 이렇게 지적인 이야기를 길게 듣고 있는 건 정말 멋진 일 아니에요? 눈이 올 때 창문을 흘낏 바라보면 누군가 마당을 가로질러 오는 것 같지 않아요? 자, 시무슈카, 어서 이야기를 계속해 줘요. 열심히 들을게요."

"지난번에 어디까지 이야기했지?"

라라가 뭐라고 말했지만 지바고의 귀에는 들리지 않았다. 그는 시무슈카의 이야기에 귀를 기울였다.

"'문화'니 '시대'니 하는 말을 쓸 수도 있어. 하지만 사람들은 그 말을 각기 다른 식으로 이해하고 있어요. 그 의미 자체가 모호하기 때문이야. 그래서 나는 그 단어들 대신 다른 단어를 사용해.

나는 인간이란 두 부분으로 이루어져 있다고 말하고 싶어. 하느님과 일. 인간 정신의 발전 과정에는 각 단계마다 수 세대에 걸쳐 일을 통해 이룩한 성취들이 각인되어 있어. 아주 느리고 긴 과정이지. 이집트가 그 일 중의 하나야. 그리스도 그중 하나이고. 구약 예언자들의 신학이 세 번째예요. 그리고 마지막으로 때맞춰 나온 게 기독교야. 아직 그것에 대체할 것은 나타나지 않았어. 영감을 받은 모든 사람들에 의해 성취된 것, 그게 바로 기독교야.

기독교가 그 얼마나 신선한 모습으로 이 세상에 완전히 새로운 것을 가져다주었는지 보여줄게요. 당신이 이미 알고 있거나 익숙한 식으로가 아니라 보다 단순하고 직접적으로 보여줄게. 기도서에 나와 있는 것을 아주 간단하게 요약해서 보여주지.

대부분의 기도서의 송가(頌歌)들은 구약과 신약의 개념들을 함축해놓은 것이고 그 개념들과 나란히 하고 있어요. 예를 들어 이스라엘 백성들의 이집트 탈출, 불타는 아궁이 속의 젊은이들, 고래 배 속에 들어간 요나 이야기들은 무염수태 개념과 그리스도의 부활 개념과 나란히 함께하고 있어. 하나만 자세히 살펴보기로 하지. 성모 마리아의 무염수태를 이스라엘 백성이 홍해를 건너는 모습과 비교하고 있는 기도서 송가는 수없이 많아요. 예를 들어 '홍해는 처녀 신부와 닮았으니'라는 구절로 시작되는 송가에는 '이스라엘 백성이 건넌 후 바다는 다시 닫혔고 임마누엘을 낳은 뒤 순결한 동정녀는 더럽혀지지 않았다'라는 대목이 나와요. 다시 말해 이스라엘 백성이 바다를 건넌 뒤 바다는 다시 전과 마찬가지로 건널 수 없게 되었고, 성모 마리아는 주님을 낳은 뒤 전과 마찬가지로 다시 순결해졌다는 뜻이야. 두 사건 사이에는 뭔가 유사한 것이 있는 것 같지 않아? 둘 다 초자연적이고 기적으로 여겨진다는 사실이지. 그렇다면 역사 속의 각각의 시대마다 어떤 것이 기적으로 여겨졌을까? 고대, 원시 시대, 그리고 훨씬 뒤의 로마 시대에는 각각 어떤 것이 기적으로 여겨졌을까?

최초의 기적에는 모세라는 족장이 있어. 민중의 지도자가 있는 거지. 그가 마술 지팡이를 휘두르자 바다가 갈라져서 수많은 사람들이 바다를 건널 수 있게 돼. 그리고 마지막 사람이 바다를 건너자 갈라졌던 바다는 다시 합쳐지고 뒤쫓아 오던 이집트 사람들을 익사시키지. 그 그림 전체가 고대의 정신에서 나온 거예요. 마술사에 복종하면서 마치 행군 중인 로마 병사들처럼 앞으로 나아가는 군중들, 민중과 지도자, 그런 요소들 말이야. 모든 것이 눈에 보이는 것 같고 들리는 것 같아.

그렇다면 두 번째 기적은? 한 처녀가 있어. 고대였다면 그 누구도 주목하지 않았을 모습이고 매일 보던 모습이야. 그런데 은밀하게 임신을 하고 아이를 낳아요. '생명의 기적', 나중에 사람들이 '만인의 생명'이라고 부르게 될 기적을 보여준 거야. 율법학자들이 해석했듯 인간의 법칙에 어긋나는 거지. 그녀는 자연의 법칙에 의해서 출산한 것이 아니라 기적에 의해서, 영감에 의해서 출산을 한 거야. 그때부터 영감(靈感)이 모든 생명의 토대가 된 거야. 복음서는 바로 그 영감을 모든 생명의 근간으로 세우려고 노력한 거지. 그리하여 평범한 것에 대해서 유일한 것을, 평일에 대해서 주일(主日)을 내세우게 된 것이고, 강요 대신에 자발성을 내세우게 된 거야.

그 얼마나 의미 있는 변화인지 몰라. 고대의 기준으로 본다면 아무 의미도 없던 개인적인 인간사가 어떻게 전 민족의 대이동에 맞먹을 만한 의미를 지닌 것으로 여겨질 수 있게 된 걸까? 어떻게 저 '하늘의 눈'에 그 사건이 의미 있게 여겨지게 된 걸까? 하늘의 눈이라고 내가 말했지? 그런 일은 하늘의 눈에 의해서만 판단되어야 하기 때문이야. 그 일은 하늘과 그 유일하고 신성한 빛 앞에서 벌어진 일이기 때문이야.

세상에서 뭔가 변화가 일어났어. 로마는 종말을 고했어. 수(數)가 지배하던 세계는 끝났어. 군사력의 강요에 의해 모두들 그저 민중으로서, 백성으로서 익명으로 지내야 할 의무는 이제 사라졌어. 지도자니 민족이니 하는 것들은 과거로 추방되었어.

그리고 그 자리를 개인과 자유라는 교리가 차지하게 된 거야. 개개인의 인간으로서의 삶이 신의 라이프 스토리가 되고 그 내용이 과거 우주의 팽창처럼 어마어마한 일이 된 거야. 수태고지절의 한 곳에서 노래하고 있듯 아담은 신이 되려다 실패했지만 지금은 아담이 신이 되기 위해서 신이 인간이 되는 시대가 온 거야.

그 이야기는 잠시 접어두고 잠깐 다른 이야기를 해볼게요. 노동자를 배려하고 어머니를 보호하고 돈의 힘에 대항해서 싸운다는 점에 있어서 우리가 지금 맞이하고 있는 혁명기는 분명히 놀라운 시대이고 새로운 업적들을 성취했어. 하지만 지금 유포되고 있는 삶에 대한 해석이나 행복의 철학에 관한 한 정말 진지한 성찰이 이루어지고 있는지 의심할 수밖에 없어. 과거의 유물이 우스꽝스런 모습으로 다시 나타났을 뿐이야. 지도자니 인민이니 하면서 떠들어대는 말들에 정말로 역사를 되돌릴 만한 힘이 있다면 우리는 유목민들과 족장들로 이루어진 구약성서 시대로 되돌아가게 될 거야. 모세의 시대로 말이야. 하지만 그게 불가능하다는 게 다행이지.

그리스도와 막달라 마리아에 대한 이야기로 잠시 넘어갈까? 나는 막달라 마리아 이야기가 왜 부활절 바로 전날, 그러니까 예수의 죽음과 부활 바로 전에 언급되어 있는지 늘 궁금했어요. 그 이유는 정확히 모르겠지만 그리스도가 생명과 이별하는 순간, 그리고 생명이 부활하기 직전에, 생명이 무엇인가라는 질문을 상기시켜주는 것이 참으로 시의적절한 것처럼 보여. 그런데 그런 질문이 어떻게 이루어지는지 한번 들어봐요. 그 안에 그 얼마나 진정한 열정이 들어 있는지……, 그 얼마나 단호하게 직접적으로 그 질문을 던지는지…….

마리아는 주님께 이렇게 말했어.

'제 머리칼을 풀 듯이 제 빚을 풀어주옵소서.' 그건 이런 뜻이야. '제가 제 머리칼을 풀어헤쳤으니 주님, 저를 제 죄로부터 풀어주옵소서.' 회개하는 마음, 용서받고 싶은 갈증을 이보다 더 구체적으로 생생하게 표현할 수 있을까?

같은 날에 벌어진 일에 대한 묘사가 기도서 뒤에 좀 더 상세하게 나와 있어. 의심할 여지없이 막달라 마리아에 대한 이야기야.

거기서도 막달라 마리아는 무서울 정도로 생생하게 자신의 과거를 뉘우치고 있어. 자신의 뿌리 깊은 과거의 버릇 때문에 밤마다 몸뚱이가 불타는 괴로움에 시달린다고 호소하고 있어.

'오, 밤은 저를 음욕의 불꽃으로, 죄를 범하려는 달빛조차 없는 어둠의 열정으로 태우고 있나이다.'

그녀는 그리스도께서 회한의 눈물을 받아주시기를, 자신의 한숨이 진실임을 알아주시기를 간절히 빌어. 그러고는 그리스도의 가장 깨끗한 발을 자신의 머리카락으로 씻어드리려고 해. 그런데 그 머리카락 안에는 공포와 수치에 사로잡힌 천국의 이브가 숨어 있었어.

'주님의 더없이 깨끗한 발을 제 눈물로 씻고 제 머리카락으로 말리게 해주옵소서. 그 머리카락은 이브가 천국에서 두려움에 사로잡혀 몸을 떨고 있을 때 그녀를 덮어주고 가려주던 바로 그 머리카락이옵니다.'

그런 후 그녀가 갑자기 큰 소리로 외쳐.

'누가 나의 죄 많음을, 주님의 은총의 깊이를 헤아릴 수 있겠나이까?'

하느님과 생명, 하느님과 개인, 하느님과 여성이 이 이상 더 가깝고 평등해질 수 있을까!"

16

유리 지바고는 역에 나갔다가 녹초가 되어 돌아온 참이었다. 열흘 만에 돌아오는 휴무일이었다. 평소였다면 다가올 다음 주를 위해 푹 쉬었을 것이다. 그는 쏟아지는 졸음을 참으며 시무슈카의 이야기에 귀를 기울였다. 그녀의 말 한 마디 한 마디와 생각이 너무나 반가웠다. 그는 그녀의 생각이 분명 외삼촌 니콜라이의 영향을 받은 것이리라고 짐작했다. 그녀가 니콜라이의 책을 즐겨 본다는 이야기를 라라를 통해 들은 바 있었기 때문이었다. 그렇더라도 그녀는 정말 지적이고 현명한 여자라고 그는 생각했다.

그는 누워있던 소파에서 일어나 창가로 갔다. 날씨가 나빠지고 있었고 마당은 어두웠다. 까치 두 마리가 마당으로 날아오더니 앉을 곳을 찾는 듯 빙빙 돌았다.

그때 커튼 뒤에서 시무슈카의 목소리가 들렸다. 그들도 밖을 내다보고 있던 모양이었다.

"까치가 울면 소식이 있을 거라고 하잖아요. 손님이 오거나 편지가 오겠네."

정말로 얼마 지나지 않아 초인종이 울렸다. 고장 난 것을 지바고가 얼마 전에 고친 것이었다. 라라가 종종걸음으로 현관문을 열었다. 라라의 목소리를 통해 지바고는 시무슈카의 언니인 글라피라가 찾아왔음을 알 수 있었다.

"동생 분을 찾아오신 건가요? 지금 여기 계세요." 라라가 말했다.

"아니, 개 때문에 온 건 아니에요. 하지만 집으로 돌아갈 참이라면 함께 가지요. 나는 다른 일로 온 거예요. 당신 친구에게 온 편지를 가지고 왔어요. 내가 전에 우체국에 근무했던 게 다행이에요. 얼마나 많은 사람들 손을 거친 편지인지 몰라요. 모스크바에서 온 편지예요. 부친 지 다섯 달은 된 것 같아요. 도무지 수취인을 찾을 수 없었던 거지요. 그런데 다행히 내 손에 들어왔어요. 나는 수취인이 누군지 잘 알고 있어요. 내가 머리를 깎아주었거든요."

편지는 토냐에게서 온 것이었다. 구겨질 대로 구겨져 있었으며 손때가 잔뜩 묻어 있었다. 지바고가 미처 의식하기도 전에 편지는 그의 손에 쥐어져 있었다. 그는 라라가 그에게 편지를 건네준 것조차 알아차리지 못했다. 편지를 읽기 시작했을 때만 해도 지바고는 자신이 지금 어디에 있는지 의식하고 있었지만 편지를 읽어가는 동안 그런 의식조차 멀어졌다. 시무슈카가 언니와 함께 돌아가겠다며 작별 인사를 했지만 그는 기계적으로 대답했을 뿐 눈길조차 돌리지 않았다. 그는 차츰 지금 자기가 어디에 있는지, 주변에 누가, 무엇이 있는지조차 완전히 잊어버렸다.

여보, 우리에게 딸이 생긴 건 아세요? 당신 어머니 마리야

니콜라예브나의 이름을 따라서 마샤라고 이름 지었어요.
완전히 다른 소식이에요. 입헌 민주당과 우익 사회당에 속하는 많은 저명인사들, 교수들이 해외로 추방되었어요. 그중에는 니콜라이 숙부님과 우리 아버지도 포함되었어요.
당신이 없는 사이에 이런 일이 벌어졌으니 정말 불운이에요. 하지만 받아들여야만 해요. 게다가 이처럼 무시무시한 시대에 이런 너그러운 처분이 내려진 것에 대해 하느님께 감사드려야겠지요. 당신이 이곳에 있다면 우리와 함께 갈 수 있으련만.
아, 당신 어디 계세요? 나는 당신이 살아 있고 우리가 당신을 만날 수 있으리라는 희망을 버리지 않고 있어요. 당신을 사랑하는 내 마음이 내게 그렇게 속삭이고 있고 나는 그 속삭임을 믿어요. 당신이 다시 나타날 때는 러시아 상황이 훨씬 좋아져 있겠지요? 당신도 비자를 얻어 외국으로 올 수 있고 그렇게 되면 우리가 다시 한곳에 모여 살게 되겠죠. 하지만 편지를 쓰고 있는 지금은 그런 행복이 다시 찾아올 수 있을지 의심스럽기만 해요.
나의 가장 큰 근심거리는 나는 당신을 사랑하지만 당신은 나를 사랑하지 않는다는 사실이에요. 나는 내가 스스로에게 내린 이런 판단의 의미를 찾고, 그 의미를 해석하고 그것을 인정하려고 애를 써봤어요. 자신을 돌아보고 우리가 함께 한 삶들, 스스로에 대해 내가 알고 있는 것들을 모두 돌이켜보았어요. 하지만 이런 게 언제부터 시작되었는지 알 수가 없어요. 내가 무슨 행동을 했기에, 혹은 어떤 일이 있었기에 이런 불행이 내게 닥친 것인지 알 수가 없어요. 아무래도 당신이 나를 오해하고 있는 것 같아요. 당신은 나를 비뚤어진 눈으로 보고 있어요. 나를 일그러진 거울을 통해 보고 있어요.
나는 당신을 사랑해요. 내가 당신을 얼마나 사랑하는지 당신이 알 수만 있다면! 나는 당신을 비범하게 만드는 모든 것을 사랑해요. 당신의 좋은 점뿐 아니라 나쁜 점까지도, 당신의 평범한 면까지도 사랑해요. 그 모든 것들이 당신 안에서 기묘하게 결합되어 있고 내게는 그것이 너무 소중해요. 당신의 얼굴은 당신의 사유에 의해서 품격을 띠고 있어요. 그렇지 않다면 결코 잘생겼다고는 할 수 없지요. 당신은 의지가 강하지는 않지만 당신의 재능과 총명함이 그것을 메워주고 있어요. 이 모든 것이 내게는 소중해요. 나는 당신보다 나은 사람은 보지 못했어요.

하지만 들어보세요. 제가 무슨 말을 하려는지 아세요? 만일 당신이 내게 그토록 소중하지 않게 되었다 하더라도, 내가 당신을 그토록 사랑하지 않게 되었다 하더라도, 내 마음이 식어버렸다는 그 냉혹한 진실을 나는 깨닫지 못하겠지요? 그런 경우에도 나는 여전히 당신을 사랑한다고 믿고 있겠지요? 사랑에 실패한다는 것이 그 얼마나 수치스럽고 비참한 징벌인가를 두려운 마음으로 의식한 나머지 내가 당신을 사랑하지 않는다는 사실을 무의식적으로 깨달으려고 하지 않겠지요. 나도, 당신도 그런 것은 배운 적이 없으니까요. 나 자신의 마음이 내게 그 진실을 감출 거예요. 사랑에 실패한다는 것은 사람을 살해하는 것과 마찬가지니까요. 누구에게도 그런 충격을 줄 수는 없으니까요.

아직 최종적으로 결정된 것은 없지만 우리는 아마 파리로 가게 될 거예요. 당신이 어렸을 때 따라갔던 먼 곳, 나의 아버지와 숙부가 자라났던 곳에 있게 될 거예요. 아버지께서 당신께 안부를 전해달라고 하세요. 사샤는 많이 컸어요. 미남은 아니지만 크고 건장하게 자랐어요. 당신 이야기만 나오면 울음을 터뜨리고 달랠 수도 없을 정도예요. 더 이상 쓸 수가 없어요. 울음을 참을 수 없을 것 같아요. 안녕! 당신의 앞날에 성호를 보내요. 끝이 안 보이는 이별의 시간, 시련과 불확실한 것만 놓여 있는 저, 길고도 긴, 그리고 어둡기만 한 당신의 앞날에 축복을 드려요. 나는 당신을 조금도 원망하지 않아요. 비난하지도 않아요. 당신이 원하는 삶을 살아주세요. 당신만 잘된다면 나는 행복할 거예요.

아, 참, 한 가지 잊은 게 있네요. 우랄 지방을 떠나기 전에 잠깐이었지만 라라 표도로브나와 함께 지낼 기회가 있었어요. 그녀에게 감사의 마음을 전해주세요. 힘들었을 때 곁에 있어주었고 해산도 도와주었어요. 정말 좋은 사람인 걸 인정해요. 하지만 위선적인 말을 하기는 싫어요. 그녀는 나와 정반대되는 사람이에요. 나는 삶을 단순하게 보고 양식(良識)에 맞는 해결책을 찾으려는 사람이에요. 하지만 그녀는 삶을 복잡하게 하고 혼란을 만들어요.

이제 정말 그만 써야겠어요. 편지를 가지러 왔고 이제 짐을 싸야 해요. 오, 유라, 유라, 내 사랑, 내 소중한 사람, 내 남편, 우리 아이들의 아버지, 우리에게 왜 이런 일이 일어난 거지요? 우리가 영원히 다시는 만날 수 없다는 것을 실감할 수 있어요? 그게 무슨 뜻인지 아시겠어요? 나를 재촉하네요. 마치 나를 사형장으로 끌고 가려는 것처럼!

유라! 유라!

지바고는 편지로부터 눈을 떼었다. 멍한 눈이었고 눈물조차 없는 눈이었다. 슬픔으로 말라버리고 고통으로 황폐해진 눈이었다. 주변의 아무것도 보이지 않았으며 아무것도 의식하지 못했다.

밖에는 눈이 오고 있었다. 바람이 점점 더 강하고 빠르게 불어와 눈을 옆으로 날려 보냈다. 마치 그 무언가를 빨리 따라잡으려는 것 같았다. 지바고는 창밖을 바라보았다. 하지만 그는 눈을 바라보고 있는 것이 아니라 여전히 토냐의 편지를 읽고 있는 것 같았다. 그리고 그의 눈앞에 어른거리며 지나가는 것은 작은 눈 결정체가 아니라 검은 잔글자들 사이의 하얗고 또 하얀, 끝이 없고 또 끝이 없는 공간 같았다.

그는 자신도 모르게 신음 소리를 내며 가슴을 움켜잡았다. 그는 정신이 아득해서 소파를 향해 몇 발자국 비틀거리며 걸음을 옮겼다. 그리고 소파 위에 정신을 잃고 쓰러졌다.

제13장 다시 바르이키노에서

1

한겨울이 되었다. 함박눈이 펑펑 쏟아지고 있었다. 유리 지바고는 병원에서 돌아온 참이었다. 현관에서 라라가 그를 기다리고 있더니 쉰 목소리로 낮게 속삭였다. 어디 얻어맞기라도 한 듯 넋이 빠진 모습이었다.

"코마로프스키가 왔어요."

"누가? 지금 여기 있어?"

"아뇨. 지금은 없어요. 오늘 아침에 왔었어요. 오늘 밤에 다시 오겠대요. 곧 올 거예요. 당신과 이야기를 나누고 싶대요."

"왜 온 거지?"

"무슨 말인지 도통 못 알아듣겠어요. 극동 지방으로 가는 길에 우리를 보러 이곳에 들른 거래요. 특히 당신과 파벨을 만나려고요. 당신과 파벨에 대한 이야기를 꽤 많이 했어요. 그 사람 말로는 우리 세 사람 모두 큰 위험에 처해 있대요. 그 사람 시키는 대로 해야 살아날 수 있다는 거예요."

"다시 나가봐야겠소. 그를 보고 싶지 않아."

라라가 울음을 터뜨리며 지바고 앞에 무릎을 꿇더니 그의 다리를 부여잡았다. 그는 억지로 그녀를 일으켜 세웠다.

"나를 위해서라도 나가지 말아요." 그녀가 애원했다. "그 사람하고 단둘이 있는 게 무서워서 그러는 게 아니에요. 그저 괴로울 뿐이에요. 제발 그 사람과 단둘이 있게 하지 말아주세요. 게다가 그는 아주 현실적이고 경험도 많아요. 정말로 우리에게 뭔가 조언을 해줄지도 몰라요. 당신이 그 사람을 혐오하는 건 당연한 일이에요. 하지만 제발 꾹 참고 있어주세요. 제발 가지 마세요."

"어쨌든 이게 무슨 짓이오? 진정해요. 무릎을 꿇고 애원할 것까지 없잖아. 자, 일어나요. 기운을 내. 그 작자는 평생 당신을 놀라게 만드는군. 자, 내가 있잖아. 만일 필요하다면 그 작자를 죽여버릴 거야. 당신 말만 떨어지면."

30분쯤 지나자 해가 지고 밤이 되어 완전히 어두워졌다. 라라는 코마로프스키를 기다리는 동안 배급받은 흑빵을 썰어서 삶은 감자와 함께 식탁 위에 놓았다. 식탁 위에는 심지가 달린 피마자 기름병 안에서 휴대용 램프가 타오르고 있었다.

코마로프스키가 눈을 뒤집어쓴 채 12월 밤의 어둠 속에서 나타났다. 그의 모자, 외투, 덧신에서 눈 덩어리가 떨어져 녹아 마루를 적셨다. 그의 콧수염과 턱수염에 눈이 덕지덕지 붙어 있어서 마치 광대처럼 보였다. 말끔히 면도를 하던 옛날과는 다른 모습이었다. 그는 말끔한 양복에 줄이 선 바지를 입고 있었다. 인사를 나누기 전에 그는 주머니에서 작은 빗을 꺼내더니 머리를 잘 빗고 손수건으로 젖은 콧수염과 턱수염을 닦았다. 그는 엄숙한 표정을 지으며 왼손은 라라에게, 오른손은 지바고에게 내밀었다.

"우리 이미 아는 사이라고 칩시다." 그가 지바고에게 말했다. "당신도 알고 있겠지만 나는 당신 부친과 막역한 사이였소. 내 품에서 돌아가셨지. 당신에게 부친과 닮은 점이 없나 계속 살펴보았소. 하지만 부친을 닮은 것 같지는 않군요. 아마 어머니를 닮은 것 같소. 상냥하신 분이었지요. 몽상가 기질도 있으셨고."

"라라의 간청 때문에 당신을 만나는 겁니다. 우리에게 뭔가 볼일이 있다고요? 좋습니다. 하지만 마음이 내키지도 않고 당신과 아는 사이라고 생각하고 싶지도 않습니다. 자, 곧바로 용건으로 들어가지요. 대체 원하는 게 뭡니까?"

"두 분을 모두 뵈니 너무 반갑습니다. 나는 모든 것을 다 이해합니다. 불손한 말인지 모르지만 두 분 정말 잘 어울립니다. 기막힌 한 쌍입니다."

"그런 이야기는 그만하시지요. 당신과 상관없는 일에 끼어들지 말기 바랍니다. 자신의 처지를 잊고 계시는군요."

"젊은 양반, 그렇게 발끈할 것 없소. 그러고 보니 부친을 닮은 것 같기도 하군. 그 양반도 지금 당신처럼 화를 잘 내곤 했지. 아아, 또 화를 내려 하는군. 어린애처럼…… 자, 단도직입적으로 말하겠소. 당신들은 정말 어린아이들 같소. 말투가 그렇다는 게 아니라 정말 아무것도 모르고 생각도 없는 철부지 같다는 말이오. 나는 이곳에 온 지 이틀밖에 안 되었지만 당신들 처지에 대해 당신들보다 더 잘 알고 있소. 당신들은 아무것도 모르는 채 절벽 가장자리를 걷고 있는 셈이오. 무슨 대책을 세우지 않으면 자유는 물론이고 목숨까지 잃을 지경에 처해 있소.

유리 지바고 씨, 공산주의에는 나름대로 스타일이 있어요. 그 스타일에 꼭 들어맞는 사람은 거의 없지. 하지만 당신처럼 공산주의 생활방식과 사고방식을 공공연히 비웃는 사람은 없어요. 왜 스스로 섶을 지고 불로 들어가려 하는지 이해할 수가 없소. 당신은 공산주의 세계 전체를 조롱하고 있고 모욕하고 있소. 게다가 이곳에는 당신에 대해 속속들이 알고 있는 사람들이 있어요. 모스크바에서 온 사람들이지. 안티포프와 티베르진이 날카로운 발톱을 세우고 당신들에게 달려들 기회만 노리고 있단 말이오. 하지만 유리 지바고 씨, 당신은 남자요. 자신의 운명을 자신이 결정할 수 있지. 당신 좋을 대로 당신 목숨을 걸고 도박을 할 수도 있소. 하지만 라라 표도르노브나는 그렇지 않지. 그녀는 자유로운 몸이 아니란 말이오. 그녀는 한 아이의 어머니이며, 그 아이의 삶이 그녀의 손에 달려 있소. 구름 속이나 헤매고 있을 처지가 아니란 말이오.

내가 오전 내내 그녀에게 입이 아프도록 사정을 설명하고 충고했지만 내 말을 귀담아듣지 않았소. 당신이 거들어주시겠소? 그녀에게는 딸의 안전을 갖고 도박을 할 권리가 없어요."

"나는 평생토록 내 생각을 남에게 강요해본 적이 없소. 제아무리 가까운 사람이라도 마찬가지지요. 라라가 당신 말을 듣고 안 듣고는 그녀 생각에 달려 있소. 그건 내 문제가 아니라 그녀의 문제요. 게다가 나는 당신이 무슨 이야기를 하고 있는 건지도 모르고 있소. 당신이 주장하는 게 무엇인지 들어보지도 못했소."

"갈수록 당신 부친이 생각나게 하는군. 정말 고집이 셌지. 자, 말해주리다. 매우 복잡한 문제니까 꾹 참고 들어주기 바라오.

지금 수뇌부에서 큰 변화를 도모하고 있소. 꽤 믿을 만한 소식통을 통해 들은 거니까 사실로 믿어도 되오. 보다 민주주의적으로 정렬을 정비하고 모든 것을 법에 의해 처리하겠다는 계획이오. 그것도 아주 조속히 실행할 계획이오. 그러자 폐지될 운명에 놓이게 될 징벌 기관들이 원한을 품고 있던 문제들을 한시라도 빨리, 서둘러 처리하려 하고 있소. 그것도 아주 잔인하게 말이오. 유리 지바고, 당신은 처형 대상에 포함되어 있소. 당신 이름이 리스트에 올라 있단 말이오. 내 눈으로 직접 보았으니 믿어야 하오. 늦기 전에 살길을 찾아야 하오.

하지만 이건 서론일 뿐이오. 이제부터 본론을 이야기하겠소.

아직 임시 정부와 해산당한 제헌의회에 충성을 바치는 정치 세력들이 태평양 연안 지역에 결집하고 있소. 제정 러시아 국회의원들과 지방 자치 단체 의원들을 비롯해 사업가, 기업가, 적군(赤軍)에 맞섰던 부대의 패잔병들이 모이고 있는 거요.

그들은 극동 공화국을 세우려 하고 있소. 그런데 재미있는 것은 소비에트 정부가 그 사실을 눈감아 주고 있다는 사실이오. 그 공화국이 생기면 적화(赤化) 시베리아와 외부 세계 사이의 완충 역할을 해줄 수 있다는 생각에서요. 말하자면 그 공화국 정부는 소비에트와 연립 정부가 되는 거지. 모스크바의 주장에 의해 반 이상의 각료가 공산주의자들 손으로 넘어가게 될 거요. 기회가 되면 쿠데타를 일으켜 공화국을 손아귀에 넣겠다는 심산이오. 속셈이 훤히 드러나 보이지만 우리에게는 숨 쉴 공간을 잠시나마 마련해준 셈이오. 그걸 잘 활용해야지.

내가 당신들에게 무엇을 제안하려는지 이제 이야기하겠소. 나는 혁명 전에 다루었던 은행 소송 건으로 인해 극동 공화국 설립 주도자들 사이에 이름이 알려져 있소. 내각을 조직 중인 정부의 특사가 나를 찾아와 미래 정부의 법무상 자리를 제안했소. 비밀리에 이루어진 일처럼 보이지만 실은 암묵리에 소비에트 정권의 승인을 받은 거요. 나는 받아들였고 지금 그곳으로 가는 길에 이곳에 들른 거요. 방금 말했듯 소비에트 정권의 묵인하에 진행되는 일이지만 공개적인 것은 아니니 입조심 하는 게 좋을 거요.

나는 당신들 두 사람을 모두 데려갈 수 있소. 그곳에서라면 지바고 당신은 쉽게 배를 타고 외국에 있는 가족들에게 갈 수 있을 거요. 라라 당신에게는 파벨을 구해주겠다고 약속하겠소.

모스크바로부터 인정받은 독립 정부의 각료로서 나는 그를 동부 시베리아에서 찾아내어 우리의 자치 지역으로 갈 수 있도록 도와줄 수 있소. 만일 그가 탈출에 성공하지 못한다면 동맹국이 억류하고 있는 자들 중에 모스크바 정부에서 중시하는 인물과의 교환을 추진하겠소."

코마로프스키는 지바고가 병원에서 가져온 희석 보드카를 홀짝거리고 감자를 먹으면서 점점 불쾌해졌다. 그날 코마로프스키는 쥐가 들락거리는 그 집의 빈방에서 잠을 잤다.

2

"라라, 대체 무슨 일이요? 요즘 며칠째 계속해서 잠도 자지 않고 음식에 손도 대지 않으니. 게다가 낮에는 실성한 사람처럼 돌아다니기만 하니. 뭔가 속으로 끙끙 앓고 있는 것 같아. 그러다가 몸이라도 해치면 어쩌려고."

"당신 병원 수위인 이조트가 또 찾아왔었어요. 무서운 비밀이라며 당신이 곧 감옥으로 끌려갈 거래요."

"그 친구 말이 맞아. 나도 뭔가 낌새가 이상한 것을 느끼고 있어. 위험이 코앞에 닥친 것 같아. 이제 사라질 때가 됐어. 어디로 가느냐가 문제지. 모스크바로 간다는 건 말도 안 되고. 준비가 만만치 않으니 금세 들키게 될 거야. 쥐도 새도 모르게 사라져야 해. 라라, 당신 처음 생각대로 바르이키노로 갑시다. 거기서 보름이나 한 달 정도 지내기로 합시다."

"고마워요, 정말 고마워요. 정말 기뻐요! 그런 결정을 내리기가 얼마나 어려웠을지 잘 알아요. 하지만 당신 식구들이 지내던 집으로 가자는 건 아니에요. 텅 빈 방을 보고 이전의 모습과 겹쳐지면서 당신 가슴이 얼마나 쓰리겠어요. 게다가 우리가 지낼 수 없을 정도로 망가져 있을 거예요. 우리, 미쿨리친 씨가 살던 집으로 가요."

"옳은 말이야. 그런 배려까지 해주다니 정말 고맙소. 이 겨울에 식량도 없이, 게다가 힘도 없고 희망도 없이 그 황량한 곳으로 무작정 간다는 건 미친 짓이 분명하오. 하지만 못할 게 뭐 있어! 우리 한번 미쳐봅시다! 우리에게 남은 게 미친 짓밖에 더 있나! 한 번 더 자존심을 접고 안핌에게 말을 빌립시다. 그리고 그 사람에게 부탁하거나 아니면 그 사람 신세를 지고 있는 암상인을 통해 밀가루와 감자를 외상으로 빌립시다. 자, 갑시다. 창문과 문틀을 뜯어서 장작 대신 쓰면 되겠지. 1년 치 땔감을 일주일 만에 다 때워버리는 거야.

이런, 되는 대로 횡설수설하고 있군. 미안하오. 어쨌든 우리에게는 선택의 여지가 없어. 어떤 식으로 불러야 할지는 모르겠지만 죽음 비슷한 것이 우리의 문을 두드리고 있으니까. 우리에게 시간이 얼마 남지 않았어. 그러니 그 시간을 우리 나름대로 소중하게 씁시다. 그 시간을 우리의 삶에 작별을 고하는데, 우리가 헤어지기 전에 함께 지내는 데 씁시다. 이제 모든 것에 작별을 고합시다. 우리에게 소중했던 모든 것에, 세상을 보는 우리의 눈에, 우리가 꿈꾸었던 삶에, 우리의 양심이 우리에게 가르쳐준 것에, 우리의 희망에, 그리고 무엇보다 우리 서로에게 작별을 고합시다. 우리가 밤에 나누었던 밀어를 다시 나눕시다. 태평양(太平洋)이라는 단어처럼 크고 평화로운 우리들의 밀어를! 나의 숨겨진 천사, 금단의 천사인 당신이 이 전쟁과 혼란의 하늘 아래 마지막으로 나와 함께 있는 것은 정말 의미가 있는 일이라오. 그대는 애당초 유년기의 평화로운 하늘 아래서 내게 모습을 드러냈기 때문이오.

그날 밤, 고등학교 교복을 입은 채 어두컴컴한 호텔 방에서 당신의 모습을 보았을 때 당신은 지금과 똑같았고 숨이 막힐 만큼 아름다웠소.

이후 나는 그날 밤 당신이 나를 황홀 상태에 빠지게 만든 것, 어른거리며 타오르던 그것, 멀리서 메아리처럼 들려오던 그것이 무엇인가 규정하고 그것에 이름을 붙이려고 애써왔소. 그리고 점차 그것이 내 전 존재에 스며들었고 이 세상 모든 것들을 이해할 수 있는 열쇠가 되었소.

교복을 입은 당신이 방 안 어둠 속에서 그림자처럼 떠올랐을 때 당신에 대해 아무것도 모르고 있던 나, 소년이었던 나는 고통스러울 정도로 강렬한 나의 내부의 반응을 통해 당신을 이해했소. 이 빈약하고 야윈 소녀 안에 이 세상 모든 여성성이 마치 전기처럼 충전되어 있었던 거요. 만일 내 손가락으로 당신을 건드리면 방 안 전체에 불꽃이 번쩍일 것 같았소. 그리하여 내가 그 자리에서 죽어버리거나 내 삶 전체가 슬픔과 그리움의 파동, 그 자기파(磁氣波)로 충전될 것 같았소. 내 눈에는 눈물이 그득했으며 속으로 울고 있었고 불타오르고 있었소. 나의 전 존재가 놀라움에 사로잡혀 묻고 있었소. 만일 사랑한다는 것이, 이 전류에 휩싸인다는 것이 이토록 고통스러운 일이라면, 여성이 된다는 것, 그 전류 자체가 되어 사랑을 일깨운다는 것은 그 얼마나 더 고통스러울 것인가, 라고 말이오.

그래, 결국 당신에게 이 말을 하고야 말았군. 당신을 미치게 하지나 않았으면 좋겠소. 내 속을 당신에게 완전히 드러낸 셈이오."

라라는 몸이 좋지 않아 침대에 누워 있었고 지바고는 그 옆 의자에 앉아 있었다. 라라는 이야기를 듣는 동안 침대에서 몸을 일으키더니 손으로 턱을 괸 채 입을 벌리고 그의 모습을 바라보았다. 그리고 머리를 그의 어깨에 묻고 자신이 울고 있다는 것도 모르는 채 조용히 기쁨의 눈물을 흘렸다. 이윽고 그녀는 침대 밖으로 몸을 내밀며 그에게 팔을 두르고 기쁨에 겨워 속삭였다.

"오, 유로치카! 당신은 그 얼마나 현명한지! 유로치카, 당신은 모든 것을 알고 있고 모든 것을 다 꿰뚫어 봐요! 오, 유로치카, 당신은 나의 힘이며 나의 은신처예요! 하느님께서도 신성모독이라며 비난하지 않으시고 용서해주시겠죠! 아, 너무 행복해요. 우리, 어서 떠나요. 그곳에 가면 한 가지 당신에게 털어놓을 게 있어요."

지바고는 그녀가 임신에 대해 이야기한다고 단정했다. 그는 "알고 있어"라고 대답했다.

3

그들은 어느 흐린 겨울날 아침 유리아틴을 떠났다. 평일이었다. 계획대로 안핌에게 말을 빌렸고 썰매도 빌렸다.

마침내 도시를 벗어났다. 지바고는 겨울에도 이 길을 다녔지만 여름에 다니던 기억만 났을 뿐 마치 초행길처럼 낯설었다.

그들은 썰매 앞쪽에 실어 놓은 건초 속에 식량 자루와 짐들을 깊숙이 넣고 밧줄로 단단히 묶어 놓았다. 지바고는 안핌에게서 얻은 펠트 장화를 썰매 밖으로 늘어뜨린 채 말을 몰았다.

지바고가 조랑말을 급히 몬 덕분에 그들은 해가 지기 전에 바르이키노에 도착할 수 있었다. 그들의 목표는 미쿨리친이 살던 집이었지만 가는 길에 전에 지바고 가족이 살던 곳에 잠시 들렀다. 하지만 더 이상 살펴볼 것도 없었다. 그 집은 완전히 황폐해져 있었다. 지바고는 비감에 젖었다. 하지만 우물쭈물할 시간이 없었다. 그들은 다시 썰매에 올랐다.

미쿨리친의 집에는 맹꽁이자물쇠가 채워져 있었다. 지바고는 자물쇠를 힘껏 비틀었다. 나사못과 부서진 나무 조각이 자물쇠와 함께 떨어져 나왔다. 그들은 황급히 집 안으로 뛰어들었다.

안으로 뛰어든 그들은 깜짝 놀랐다. 집 안 몇몇 군데가 깔끔하게 정돈이 되어 있었던 것이다. 특히 미쿨리친의 서재가 가장 잘 정돈되어 있었다. 최근까지 누군가 이 집에서 지낸 것이 분명했다. 하지만 도대체 누가? 만일 미쿨리친 부부거나 그들

중 한 사람이라면 지금은 어디로 간 것일까? 왜 현관문에 그들이 쓰던 자물쇠가 아니라 맹꽁이자물쇠를 채워놓은 것일까? 만일 주인 내외가 이곳에 오랫동안 머물러 있었다면 왜 집 안 전체가 정돈되어 있지 않고 일부분만 정돈되어 있는 것일까? 아무리 보아도 미쿨리친 부부가 지내던 게 아니라 누군가 침입자가 있었던 것 같았다. 그렇다면 도대체 누구일까? 하지만 지바고도, 라라도 그 문제로 골머리를 썩이지 않았다. 집 안이 반쯤 털린 집이 좀 많은가? 도망자들이 좀 많은가? 지바고와 라라는 도망 중인 백군 장교이리라고 결론 맺었다. 만일 그가 돌아온다면 이야기를 잘 나눠보리라고, 그러면 별 문제 없으리라고 그들은 생각했다.

지바고는 서재를 돌아보며 이전에 느꼈던 기분을 다시 느꼈다. 이런 환경에서라면 좋은 글을 얼마든지 쓸 수 있을 것 같았다. 이어서 그는 광 옆에 붙어 있는 마구간으로 가보았다. 하지만 문이 잠겨 있었다. 지바고는 조랑말을 임시로 광에 넣기로 했다. 그는 조랑말을 썰매에서 풀어낸 다음 우물에서 물을 길어 와 먹였다. 다행히 광 안과 마구간 위에 충분한 양의 건초가 있었다. 유리아틴에서 가져온 건초는 짐들 무게에 눌려 가루가 된 탓에 말에게 먹일 수 없게 되었는데 다행이었다.

그들은 그날 밤 옷도 벗지 않은 채 외투를 이불 삼아 깊은 잠에 빠져들었다. 온종일 뛰어놀다 지친 어린아이처럼 달콤하고 행복한 잠이었다.

4

아침에 일어나자마자 지바고는 그토록 유혹적인 창가의 탁자를 넋을 잃고 바라보았다. 당장에라도 종이와 펜을 잡고 싶었다. 하지만 그는 당장 글을 쓰고 싶은 유혹을 물리치고 라라와 카챠가 잠자리에 든 다음에 글을 쓰리라고 마음먹었다. 비록 두 개의 방에서만 지내기로 했지만 할 일이 엄청 많았다. 게다가 당장 뭔가 쓰고 싶은 글이 있는 것도 아니었다. 다만 너무 오랫동안 글을 쓰지 않아 잠들어버린 습관을 깨우고 싶었다. 그러다 보면 안에 묵혀 있던 생각들이 저절로 글이 되어 나올 수 있으리라.

"당신 바빠요? 뭐 하고 계세요?"

"불을 피우고 있어. 왜?"

"빨래 통이 있었으면 해요."

"이런 식으로 때다가는 사흘도 못 가서 장작이 떨어지겠어. 우리가 살던 집 헛간에 좀 갔다 와야겠어. 장작이 좀 남아 있을

지 알게 뭐야. 장작이 있으면 몇 차례 날라 와야겠어. 하지만 그 일은 내일 하지. 빨래 통이 필요하다고? 어디선가 본 것 같은데 도통 생각이 나질 않네."

"나도 본 것 같은데 생각이 나지 않아요. 어딘가 엉뚱한 데 놓여있어서 생각이 나지 않는 걸 거예요. 상관없어요. 암튼 지금 빨래할 물을 데우고 있어요. 당신도 빨랫감을 내놓으세요. 저녁에 잠자리에 들기 전에 우리 모두 목욕을 해요."

"고맙소. 내 옷들을 내놓겠소. 당신이 말한 대로 무거운 가구들을 모두 벽에서 조금씩 떼어 놓았소."

"잘했어요. 설거지통을 빨래 통으로 써야겠어요. 기름 때문에 끈적거려서 먼저 기름부터 닦아내야겠어요."

"난롯불을 피운 다음에는 나머지 서랍들을 정리해야겠어. 여기저기 서랍을 열 때마다 온갖 것들이 나와. 비누, 성냥, 종이, 연필, 펜, 잉크 같은 것들 말이야. 그리고 저 탁자 위의 램프 있지? 기름이 가득 들어 있어. 내가 기억하기로는 저 램프는 미쿨리친의 램프가 아니야. 어딘가 다른 곳에서 가져온 거야."

"정말 잘됐네요! 누군가 여기 있던 사람 거예요. 마치 쥘 베른의 소설 속에 나오는 세계 같아요. 어머, 수다를 떠는 동안 물이 다 끓었네."

둘은 하루 종일 바삐 서둘렀다. 홀로 버려진 카챠가 칭얼거렸지만 결국은 방 안에 편하게 앉아서 가지고 온 장난감들로 인형이 살 집을 만들면서 놀았다.

"빨래 통이 여기 있었네." 지바고가 어두운 현관 입구 구석에서 통을 들고 나오면서 말했다. "정말 엉뚱한 곳에 있었어. 물이 새는 천장 아래 놓여 있더군. 지난가을부터 줄곧 거기 있었던 것 같아."

5

저녁때 라라는 그들이 가져온 식량들과 씨름하더니 족히 사흘은 먹을 수 있을 만큼의 음식을 요리해 내놓았다. 라라는 감자 수프와 구운 감자를 곁들인 양고기를 식탁에 올려놓았다. 이제껏 구경조차 할 수 없던 진수성찬이었다. 카챠는 깔깔거리며 오랜만에 먹어보는 맛있는 음식을 실컷 먹더니 소파 위에서 어머니의 숄을 덮고 잠이 들었다.

라라는 몸이 나른해서 설거지는 뒤로 미룬 채 식탁에 앉았다. 그녀는 카챠가 잠든 것을 확인하고 손으로 턱을 괸 채 지바고에게 말했다.

"이런 생활이 헛된 게 아니라 우리가 안착하기 위한 과정이라면 노예처럼 힘든 일을 한다 해도 행복할 거예요. 우리가 함께 있기 위해 이곳에 왔다고 끊임없이 말해주세요. 나를 계속 북돋아주고 딴 생각할 틈을 주지 마세요. 하지만 솔직히 말해 지금 우리가 뭘 하고 있는 거지요? 남의 집에 불시에 쳐들어와서 마치 우리 집인 양 지내고 있잖아요. 그러고는 미친 듯 부산을 떨면서 이건 삶이 아니라 연극 세트일 뿐이라는 사실, 이건 현실이 아니라 애들 말마따나 현실 '흉내 내기'일 뿐이라는 사실, 우스꽝스러운 애들 장난에 불과하다는 사실을 외면하고 있잖아요."

"하지만 라라, 이곳에 오자고 주장한 건 당신이 아니오? 내가 얼마나 반대했는지 잊었단 말이오?"

"분명히 그랬지요. 부인하지 않겠어요. 그래요, 내 잘못이에요! 그래요, 당신은 다시 생각하고 망설여도 되지만 나는 언제나 논리적이고 한결같아야 하지요. 당신, 당신이 살던 집에 들어갔을 때 당신 아이의 빈 침대를 보고 정신을 잃을 지경이었죠? 그건 당연한 거고, 나는 카챠를 걱정해서도 안 되고 미래를 생각해서도 안 된다는 거지요? 당신을 향한 사랑 앞에서 그런 모든 것은 버려야 하는 거로군요."

"라라, 제발 흥분하지 말아요. 차분히 생각해봅시다. 지금이라도 늦지 않았어. 코마로프스키의 계획을 진지하게 고려해보자고 내가 먼저 말하지 않았소? 우리에게는 말이 있어. 당신만 좋다면 내일 당장 유리아틴으로 돌아갑시다. 코마로프스키는 아직 그곳에 있을 거야. 그를 찾을 수 있을 거야."

"몇 마디 말도 하지 않았는데 내가 짜증이라도 낸 것처럼 말하네요. 하지만 내가 틀린 건가요? 이런 식으로 몸을 숨기는 건 유리아틴에서도 충분히 가능해요. 만일 오로지 목숨을 구하기 위해서라면 좀 더 분별 있고 적절한 계획을 세울 수 있었어요. 코마로프스키가 제안한 것을 그대로 따르는 거지요. 비록 구역질이 나는 사람이지만 그 사람은 정보도 많고 현실적인 사람이에요. 우리에게는 지금 이곳이 다른 어느 곳보다 위험해요. 생각해보세요! 바람이 휘몰아치는 황량한 벌판에 우리들뿐이에요! 밤새 큰 눈이라도 내리면 아침에 꼼짝도 하지 못하게 될 거예요. 게다가 그 수수께끼 같은 은인이 이 집에 불쑥 나타난다면요? 게다가 만일 그가 강도라면요? 우리의 목을 베어버릴 거예요! 당신에게 총이라도 있나요? 나는 아무 생각도 없는 당신이 두려워요. 하긴 나도 거기에 전염되었지요. 제대로 생각을 가다듬을 수가 없어요."

"그렇다면 당신이 원하는 게 뭐요? 내가 지금 당장 어떻게 했으면 좋겠소?"

"무슨 말을 해야 할지 나도 모르겠어요. 그저 당신이 시키는 대로 하게 해주세요. 나는 당신의 사랑스러운 노예이고 생각하거나 따지는 건 내가 할 일이 아니라는 걸 자꾸 상기시켜주세요. 아, 그래요. 당신의 토냐나 나의 파벨의 처지는 지금 우리 처지보다 천 배는 나아요. 하지만 중요한 건 그게 아니에요. 중요한 건 사랑이라는 선물도 다른 선물들과 마찬가지라는 거예요. 제아무리 위대한 사랑이라도 축복이 없으면 꽃피울 수 없어요. 당신과 나는 천상에서 입맞춤을 배우고 함께 지상으로 내려보내진 것 같아요. 우리가 천상에서 배운 것을 잊지 않았는지 확인하기 위해 함께 지상으로 내려온 것 같아요. 그 사랑은 최고로 조화로운 결합이에요. 한계도 없고 등급도 없이 모든 것이 똑같은 가치를 지니며 모든 것이 기쁨이고 모든 것이 영혼이 되는 그런 사랑이에요. 하지만 늘 우리를 기다리고 있는 그 야성적인 사랑에는 어린애 같고 제멋대로이고 무책임한 그 무언가가 함께 들어 있어요. 그런 사랑은 아주 강퍅하고 파괴적인 요소를 지니고 있어요. 그 사랑은 가정의 평화에는 적대적이에요. 그것을 두려워하고 그것을 불신하는 것도 나의 의무예요."

그녀는 그의 목을 끌어안고 치미는 울음을 억제하며 말을 이었다.

"당신과 나는 처지가 다르다는 걸 알지요? 당신에게는 구름 위로 날아갈 수 있는 날개가 있어요. 하지만 나는 여자예요. 나는 땅에 머물며 나의 어린 것을 내 날개로 보호해줘야 해요. 내 날개는 날기 위한 게 아니라 감싸기 위한 거예요."

지바고는 라라의 말 한마디, 한마디마다 감동을 받았다. 하지만 그는 겉으로 내색을 하지 않았다. 스스로 감정을 억제할 수 없을 것 같아서였다. 그가 입을 열었다.

"이런 식으로 야영하는 것 같은 우리의 삶이 진정한 삶이 아니고 우리를 긴장하게 만든다는 건 사실이야. 당신 말이 전적으로 옳아요. 하지만 이 삶은 우리가 만들어낸 삶이 아니야. 모든 사람들이 이렇게 미친 듯이 이리저리 떠돌아다니는 삶을 살고 있어. 그게 바로 이 시대의 정신이야.

나도 하루 종일 그 생각을 했소. 나는 조금이라도 이곳에 더 머물 수 있도록 온갖 노력을 더 하고 싶어. 내가 얼마나 일을 하고 싶어 하는지 말하지 않아도 알 거요. 농사일을 말하는 게 아니야. 전에 이곳에 살면서 농사일을 했었지. 우리는 한 가족으로서 그 일을 했고 또 성공했어. 하지만 이제는 다시 그렇게 할 힘이 없어. 내게는 다른 생각이 있어. 상황이 조금씩 자리를 잡아가고 있어. 그렇게 되면 언젠가 다시 책을 펴낼 수 있는 세상이 올 거야. 내 생각은 이런 거요. 이곳에 머무는 동안 글을 쓰고 안핌과 계약을 맺은 다음 책을 펴내면 어떨까 하는 생각. 번역을 해도 되고. 전에 보니까 번역물 출판을 전문으로 하는 출판사가 페테르부르크에 있더군. 그렇게 되면 돈도 꽤 벌 수 있을 거야."

"아, 깜빡하고 있었지만 나도 요즘 그런 생각을 했었어요. 하지만 이곳에서의 우리의 미래에 대해서는 아무런 확신도 할 수 없어요. 어쩌면 우리 모두 머지않아 아주 먼 곳으로 휩쓸려 갈 것 같은 예감이 들어요. 하지만 여기 머무는 동안 당신에게 부탁이 있어요. 전에 당신이 내게 들려줬던 시들을 적어 두지 않겠어요? 당신이 그 시들을 잊어버렸을까 봐 걱정이에요."

6

하루 일과가 끝나자 그들은 세탁하고 남은 뜨거운 물로 목욕을 했고 라라는 카챠를 씻겨주었다. 이윽고 라라가 카챠 곁에서 잠이 들자 지바고는 날아갈 듯 상쾌한 기분으로 창문 앞에 앉았다. 새벽 1시였고 사방이 정적에 싸여 있었다.

그는 전에 쓴 시들을 떠올려보았다. 그리고 기억하고 있는 시들을 하나하나 써내려갔다. 이어서 그는 전에 시작했다가 도중에 그만두었던 시들을 써내려가기 시작했다. 그렇게 시 창작에 몰두해 있는 동안 그는 서서히 자신의 작품에 사로잡혔고 이른바 영감(靈感)이 다가오는 것을 느꼈다. 바로 그 순간 예술적 창조를 주도하는 힘의 관계에 역전 같은 것이 이루어진다. 그때부터 예술가가 밖으로 표출하고 싶은 마음 상태가 더 이상 주도권을 갖지 않게 된다. 그 마음 상태를 담고 싶어 하던 언어 자체가 지배력을 행사하게 되는 것이다. 아름다움과 의미의 집이자 그것을 담는 그릇인 언어가 스스로 생각하고 말하기 시작하면서 시 전체가 음악이 된다. 물론 우리의 귀에 들리는 소리로서의 음악이 아니다. 그 안에서 물결처럼 흐르고 있는 격렬한 힘이라는 의미에서이다. 그때, 마치 바닥의 돌을 매끄럽게 갈고 닦는 거대한 강의 물줄기처럼, 물레방아를 돌리는 그 물줄기처럼, 흐르는 언어의 물줄기가 그 물줄기 자체의 법칙에 따라 운율과 리듬과 수많은 형태 및 구성을 창조해낸다.

그러한 순간이 오면 지바고는 자신의 작품의 대부분은 자신이 창조한 것이 아니라 자기보다 더 높은 곳에 존재하는 보다 우월한 힘에 의해 주도되고 있다고 느꼈다. 그것은 말하자면 우주의 생각과 시정(詩情)의 움직임이 현재의 역사적 단계에서 나타난 것이며 다가올 미래의 단계를 보여준 것이다. 그는 자신이 그 움직임을 가능하게 만드는 하나의 계기, 혹은 받침대일 뿐이라고 느꼈다.

그런 느낌이 오는 순간 그는 자책으로부터, 자신에 대한 불만으로부터, 자신이 무의미한 존재라는 생각으로부터 잠시 벗어날 수 있었다. 그는 고개를 들어 주위를 둘러보았다.

눈처럼 하얀 베개에 머리를 베고 누워 있는 라라와 카챠의 모습이 보였다. 그들의 맑은 얼굴과 깨끗한 속옷, 깨끗한 방의 순결함이, 그리고 이 밤과 눈과 별과 달이 보여주는 순결함이 같은 의미를 띤 하나의 파동이 되어 그의 가슴으로 밀려 들어왔다. 그는 그 의기양양한 존재의 순결함에 환희에 젖으며 감동의 눈물을 흘렸다.

"주여! 주여!" 그는 속삭였다. "이 모든 것을 제게 주신 것입니까? 어찌하여 제게 이토록 많은 것을 주셨습니까! 어찌하여 저를 당신이 임하는 곳에 허락하여 주시고 당신의 세계 속으로, 당신의 보물 안으로 발을 들여놓도록 해주셨습니까! 어찌하여 당신의 별 아래, 이 불행하고 무분별한, 불평하지 않는 사랑의 발아래, 제 눈을 영원한 기쁨의 빛으로 채워주는 이 사랑의 발아래 제가 있도록 허락하셨습니까?"

새벽 3시가 되자 지바고는 원고에서 눈을 떼었다. 창밖에서 구슬픈 울음소리 같은 것이 들려왔다. 밖을 내다보려 했으나 성에가 잔뜩 끼어 보이지 않았다. 그는 외투를 걸치고 밖으로 나갔다. 온통 새하얀 눈 위에 달빛이 비치고 있어 눈이 부셨기에 처음에는 아무것도 보이지 않았다. 그런데 흐느끼는 듯한 울음소리가 다시 들려왔다. 고개를 들어 바라보니 골짜기 너머 공터 끝에 서너 마리의 늑대들이 서 있는 것이 보였다. 늑대들은 한 줄로 늘어서서 머리를 치켜들고 주둥이를 미쿨리친의 집을 향한 채 달을 향해, 혹은 창문에 비친 은빛 달그림자를 향해 짖어댔다.

지바고가 그들의 모습을 알아본 순간 놈들은 마치 겁을 먹은 개처럼 꼬리를 내리고 사라졌다. 지바고는 안으로 들어와 램프의 불을 껐다.

7

조용한 광기 속에서 또 하루가 지나갔다. 지바고와 라라는 분주하게 하루 종일 몸을 움직였다. 비록 기진맥진했지만 지바고의 손길이 미치지 않은 곳은 한 군데도 없었으며 모든 것이 변했고 모습을 바꾸었다.

겉으로는 행복한 가정생활을 하고 있는 것 같았지만 지바고는 라라와 바르이키노에 머문다는 꿈이 실현되지 않으리라는 것, 라라와의 이별의 순간이 임박했음을 느끼고 있었다. 자신은 필경 그녀를 잃고 말 것이며 그렇게 되면 살고자 하는 의지뿐만 아니라 자신의 삶 자체를 잃게 되리라. 그는 마음이 아팠다. 하지만 무엇보다도 자신의 슬픔을 누구나 눈물을 흘릴 만큼 감동적으로 표현하고 싶다는 조바심으로 밤마다 번민에 휩싸였다.

그와 함께, 하루 종일 늑대들의 모습이 그의 머리에서 떠나지 않았다. 그 늑대들은 더 이상 달빛을 받으며 설원(雪原)에 서 있는 늑대들이 아니었다. 그것들은 그와 라라를 파멸로 이끌, 그들을 바르이키노로부터 쫓아낼 적대적인 힘을 상징하고 있었다.

그날 밤 지바고가 열심히 시에 몰입해 있을 때였다. 그는 라라가 침대에서 일어나 책상 가까이 오는 것도 느끼지 못할 정도로 정신없이 시를 써내려가고 있었다. 그의 귀에 그녀가 속삭이는 소리가 들렸다.

"당신 들려요? 개가 짖고 있어요. 두 마리가 짖고 있는 것 같아요. 아아, 무서워요. 무슨 나쁜 조짐 같아요. 아침까지 견디고 이제 떠나요! 제발 떠나요! 더 이상 이곳에 있을 수 없어요."

한 시간 가까이 그녀를 달랜 끝에 그녀는 다시 잠자리로 돌아갔다. 지바고는 밖으로 나갔다. 늑대들이 지난밤보다 더 가까이 와 있었다. 하지만 놈들은 전보다 더 재빠르게 사라졌다. 지바고는 놈들이 어디로 사라졌는지 눈으로 좇을 수 있었다. 그곳에 놈들이 떼 지어 서 있었다. 지바고는 놈들을 헤아리지는 않았지만 그 수가 훨씬 더 늘어난 것은 분명했다.

8

바르이키노에 와서 머문 지 열사흘이 지났다. 변한 것은 아무것도 없었다. 전날 밤에도 늑대들이 다시 나타나 짖어댔고 불길한 예감에 사로잡힌 라라는 전과 마찬가지로 다음 날 아침이면 떠나자고 말했다. 불안에 사로잡힌 나머지 평상시의 균형이 깨져버린 것이다.

지바고는 전과 마찬가지로 라라를 진정시킨 뒤 밖으로 나왔다. 장작이 바닥나서 말을 끌고 전에 살던 집 헛간에서 장작을 가져오기 위해서였다. 날은 몹시 추웠지만 달이 훤하게 비추고 있어 바깥은 밝았다.

썰매에 매어 놓은 말을 끌고 이전에 살던 집으로 간 그는 헛간에서 장작을 조금씩 안아다 썰매 위에 부려놓았다. 하도 피곤해서 금방이라도 쓰러질 것만 같았고 몸을 아무리 움직여도 손발이 꽁꽁 얼어붙을 정도로 추웠다.

그때였다. 말이 갑자기 미쿨리친의 집 쪽을 바라보며 힝힝거렸다. 처음에는 작은 소리로 힝힝거리는 흉내만 내는 것 같더니 무슨 확신이라도 든 듯 소리가 커졌다.

'왜 저러지?' 지바고는 궁금했다. '놀란 것 같지는 않고. 말은 놀라면 힝힝거리지는 않아. 늑대 냄새를 맡고 힝힝거리며 자기 위치를 알릴 만큼 멍청이도 아니고. 게다가 뭔가 기분이 좋은 것 같단 말이야. 집으로 빨리 돌아가고 싶어 하는 것 같아. 이놈아, 조금 기다려. 곧 떠날 테니까.'

장작을 썰매에 가득 실은 후 지바고는 천천히 썰매를 출발시켰다. 말이 다시 힝힝거렸다. 그러자 마치 응답하듯 멀리서 힝힝거리는 소리가 들렸다.

'저게 무슨 소리야? 바르이키노에 사람이 살고 있었던 거야?'

그는 자신의 집에 손님이 왔고 그 응답 소리가 미쿨리친 집 마당에서 들려오는 것이라고는 미처 생각하지 못했다. 그는 집 뒤를 돌아 천천히 장작을 헛간에 넣고 바로 옆 마구간에 말을 매어 놓았다.

그는 불안한 마음으로 현관을 향해 걸음을 옮겼다. 현관 앞에 널찍한 시골 썰매가 있었고 매끄러운 검은 말이 썰매에 매어져 있었다. 그 옆에는 반코트를 입은 젊은이가 말 주위를 서성거리고 있었다.

집 안에서 목소리가 들렸다. 지바고는 걸음을 멈추었다. 집 안에서 라라와 카챠와 이야기를 나누고 있는 코마로프스키의 목소리가 들렸던 것이다. 그들은 아마도 현관 쪽 첫 번째 방에 있는 것이 분명했다. 뭔가 말다툼을 하는 것 같았다. 라라가 흥분해서 울부짖으며 그의 말에 반박하다가 이내 동의하는 것 같았다.

지바고는 똑바로 알아들을 수는 없었지만 코마로프스키가 자신에 대한 이야기를 하고 있다고 느꼈다. 얼핏 듣기에 '그는 믿을 만한 위인이 못 된다.'—'지바고는 양다리를 걸치고 있다'는 말을 분명히 들은 것 같았다—'라라보다는 자기 가족을 더 생각하고 있다' '잘못하다가는 닭 쫓던 개 지붕 쳐다보는 꼴이 될 것이다' '두 마리 토끼를 쫓다가는 둘 다 놓칠 것이다' 같은 말들을 하고 있는 것 같았다. 지바고는 안으로 들어갔다.

지바고의 짐작대로 그들은 우측 첫 번째 방에 있었다. 그가 들어서자 라라와 코마로프스키가 허겁지겁 그를 맞으며 동시에 입을 열었다.

"당신, 어디 갔었어요? 아무리 찾아도 없으니."

"유리 지바고 씨, 안녕하시오. 지난번에 거친 말이 오갔는데도 불구하고 이렇게 불청객으로 또다시 찾아왔소."

"안녕하십니까, 코마로프스키 씨."

"도대체 어디 갔던 거예요? 이 사람 하는 이야기를 들어보고 우리 둘 다 빨리 결정해야 해요. 시간이 없어요. 서둘러야 해요."

"그런데 왜들 이렇게 서 있는 거요? 자, 코마로프스키 씨, 어서 앉으시지요. 그런데 라라, 내가 어딜 갔었냐는 얘기는 무슨 소리야? 장작을 가지러 갔던 건 당신도 알잖아."

"그런데 당신, 이 사람을 보고도 놀랍지 않으세요? 아무렇지도 않은 표정이네요. 하지만 새로운 정보를 들으면 분명히 놀랄 거예요. 코마로프스키, 어서 저 사람에게 이야기해주세요."

"라라가 무슨 생각을 하고 있는지는 모르겠지만 내가 해줄 이야기는 이런 거요. 나는 일부러 내가 떠났다는 소문을 퍼뜨렸소. 하지만 실제로는 유리아틴에 머물러 있었소. 당신과 라라에게 이전에 상의한 문제에 대해 좀 더 생각해볼 시간을 주기 위해서였소."

지바고가 대답했다.

"참으로 미묘한 문제입니다. 나는 단 한 번도 당신과 함께 떠난다는 생각을 해본 적이 없습니다. 하지만 라라의 경우는 다릅니다. 나는 라라에게 당신의 제안을 심각하게 고려해봐야 한다고 늘 말했습니다. 실제로 그녀도 자주 그런 이야기를 했습니다. 계속 그 생각에 몰두해 있었습니다."

라라가 끼어들었다.

"하지만 당신이 우리와 함께 간다는 전제하에 그런 말을 한 거예요."

"우리가 헤어진다는 것은 당신에게나 내게나 생각하기 어려운 일이야. 하지만 우리 감정을 희생시켜야 할지 모르오. 내가 간다는 건 생각도 할 수 없는 일이니까."

"하지만 당신, 아직 아무 이야기도 안 들었잖아요. 당신은 아직 아무것도 모르잖아요……. 코마로프스키 씨 이야기를 들어봐요……. 내일 아침……, 코마로프스키, 당신이 이야기를……."

"내가 들려준 소식을 당신에게 이야기해주라는 뜻인 것 같군요. 간단히 말하지요. 내일 출발할 열차가 이미 기다리고 있소. 다시는 오지 않을 기회요. 아주 안락한 자리가 마련되어 있소. 나를 따라가지 않겠다는 당신의 결심이 단호한 건 잘 알겠소. 하지만 라라는 당신과 함께가 아니라면 가지 않겠다고 하고 있소. 블라디보스토크까지는 아니더라도 최소한 유리아틴까지만이라도 함께 갑시다. 자, 어서 떠날 준비를 하시오."

"아니, 마치 내가 동의한 것처럼 말하고 있군요. 라라가 원한다면 데리고 떠나세요. 당신들이 떠나면 이곳을 깨끗이 청소하고 잠가둘 테니까."

"유라, 무슨 말을 하는 거예요? 내가 원한다면이라니요? 당신 없이는 아무 데도 가지 않는다는 걸 모른단 말이에요? 나 혼자서는 아무런 결정도 내릴 수 없다는 걸 모른단 말이에요? 도대체 집을 잠가두겠다는 건 무슨 말이에요?"

"그러니까, 요지부동이란 말씀이로군." 코마로프스키가 말했다. "그렇다면 지바고, 당신과 단둘이 이야기를 나누고 싶은데. 물론 라라가 괜찮다면 말이오."

"좋습니다. 부엌으로 갑시다. 라라, 괜찮겠지?"

9

"스트렐리니코프가 체포되어 사형선고를 받고 형이 집행되었소." 지바고와 단둘이 있게 되자 코마로프스키가 말했다.

"뭐라고요? 그게 정말입니까?"

"믿을 만한 데서 들었으니 사실일 거요."

"제발 라라에게는 이야기하지 말아줘요. 아마 미쳐버릴 겁니다."

"물론이오. 그래서 당신과 단둘이 이야기를 나누자고 한 거요. 그런 일이 벌어졌으니 라라와 그 딸도 위험이 눈앞에 닥친 셈이오. 그들 모녀를 구할 수 있도록 당신이 도와줘야 하오. 당신, 정말 우리와 함께 가지 않겠소?"

"물론입니다. 이미 말한 그대로입니다."

"하지만 그녀는 당신이 가지 않으면 안 가겠다니……, 이걸 어찌해야 좋을지 모르겠군. 그렇다면 다른 방법으로 나를 좀 도와주시오. 당신 마음이 바뀐 것처럼 해줄 수 없겠소? 내게 설득당한 것처럼 해달란 말이오. 여기에서건 유리아틴 역에서건 그녀가 당신과 영원히 작별하고 헤어지는 모습은 상상도 할 수 없는 일이오. 그러니 당신이 당장은 아니지만 언제고 따라올 것이라고 그녀를 안심시켜야 하오. 내가 그 기회를 마련해줄 것이라고 믿게 해야 하오. 거짓 맹세라도 해서 그녀를 설득해야 하오. 사실 당신에게 빈말을 하고 있는 게 아니오. 맹세하지만 당신이 내게 무슨 신호라도 보내면 당신을 극동으로 빼내어 당신이 원하는 곳 어디로든 보낼 수 있도록 조치를 취할 수 있소. 어쨌든 라라에게 당신이 우리를 배웅하러 올 것이라는 믿음을 줘야 하오. 지금 당장 떠나라고 그녀를 설득해 주시오."

"파벨 소식을 들으니 정신이 하나도 없군요. 당신이 무슨 말을 하는지도 모르겠어요. 하지만 당신이 옳소. 파벨이 그렇게 되었으니 라라와 카챠의 목숨도 위험해요. 그녀가 체포되건 내가 체포되건 어차피 우리는 헤어져야 할 운명이에요. 그럴 바에야 당신이 우리를 갈라놓는 게 나아요. 그리고 그녀를 아주 멀리 데려가는 게 나아요. 지금 내 입으로 이런 이야기를 하고 있지만 당신이 생각했던 것과 별로 차이가 없군. 모든 게 당신 의도대로 착착 진행되고 있으니……. 어쩌면 결국에는 내가 온통 무너져 내려 자존심이고 뭐고 없이 당신 앞에 네발로 기면서 부탁할지도 모르겠군. 그녀를, 내 목숨을 구해달라고, 내 가족에게 나를 데려다 달라고, 나를 구원해 달라고……. 그리고 당신의 손을 통해 나온 그 모든 것을 받아들일지도 모르겠군. 하지만 지금은 아무것도 모르겠소. 그저 멍할 뿐……. 지금 할 수 있는 일이라야 당신 말에 맹목적으로 동의하고 어쩔 수 없이 따르는 것일 뿐……. 좋아요. 지금 당장 그녀에게 말하겠소. 썰매가 준비되는 대로 따라가겠다고……. 그리고 혼자 남겠소……. 하지만 문제가 하나 있어요. 곧 어두워질 텐데 어떻게 떠나렵니까? 숲속 길을 지나야 하고 숲에는 늑대들이 있소. 조심해야 할 겁니다."

"알고 있소. 걱정 마시오. 엽총과 권총이 각각 한 자루씩 있소. 추위를 피하려고 보드카도 좀 가지고 왔소. 좀 나눠드릴까? 양은 충분하니까."

10

'내가 무슨 짓을 한 거지? 대체 무슨 짓을 한 거야? 내가 그녀를 포기했어. 그녀를 단념하고 넘겨주었어. 어서 쫓아가야 해. 라라! 라라!

들릴 리가 없어. 맞바람이 불고 있고 그들은 큰 소리로 이야기를 나누고 있을 거야. 그녀는 마음 푹 놓고 행복해할 거야. 내가 자기를 속였다는 생각은 못할 거야. 그녀는 모든 게 자기 뜻대로 잘 되었다고 생각하겠지. 말도 안 되는 고집불통 지바고가 마침내 고집을 꺾었다고 생각하겠지. 더 좋은 사람들, 법과 질서가 지배하는 곳으로 갈 수 있게 되었다고 좋아하겠지. 혹시 내가 내일 역에 나가지 않더라도 코마로프스키가 다른 열차편을 구해서 나를 데려다줄 거라고 생각하겠지. 물론 지금은 내가 썰매를 타고 열심히 자기들 뒤를 따라오고 있다고 생각하고 있을 거야.

아, 분명히 그런 생각을 하고 있을 거야. 오, 제대로 작별 인사도 못했구나. 그저 손만 흔들고 돌아섰을 뿐이야. 목구멍에 사과라도 걸린 것처럼 숨이 막힐 듯한 고통을 삼키면서…….'

그는 외투를 한쪽 어깨에만 걸친 채 베란다에 서 있었다. 그는 한 손으로 현관 계단의 기둥을 마치 목 졸라 죽일 듯 온 힘을 다해 움켜쥐고 있었다. 그는 멀리 한 지점을 향해 온 시선을 집중하고 있었다. 언덕 오르막길이 보이고 길가에 드문드문 자작나무가 서 있었다. 그 탁 트인 공간 위로 지는 해의 침울한 햇빛이 비치고 있었다. 내리막길로 모습을 감춘 썰매가 언제라도 다시 모습을 보일 것만 같았다.

그는 그 순간을 예상하며 "안녕, 안녕"이라고 수도 없이 되뇌었다. 그의 말들이 차가운 저녁 공기 속으로 빨려 들어갔다. "안녕, 단 하나뿐인 사랑이여! 영원히 잃어버린 나의 사랑이여!"

다음 순간 그가 메마르고 핏기 없는 입술로 속삭이듯 말했다.

"아, 저기 보인다. 저기 보여!"

썰매가 내리막으로부터 마치 화살처럼 갑자기 튀어 올랐다. 오, 그런데 어찌 된 일인가! 자작나무를 한 그루, 한 그루 지나치던 썰매가 속도를 늦추더니 멈춰서는 것이 아닌가! 그의 심장이 그 얼마나 심하게 방망이질을 했던지! 다리가 후들후들 떨렸고 온몸이 흐물흐물 녹아내리는 것 같았다.

"오, 하느님, 그녀를 제게 되돌려 주시는 것입니까? 도대체 무슨 일일까? 무슨 뜻일까? 왜 저기 멈춰 선 것일까? 아니야, 끝났어. 다시 움직이기 시작한다. 아, 이제 시야에서 사라졌어. 마지막으로 집을 한번 보고 싶어서 그녀가 멈춰달라고 한 거야. 내가 뒤따라 출발했는지, 내가 뒤따라오는지 확인하고 싶어서 그랬는지도 모르지. 아, 이제 정말 가버렸구나."

지바고는 라라에게 마지막으로 작별 인사를 고했다.

"안녕, 라라! 저세상에서 다시 만날 때까지 안녕, 내 사랑, 결코 마르지 않는 나의 영원한 기쁨이여! 이제 두 번 다시 그대를 만나지 못하리. 이 세상에서는 영원히 그대를 만나지 못하리."

그는 날이 어두워질 때까지 하염없이 그곳에 서 있었다. 그는 세상을 등지고 닫힌 문 쪽을 향한 채 베란다 위에 서 있었다.

'나의 밝은 태양은 져버렸다.' 그는 마치 이 말을 마음속에 새겨두려는 듯 속으로 몇 번이고 되풀이했다. 그에게는 소리 내어 말을 할 힘조차 없었다.

그는 집 안으로 들어갔다. 그의 마음속에서 두 종류의 독백이 이어졌다. 서로 다른 방향을 향한 독백이었다. 하나는 무미건조하고 사무적인 독백이었고 다른 하나는 흐르는 강물처럼 라라를 향한 독백이었다.

"모스크바로 가야지. 하지만 우선은 살아남아야 해. 억지로 잠을 자려 할 필요가 없어. 곯아떨어질 때까지 일해야 해. 그래, 당장 할 일이 있군. 당장 침실에 난롯불을 붙여야 해. 오늘 밤에 얼어 죽을 이유는 없어."

하지만 그와 동시에 이런 독백이 이어졌다.

"나의 잊을 수 없는 기쁨이여, 내 팔과 내 손과 내 입술이 그대를 기억하는 한 나는 여전히 그대와 함께 있는 것이다. 그대를 향한 내 슬픔을 그대만큼 값진 작품 속에 담으리라. 그대에 대한 기억을 가슴 아픈 사랑과 슬픔의 이미지로 그려내리라. 그 일을 끝낼 때까지 이곳에 머무르리라. 그리고 떠나리라. 나는 그대의 모습을 이렇게 그려내리라. 무시무시한 폭풍우가 휘젓고 지나간 뒤 바다가 모래 위에 더욱 거대한 파도의 흔적을 가장 멀리까지 남겨 놓듯이 그대의 모습을 종이 위에 그려놓으리라. 해초, 조개껍질, 코르크 마개, 조약돌, 너무 가벼워서 바다에 가라앉지 못하는 것들이 모래 위에 띄엄띄엄 구불구불한 선을 그어 놓듯이. 저 멀리 끝없이 뻗어 나간 이 선이 바로 가장 높은 파도의 경계선이다. 그런 식으로 삶의 폭풍이 나를 해변으로 밀어 올렸으니, 오, 나의 자랑이여, 나는 그대를 그렇게 그릴 것이다."

그는 집 안으로 들어가 문을 잠그고 외투를 벗었다. 오늘 아침 라라가 그토록 깨끗하게 청소하고 정돈해 두었건만 급히 짐을 싸느라 침실은 엉망이었다. 의자와 마룻바닥에 어지럽게 흩어져 있는 물건들을 보자 그는 무릎을 꿇고 침대 모서리에 가슴을 기댄 채 이부자리에 얼굴을 묻고 마치 어린아이처럼 마음 놓고 엉엉 울었다. 하지만 그는 곧 울음을 그쳤다. 그는 금세 다시 몸을 일으키고는 급히 눈물을 닦았다. 그는 지치고 텅 빈 마음으로 주변을 둘러보았다. 코마로프스키가 남겨 두고 간 보드카 병이 그의 눈에 띄었다. 그는 코르크를 따고 반 잔 정도 따라서 물과 눈을 섞은 후 천천히, 하지만 탐욕스럽게 마셨다. 그는 방금 흘렸던 눈물에서 느꼈던 그 절망의 맛을 보드카에서도 똑같이 느꼈다.

11

유리 지바고에게 뭔가 이상한 일이 벌어지고 있었다. 그는 서서히 제정신을 잃어가고 있었다. 전에는 결코 그런 식으로 살았던 적이 없었다. 그는 집을 방치했고 자신을 돌보지 않았다. 밤낮이 뒤바뀌었으며 라라가 떠난 지 며칠이 되었는지 날짜도 헤아리지 않았다.

그는 보드카를 마시며 라라에 대한 글을 썼다. 하지만 이상한 일이었다. 라라에 대한 글을 썼다가 지우고 다시 쓰다 보니 그의 시와 글 속에서의 라라의 모습은 점점 더 실제의 라라로부터, 카챠와 함께 떠나버린 어머니의 모습으로부터 멀어졌다.

그는 글을 쓰면서 계속 수정하고 다시 고쳐 썼다. 표현에 힘을 주고 정확성을 기하기 위해서이기도 했지만, 자신의 개인적 경험, 과거에 벌어졌던 사건들을 너무 자유분방하게 드러내지 않겠다고 자제하고 있던 때문이었다. 그는 그에 관련된 사람들을 욕되게 하거나 그들에게 상처를 주고 싶지 않았다. 그 결과 아직 채 식지 않은 격렬한 감정들은 그의 시에서 배제되었고 낭만적인 병적 상태 대신 드넓고 평온한 비전이 그의 시를 지배하게 되었다. 그 비전에 의해 개인적이고 특수한 것이 보편적이고 일반적인 수준으로 격상되었다. 그리고 그가 전혀 의도하고 있지 않았음에도 불구하고 그렇게 넓어진 비전으로 글을 쓰다 보니 저절로 마음속으로 위안이 되었다. 그 비전은 마치 라라가 여행 중에 그에게 보낸 메시지 같았으며 그녀가 멀리서 보내오는 인사말 같았다. 그 비전은 꿈속에 나타난 그녀의 모습 같았으며 그의 이마에 놓인 그녀의 손길 같았다. 그는 그 고결한 자취들을 사랑했다.

라라에 대한 애가(哀歌)를 쓰면서 그는 자연과 인간에 대한 문제, 기타 여러 다른 문제에 대해 그가 몇 년 동안 써놓았던 노트들을 서둘러 마무리했다. 그가 글을 쓸 때면 늘 그랬듯이 개인과 사회의 삶에 대한 많은 생각들이 그의 머릿속에서 난무했다.

그는 역사에 대해 품고 있던 자신의 생각을 반추해보았다. 그가 생각하고 있는 역사란 일반적으로 받아들여지고 있는 이른바 '역사의 과정'과는 다른 것이었다. 그에게 역사란 '식물의 왕국'과 비슷했다. 눈 덮인 겨울이면 앙상한 나뭇가지는 노인의 사마귀 위에 나 있는 털처럼 연약하고 초라해 보인다. 하지만 봄이 되면 숲은 순식간에 모습을 바꾼다. 구름에라도 닿을 듯 높은 곳으로 치솟고 우리는 그 무성한 미로 속에 숨을 수도 있고 길을 잃을 수도 있다. 식물들의 이러한 변화는 동물들의 경우보다 훨씬 급격하게 이루어진다. 동물의 성장 속도는 식물처럼 빠르지 않기 때문이다. 그럼에도 불구하고 우리는 식물들이 성장하는 모습을 직접 눈으로 관찰할 수 없다. 숲이 자리를 옮길 수도 없고 우리가 숲이 변화하는 모습을 살펴보기 위해 기다리며 누워 있을 수도 없다. 언제 보아도 숲은 꿈쩍도 않는 것처럼 보인다. 그리고 영원히 성장하고 끊임없이 변화하는 역사, 끊임없이 그 모습을 바꾸는 사회의 삶도 마찬가지이다. 그것들은 그렇게 끊임없이 성장하고 변화하면서도 그 변화의 모습은 우리 눈에 직접 드러나지 않으며 겉으로는 부동(不動)인 것처럼 보인다.

톨스토이도 정확히 그런 생각을 했다. 하지만 그는 그 생각을 명확하게 설명하지는 않았다. 그는 역사가 나폴레옹 같은 통치자나 장군에 의해 움직인다는 사실을 부정했지만, 그 생각을 논리적으로 전개하지 않았고 결론을 내리지도 않았다. 역사는 절대로 어느 특별한 한 인물이 만들어낼 수 없다. 풀이 자라는 것을 볼 수 없듯이 역사의 움직임은 눈에 보이지 않는다. 전쟁과 혁명, 왕들과 로베스피에르 같은 사람들은 역사라는 유기체의 촉매요 효모이다. 그러나 혁명은 편협한 마음을 가진 광적인 활동가, 자신을 제한된 분야에 가두어놓는 능력이 탁월한 천재들에 의해 이룩된다. 그들은 단번에 구질서를 뒤엎어버리고 몇 주, 혹은 길어야 몇 년 안에 모든 것을 격동 속에 몰아넣는다. 그런데 그 격동을 유발한 광적인 정신은 이후 수십 년 동안, 혹은 수 세기 동안 추앙받는다.

지바고는 라라에 대한 생각으로 슬픔에 잠기면서 동시에 오래전 멜류제예보에서의 여름을 생각하며 눈물을 흘렸다. 그때 혁명은 하늘로부터 지상으로 강림한 신이었다. 모든 사람들이 각자 자기 방식으로 미쳐가던 그 여름, 아직 모든 사람들의 삶이 나름대로 존재하던 시절의 신으로서 혁명은 다가왔다. 그때는 아직 각 개인의 삶이 높은 곳에 군림하고 있는 정책의 정당성을 입증해주는 하나의 실례에 불과한 것으로 전락하기 전이었다.

한편 그는 예술에 대한 단상도 적었다. 그는 예술이란 언제나 미(美)에 봉사한다는 것, 미는 형태의 기쁨이며 형태가 모든 유기적 삶의 열쇠라고 믿고 있었다. 모든 생명체는 형태 없이 존재할 수 없기에 비극을 포함한 모든 예술 작품은 형태를 통해 존재의 기쁨을 표현한다고 그는 생각했다. 그리고 그의 그러한 생각과 기록들도 그에게 기쁨을 가져다주었다. 그 기쁨은 비극적 기쁨이었고 눈물로 가득 찬 기쁨이었기에 그 기쁨 때문에 그는 기진맥진했고 머리가 어질어질해졌다.

안핌이 그를 보러 왔다. 그는 보드카를 더 가져왔고 라라와 카챠가 코마로프스키와 함께 떠났다는 소식을 들려주었다. 그는 선로 보수용 수동차를 타고 왔다. 그는 말을 함부로 내팽겨두고 있다고 지바고를 꾸짖더니 사나흘만 말미를 달라는 지바고의 청을 뿌리치고 말을 갖고 가버렸다. 대신 그는 이번 주 내로 다시 돌아와서 지바고를 바르이키노로부터 데리고 나가겠다고 약속했다.

안핌이 돌아간 후 지바고에게 또 다른 환각이 찾아왔다. 그 주가 끝나갈 무렵의 어느 날 밤에 그는 용(龍)이 집 아래 칩거하고 있는 터무니없는 악몽을 꾸다가 잠에서 깨어났다. 그는 눈을 떴다. 골짜기에서 불빛이 번쩍하더니 총소리가 들렸고 메아리가 울렸다. 그런 이상한 일이 벌어졌음에도 불구하고 지바고는 놀랍게도 곧바로 다시 잠이 들었다. 아침이 되자 그는 그 모든 일이 꿈이었다고 생각했다.

12

그로부터 이틀 정도 지났을 때 일이었다. 지바고는 드디어 정신을 차리기로 결심했다. 그는 안핌이 찾아오는 대로 이곳을 떠나겠다고 마음먹었다.

땅거미가 내려앉기 직전, 아직 어스름할 무렵에 그에게 눈 위를 걷는 묵직한 발자국 소리가 들렸다. 누군가 힘찬 걸음걸이로 이 집을 향해 걸어오고 있었다.

이상하다! 누구지? 안핌이라면 말을 타고 오지 걸어오지는 않을 것이다. 그리고 바르이키노에는 아무도 살고 있지 않다.

'그래, 나를 잡으러 오는 거로구나.' 지바고는 단정했다. '유리아틴으로 돌아오라는 소환 명령서를 들고 오는 거야. 혹은 나를 체포하러 오는지도 모르지. 하지만 나를 잡으러 오는 거라면 한 명이 올 리는 없어. 게다가 나를 어디에 태워가려고? 저건 미쿨리친이야.'

정체불명의 사나이가 맹꽁이자물쇠가 있던 자리를 더듬거리는 것 같더니 이윽고 조심스럽게 문을 여닫는 소리가 들렸다.

지바고는 방문을 등지고 책상 앞에 앉아 있었다. 그가 일어나서 몸을 돌렸을 때 낯선 사람은 이미 문 앞에 얼어붙은 듯 서 있었다.

"누굴 찾으십니까?"

아무 생각 없이 기계적으로 물었던 것이기에 대답이 없어도 지바고는 별로 놀라지 않았다.

낯선 사람은 얼굴이 훤칠하고 건장한 사람이었다. 그는 모피 재킷과 모피 바지 차림에 따뜻한 양가죽 장화를 신고 있었고 어깨에 소총을 메고 있었다.

지바고는 그의 출현에 잠시 놀랐을 뿐 곧바로 그의 출현이 당연한 것으로 여겨졌다. 이 집 안에 사람이 살고 있던 흔적이 있었으니 그 사람이 돌아온 것은 당연했다. 지바고는 그의 얼굴이 어딘가 낯이 익다고 생각했다. 낯선 사람도 지바고를 보고 별로 놀라지 않았다. 이 집에 사람이 살고 있다는 것도 알고 있었고, 그게 누구인지도 이미 알고 있는 것 같았다. 그는 지바고를 알아본 것 같았다.

'누구지? 도대체 누구더라?' 지바고는 머리를 쥐어짰다. '저 사람을 도대체 어디서 보았더라? 혹시…… 몇 년도인지는 모르겠지만 뜨거운 5월 어느 날 아침……, 라즈빌리예 역…… 군사 위원 차량……, 엄격한 원칙주의…… 성실성, 완전무결한 성실성……, 그래, 스트렐리니코프다!'

13

그들은 몇 시간에 걸쳐 이야기를 나누었다. 특히 스트렐리니코프는 쉴 새 없이 이야기를 이어나갔다. 마치 속에 그 무언가 짐이 될 만한 비밀을 지니고 있으며 다른 이야기들을 통해 그것들을 은밀히 덜어내려 하는 것 같았다.

"이곳에 있던 물건들을 보고 깜짝 놀랐지요? 모두 우리 적군(赤軍)이 동시베리아를 점령했을 때 징발한 것들입니다. 고백하겠습니다. 내가 이곳에 왔던 건 내 아내와 딸을 만나기 위해서였습니다. 라라가 딸과 함께 이곳에 있다는 소식을 들었던 겁니다. 하지만 나는 그 소식을 너무 늦게 들었습니다. 이곳에 왔을 때 아내를 만날 수 없었습니다. 이후 그녀가 닥터 지바고라는 사람과 가깝게 지낸다는 정보를 들었습니다. 그리고 지난 몇 년 동안 만났던 수많은 사람의 얼굴들 중에 내게 끌려와 심문을 받았던 사람의 이름이 지바고였다는 것을 기억해 냈습니다."

"그때 총살하지 않은 것을 후회했겠군요."

스트렐리니코프는 그 질문을 무시했다. 어쩌면 독백과도 같은 자신의 말 도중에 끼어든 지바고의 말이 그의 귀에 들리지 않았는지도 모른다. 그는 깊은 생각에 잠겨 독백을 이어갔다.

"당연히 질투가 났습니다. 지금도 질투하고 있습니다. 어찌 안 그럴 수 있겠습니까? …… 나는 몇 달 전에 이곳에 왔습니다. 극동 지방의 내 은신처가 발각된 직후입니다. 나는 날조된 죄목으로 군사재판에 회부될 처지에 있었습니다. 일단 재판으로 넘어가면 그 결과는 뻔했습니다. 나는 결백했습니다. 상황이 좋아지면 자신의 결백을 증명하고 명예를 회복하리라는 희망을 품고 있었습니다. 그래서 체포되기 전에 행방을 감추고 당분간 이리저리 옮겨 다니며 몸을 숨기기로 마음먹었습니다. 나는 사람들이 다니는 길을 피해 굶주리면서 도보로 시베리아를 가로질러 서쪽으로 향했습니다. 이곳으로 오면서 겪은 일들에 대해서는 말씀드리지 않겠습니다.

천신만고 끝에 나는 시베리아를 가로질러 이 지방으로 올 수 있었습니다. 내가 이곳에 워낙 잘 알려진 인물이니 그들은 설마 내가 이곳에 몸을 숨기고 있으리라고는 생각하지 못했을 겁니다. 실제로 내가 이곳에 몸을 숨기고 있는 동안 그들은 엉뚱한 곳만 수색했습니다. 하지만 그것도 이제는 끝이 났습니다. 그들이 내 꼬리를 잡았습니다. 가만, 벌써 어두워지는군요. 나는 밤이 오는 게 싫습니다. 벌써 오래전부터 불면증에 시달리고 있으니까요. 그게 얼마나 고통스러운 일인지 당신도 잘 알 겁니다. 괜찮다면 나와 밤새 이야기를 나눠보지 않으시렵니까? 내가 알기로는 양초는 충분할 것 같은데……."

"양초는 얼마든지 있습니다. 한 박스밖에 뜯지 않았어요. 주로 등유를 썼습니다. 그것도 당신이 남겨둔 거지요?"

"흑빵은?"

"없습니다."

"그럼 뭘 먹고 지냈습니까? 이런, 정말 바보 같은 질문이로군! 물론 감자였겠지요."

"맞습니다. 감자는 얼마든지 있습니다. 이 집 주인들은 알뜰한 살림꾼들이어서 감자 저장법에 정통했지요. 지하 창고에 썩지도 않고 얼지도 않은 채 잘 보관되어 있습니다."

스트렐리니코프는 갑자기 혁명에 대한 이야기를 시작했다.

14

"내가 들려줄 이야기는 당신에게는 아무 의미가 없겠지요. 이해할 수도 없을 겁니다. 당신과 나는 성장 배경이 다르니까요. 도시 근교의 세계, 철도와 빈민가와 셋방살이 세계가 있습니다. 불결하고 굶주림에 시달리고 혼잡하기 짝이 없는 곳, 노동자가 인간 이하의 취급을 받는 곳, 여자가 타락할 수밖에 없는 곳입니다. 그리고 다른 쪽에 어머니의 애정을 담뿍 받는 곳, 잰 체하는 학생들과 상인들의 자식들의 세계가 있습니다. 무사태평한 세계이고 철면피의 세계이며 뻔뻔스러운 악덕이 판을 치는 세계입니다. 부자들이 가난한 자, 약탈당한 자, 모욕당하고 유혹에 빠진 자의 눈물을 조롱하고 무시해버리는 세계입니다. 세상 그 어떤 일에도 고민하지 않는다는 것, 이 세상에 아무것도 주지 않고 아무것도 남기지 않는 기생충이라는 점 외에는 아무런 두드러진 면이 없는 그런 무리들의 세계입니다.

하지만 우리들에게 삶은 군사 행동이자 운동이었습니다. 우리는 우리가 사랑하는 사람들을 위해 산을 움직였습니다. 비록 우리가 그들에게 슬픔밖에 안겨주지 못했다할지라도 그 때문에 그들이 우리를 원망하거나 비난하지는 않았습니다. 결국 우리가 그들보다 더 고통을 겪었으니까요.

하지만 이야기를 더 계속하기 전에 당신에게 꼭 해줄 말이 있습니다. 아주 중요한 겁니다. 목숨이 아깝거든 더 이상 지체하지 말고 어서 바르이키노를 떠나도록 해요. 그들이 점점 나를 옥죄어 오고 있고 내게 무슨 일이 일어나면 반드시 당신도 엮어 넣을 겁니다. 이렇게 나와 이야기를 나눈다는 사실만으로도 당신은 이미 나와 연루된 셈입니다. 그런 건 다 제쳐놓더라도 이곳에는 늑대가 너무 많아요. 지난밤에 슈트마로부터 오는 길에 총을 쏠 수밖에 없었습니다."

"아, 당신 총소리였군요."

"맞습니다. 나는 이곳에 오래 머물지 않을 겁니다. 내일 아침에 떠날 겁니다. 괜찮다면 이야기를 좀 더 하겠습니다. 물론 그런 기생충, 방탕한 자들이 득실거리는 것이 단지 모스크바와 러시아 거리만은 아니었습니다. 그 거리, 그 거리의 밤의 모습,

지난 세기의 밤의 모습은 이 세상 어디에나 존재하고 있었습니다. 그렇다면 19세기에 통일성을 부여할 수 있게 해주는 것, 그 세기를 역사적 세기로 따로 떼어낼 수 있게 해주는 것은 무엇일까요? 바로 사회주의 사상의 탄생입니다. 혁명이 일어났고 젊은이들이 바리케이드 위에서 죽었으며 작가들은 '돈'이라는 것이 지니고 있는 야수 같은 천박함과 뻔뻔함에 재갈을 물리기 위해, 가난한 자들의 인간으로서의 존엄성을 높이기 위해 머리를 짜냈습니다. 마르크스주의 운동이 일어났고 악의 뿌리를 파헤쳤으며 치유책을 제공함으로써 이 세기의 거대한 힘이 되었습니다. 그리하여 이 시대의 그 우아한 거리는 더러운 것과 영웅주의가, 악과 빈민굴이, 선언과 바리케이드가 한데 뒤섞인 그런 모습이 되었습니다.

아, 그 시절 어린 소녀였던 그녀, 여학교 학생이었던 그녀는 그 얼마나 사랑스러웠는지! 당신은 잘 모를 겁니다. 그녀는 브레스트 철도 노동자들이 살고 있는 건물에 자주 찾아가곤 했습니다. 그 건물에 살고 있는 친구를 찾아간 것이지요. 나는 바로 그 옆 아파트에 살고 있었습니다. 나는 그 집에 자주 찾아가 그녀를 만났습니다. 그녀는 아직 어렸지만 그녀의 얼굴과 눈에는 그 시대의 모든 것, 경계심, 불안감이 들어 있었습니다. 이 세기의 모든 테마들, 눈물과 수치와 희망이, 축적된 원한과 자만심이 그녀의 얼굴과 행동에 이미 나타나 있었습니다. 소녀다운 부끄러움과 당당하고 아름다운 자태로 나타나 있었습니다. 그녀는 살아 있는 '시대 고발장'이었습니다. 대단하지 않습니까? 그건 운명 같은 것입니다. 자연이 그녀에게 부여한 것이고 그녀가 생득적으로 지닌 그 무엇입니다."

"정말 그녀에 대해 정확한 말씀을 하고 있군요. 나도 그녀를 보고 비슷한 느낌을 받은 적이 있는데 당신이 정말 정확하게 표현한 셈입니다."

"아, 그래요? 이야기를 계속하겠습니다. 나는 그 소녀를 위해 공부를 했고 교사가 되었습니다. 그리고 그녀와 함께 유리아틴으로 왔습니다. 내게는 생면부지의 도시였습니다. 나는 그녀를 위해 책을 쌓아놓고 엄청난 지식을 습득했습니다. 그녀가 도움을 요청하면 그녀를 위해 바로 써먹기 위해서였습니다. 결혼 3년 뒤 나는 전쟁터로 나갔습니다. 그 역시 그녀의 마음을 얻기 위해서였습니다. 당신도 들어서 알겠지만 포로가 되었다가 돌아오니 내가 전사한 것으로 되어 있었습니다. 나는 가명을 쓰고 혁명 전선에 뛰어들었습니다. 그녀가 받은 고통들을 모두 보상해주기 위해, 그녀의 마음으로부터 그 고통에 대한 기억을 모두 씻어내주기 위해서였습니다. 더 이상 과거가 되살아나는 일은 없어야 한다, 더 이상 그 더러운 거리가 존재하면 안 된다는 마음에서였습니다. 그리고 그들, 그녀와 나의 딸은 바로 이곳, 이웃에 있었습니다! 당장 달려가서 그들을 보고 싶은 충동을 억제하느라 얼마나 힘이 들었는지! 하지만 나는 무엇보다 내 삶의 과업을 끝내고 싶었습니다. 오, 지금 그들을 단 한 번만이라도 볼 수 있다면 모든 것을 다 내던질 수 있으련만!"

"나는 당신이 그녀를 얼마나 사랑하는지 알고 있습니다. 하지만 그녀가 당신을 얼마나 사랑하는지 당신은 알고 있습니까?"

"미안합니다. 뭐라고 하셨는지요?"

"그녀가 당신을 얼마나 사랑하는지 아시느냐고 물었습니다."

"무슨 근거로 그런 말을?"

"그녀 자신이 직접 말했습니다."

"그녀가 말했다고요? 당신에게?"

"그렇습니다."

"미안합니다. 이런 부탁을 한다는 게 말도 안 된다는 건 알지만, 지나치게 무례한 짓이 아니라면 그녀가 당신에게 정확히 뭐라고 말했는지 물어도 되겠습니까?"

"기꺼이 말씀드리지요. 당신은 바람직한 인간의 화신이라고 말했습니다. 당신 같은 사람은 만나본 적이 없다고, 당신은 진정으로 진실한 단 하나뿐인 존재라고 말했습니다. 당신과 함께 살던 그 집으로 다시 돌아갈 수만 있다면 기어서라도, 지구 끝까지라도 가겠다고 말했습니다."

둘 사이에 잠시 침묵이 흘렀다. 그들은 자리에서 일어나 각기 다른 창가로 걸어가더니 서로 다른 방향을 바라보았다. 얼마 후 스트렐리니코프가 지바고에게 다가가 그의 손을 잡고 자신의 가슴에 얹더니 황급히 말했다.

"미안합니다. 내가 당신에게 소중하고 신성한 문제를 건드리고 있다는 것을 잘 알고 있습니다. 하지만 6년간의 이별, 상상조차 할 수 없는 6년간의 자제, 극기에 대해 생각해주십시오. 나는 내가 자유로운 몸이 되면 구속에서 풀려날 것이고 가족의 품으로 돌아갈 수 있으리라고 생각했습니다. 하지만 내 계산은 모두 빗나갔습니다. 내일이 되면 그들은 나를 체포할 것입니다. 당신은 그녀와 가깝고 그녀가 사랑하고 있습니다. 아마 당신은 그녀를 언젠가 보게 될지도……. 오, 내가 무슨 말을 하고 있는 거지! 미쳤구나! 그들은 나를 체포할 것이고 한마디 변명도 들으려 하지 않을 겁니다. 다짜고짜 고함을 지르며 달려들어 내 입을 틀어막을 겁니다. 보지 않아도 훤히 알 수 있습니다!"

15

마침내 지바고는 깊은 잠에 푹 빠졌다. 정말로 오랜만에 그는 자리에 눕자마자 그대로 곯아떨어졌다. 스트렐리니코프는 그 집에서 밤을 보냈다. 지바고는 그를 옆방으로 안내했다. 지바고는 몇 번인가 잠에서 깨어나 몸을 뒤척이며 바닥에 떨어진 담요를 주워 턱까지 덮어썼으며 이내 다시 편안한 잠에 빠져들었다. 동이 틀 무렵 그는 유년기에 대한 만화경(萬華鏡) 같은 짧은 꿈들을 꾸었다. 너무 자세하고 앞뒤가 맞아서 현실로 착각할 정도였다.

예를 들어 이탈리아 해변을 그린 어머니의 수채화가 갑자기 벽에서 떨어졌고 그는 유리 깨지는 소리에 잠에서 깨어났다. 그는 눈을 떴다. 그리고 생각했다. '아니, 그럴 리 없다. 이건 안티포프다. 라라의 남편 스트렐리니코프다. 슈티마 골짜기에서 늑대들을 위협해서 쫓고 있는 거다. 아니야, 무슨 말도 안 되는 소리를! 이건 그림이다. 저기 마룻바닥에 유리 조각들이 있지 않은가?' 그는 그런 생각을 하며 다시 잠에 빠져들었다.

그는 늦은 시각이 되어서야 잠에서 깨어났다. 너무 오래 잠을 잤기 때문인지 머리가 띵했다. 그는 한동안 자신이 누구인지, 자신이 어디에 있는지도 알아차리지 못했다.

그러다 문득 생각이 났다. '아, 스트렐리니코프가 와 있지. 너무 늦었군. 어서 옷을 입어야지. 그는 벌써 일어났을 거야. 안 일어났으면 깨워야지. 커피를 끓여서 함께 마시자.'

"파벨 파블로비치!" 그가 큰 소리로 외쳤다.

아무런 응답이 없었다.

'아직 잠들어 있나 보군. 정말 깊은 잠에 빠져 있군.'

그는 서둘러 옷을 입고 옆방으로 가보았다. 스트렐리니코프의 털모자가 탁자 위에 놓여 있었지만 그의 모습은 보이지 않았다.

'산책이라도 간 모양이로군. 원, 모자도 쓰지 않고 가다니. 극기 훈련이라도 하려는 건가. 오늘 바르이키노를 떠나야 하는데 너무 늦었네. 또 늦잠을 잤으니……. 매일 이 모양이란 말이야.'

지바고는 난로에 불을 붙인 다음 양동이를 들고 우물가로 갔다. 문에서 얼마 떨어지지 않은 오솔길에 스트렐리니코프가 머리를 눈더미에 파묻은 채 가로로 누워 있었다. 자살한 것이다. 그의 관자놀이에서 흘러나온 피로 눈이 붉게 물들어 있었다. 옆으로 튄 핏방울들이 눈과 섞여 마치 마가목 열매 같은 붉은 구슬 모양을 이루고 있었다.

第14장 결말

1

이제 지바고 생애 마지막 8년부터 10년까지의 이야기를 간단하게 마무리할 일만 남았다. 이 기간 동안 그는 점점 더 피폐해졌으며 의사로서, 또한 작가로서의 지식과 기술을 상실해 갔다. 그는 가끔 침체 상태에서 벗어나 다시 일을 시작하기도 했지만 잠깐 동안만 반짝했을 뿐 곧바로 자기 자신을 비롯해 세상만사에 무관심한 상태로 되돌아갔다. 그사이 그의 심장병은 점점 악화되어 갔다. 그는 자신에게 심장병이 있음을 이미 스스로 진단내린 바 있었지만 그 병이 악화되어 가고 있음은 자각하지 못하고 있었다.

그는 전 소비에트 기간 중 가장 이중적이었고 위선적이었던 네프(1921년 제10차 공산당 대회에서 채택된 신경제 정책-옮긴이 주) 초기에 모스크바에 도착했다. 빨치산으로부터 탈출해 유리아틴에 나타났을 때보다 더 초췌한 모습이었고 수염도 머리도 더욱 더부룩했으며 훨씬 남루한 모습이었다. 이곳으로 오면서 그는 입고 있던 옷을 빵과 바꿨고, 알몸으로 지낼 수는 없어서 누더기 군복을 얻어 걸쳤다.

그는 모스크바에 홀몸으로 온 것이 아니었다. 그의 뒤에는 언제나 잘생긴 농부 출신 젊은 소년이 따라다녔다. 젊은이 역시 지바고와 비슷한 몰골이었고 차림이었다. 누더기 차림에 어디든 젊은이를 대동하고 다니는 큰 키의 지바고의 모습은 농부 출신 진리 탐구자 같았다. 그리고 젊은이는 맹목적으로 그에게 헌신하고 복종하는 제자 같았다. 그렇다면 그 젊은이는 누구이고, 두 사람은 어떻게 해서 함께 모스크바에 나타나게 된 것일까?

2

유리 지바고는 그 기나긴 여정의 마지막을 기차로 마감할 수 있었지만 그전에는 대부분 도보로 여행했다. 노숙을 하면서 우글거리는 들쥐 떼들에게 시달리기도 했고 이제는 거의 늑대처럼 되어버린 무시무시한 개들에게 혼이 나기도 했다.

그 무렵, 숲과 들판은 완전한 대비를 이루고 있었다. 인간에 의해 버려진 들판은 마치 저주를 받아 고아가 되어버린 아이 같았다. 하지만 사람에게서 해방된 숲은 자유의 몸이 된 죄수처럼 의기양양하게 번창했다. 지바고가 보기에 들판은 열병에 걸려 목숨이 위태로운 환자 같았고 반대로 숲은 되찾은 건강을 뽐내고 있는 것 같았다. 그가 보기에 신은 숲에 살고 있는 것 같았고 들판에서는 악마의 웃음소리가 들려오는 것 같았다.

어느 날 지바고는 완전히 불타버려 폐허가 된 마을로 들어섰다. 마을에는 그나마 불에 시커멓게 그을리기만 했을 뿐 무너지지 않은 집이 몇 채 있었다. 물론 집들은 텅 비어 있었다. 지바고는 혹시 먹을 것이라도 구할 수 있을까 하여 빈집으로 들어가 보았다. 하지만 집은 완전히 쥐들에게 점령당한 상태였다. 지바고는 농가에서 나와 집 앞의 맷돌 위에 앉아 마을 옆을 흐르고 있는 강을 바라보고 있었다.

그때였다. 강둑 위로 머리가 불쑥 나타나더니 이윽고 어깨, 그리고 손이 보였다. 누군가가 양동이에 물을 받아 가파른 길을 올라오고 있었다. 그의 몸이 절반 정도 드러났을 때 그는 의사의 모습을 알아보고 그 자리에 멈춰 섰다.

"물을 좀 드시겠어요? 나쁜 사람 아니지요? 나를 건드리지 않으면 나도 당신을 해치지 않겠어요."

"고맙군. 마침 목이 마르던 참인데……. 자, 겁내지 말고 가까이 와요. 내가 왜 당신을 해치겠소?"

물을 길어 오던 사람은 10대 소년이었다. 맨발에 누더기를 걸치고 머리는 제멋대로 헝클어져 있었다. 지바고의 상냥한 말투에도 불구하고 소년은 의혹에 찬 불안한 시선으로 지바고를 뚫어져라 바라보았다. 무슨 이유에서인지 소년은 흥분한 것 같았다. 그는 양동이를 바닥에 내려놓더니 의사를 향해 달려오다가 도중에 멈춰 서서 중얼거렸다.

"설마……, 아닐 거야……. 내가 꿈을 꾸고 있는 거야. 저, 동무, 뭐 좀 물어봐도 돼요? 전에 어디선가 뵌 분 같아서요. 어디서 뵀더라? 그래, 그래, 맞아! 아저씨, 의사시지요? 맞지요?"

"그런데 너는 누구지?"

"저를 못 알아보시겠어요?"

"모르겠는데."

"기차 안에 함께 있었잖아요. 모스크바에서 출발한 기차 말이에요. 같은 찻간에요. 저는 노동자로 징발되어 호송되어 가던 중이었잖아요."

소년은 바샤 브르이킨이었다. 그는 의사 앞에 쓰러져서 그의 두 손에 입을 맞추며 흐느껴 울었다.

불타버린 그 마을은 베레텐니키라는 곳으로서 바샤의 고향이었다. 마을이 파괴되어 불길에 휩싸였을 때 바샤는 채석장 땅굴 속에 숨어 있었다. 어머니는 아들이 끌려간 줄 알고 슬픔을 이기지 못해 지금 그들 옆에 흐르고 있는 펠가 강에 몸을 던졌다. 바샤의 두 여동생도 행방불명이었다. 고아원에 있다는 소식이 어렴풋이 들려왔지만 확실하지 않았다. 바샤는 지바고를 따라 모스크바로 함께 갔다. 도중에 바샤는 그동안 겪었던 무서운 일들에 대해 지바고에게 이야기해주었고 지바고는 조국 러시아가 그 얼마나 무서운 시련을 겪고 있는지 새삼 실감할 수 있었다.

3

지바고와 바샤는 1922년 봄에 모스크바에 도착했다. 앞서 말했듯 네프 초기였다. 날씨는 화창하고 따뜻했다. '구세주 성당'의 황금빛 돔에서 반사된 햇빛이 광장으로 쏟아지고 있었다. 광장 포석 틈새에서 풀들이 삐죽삐죽 자라고 있었다.

개인 사업 금지령이 풀리고 엄격하게 제한된 범위 안에서이긴 했지만 상거래가 이루어지고 있었다. 특히 벼룩시장에서 중고품 암거래가 성행했으며 전매(轉賣)가 여러 번 이루어지는 동안 열 배 이상의 이익을 올리는 사람도 있었다. 또한 썩 괜찮은 책들을 보유하고 있던 사람들은 당국의 허가를 받아 책을 내다 팔았다. 대학교수의 아내들은 빵을 구워 파는 장사꾼이 되었다.

모스크바에 온 지바고가 어느 날 바샤에게 말했다.

"바샤, 너도 뭔가 일을 해야 하지 않겠니?"

"저는 공부를 하고 싶어요."

"당연히 그래야지."

지바고는 아는 사람의 도움으로 바샤를 스트로가노프 전문학교에 입학시켰다. 바샤는 교양 과정을 마친 뒤 서적 인쇄·제본 및 디자인을 전공했다.

지바고와 바샤는 상부상조 관계였다. 지바고가 다양한 주제에 대한 소책자 분량의 글을 쓰면 바샤는 실습 명목으로 그 글을 인쇄해서 책으로 묶었다. 책 부수는 소량이었지만 최근에 문을 연 중고 서적상에 배포하여 판매할 수 있었다. 중고 서적상의 주인들은 대부분 지바고의 지인들이었다.

지바고가 쓴 소책자들은 분야가 다양했다. 그의 철학적 성찰, 의학에 관한 그의 견해, 건강과 질병에 대한 정의, 진화론에 대한 소견, 생물학적 관점에서 본 유기체로서의 개인성에 대한 이론, 종교와 역사에 대한 견해 등이 수록된 책들도 있었으며 시와 단편 소설들이 실린 책도 있었다. 그의 글들은 대체로 평이한 대화체로 기술되어 있었지만 대중적인 인기는 없었다. 논쟁의 여지가 있는 내용, 가설, 입증되지 않는 내용들이 주를 이루고 있던 때문이었다. 하지만 활력이 있고 독창적인 것만은 분명했다. 그의 소책자들의 주요 고객은 서적 수집가들이었다.

당시 시작(詩作)과 번역 기술을 포함해 모든 것이 불필요할 정도로 전문화되었다. 온갖 주제에 관한 이론적 연구가 저술되었고 여기저기 온갖 종류의 사상연구소, 예술 아카데미가 난립했다. 지바고는 그런 사이비 문화 기관들에서 의학 자문으로 일하면서 생계를 꾸려나갔다.

지바고와 바샤는 꽤 오랫동안 친밀한 관계를 유지했고 함께 지냈다. 그 기간 동안 그들은 버려진 집들을 이리저리 전전하며 지냈다. 하지만 어느 집으로 옮겨 가건 지낼 수 없을 정도로 불편하기는 마찬가지였다.

모스크바에 도착하자마자 지바고는 시프세프에 있는 그의 옛집을 찾아갔다. 그는 자신의 가족들이 모스크바로 돌아왔을 때 그곳에 머물지 않았다는 사실을 알게 되었다. 가족들의 이름으로 등록되어 있던 방들은 다른 사람들이 입주해 있었으며 그들 가족의 가재도구들은 흔적조차 없었다. 전에 이웃으로 지냈던 사람들은 지바고를 위험인물로 간주하고 그를 피했다.

전에 수위였던 마르켈은 그곳에 살고 있지 않았다. 그는 출세해서 스벤티스키 가(家)의 저택을 총괄 관리하고 있었다. 마르켈 가족은 직책에 따라 그들 가족에게 할당된 아파트에서 지내지 않고 옛 문지기의 거처에서 지냈다. 차가운 날씨에 건물 전체의 수도관과 난방이 얼어 터져도 그들 가족이 묵고 있는 곳은 언제나 따뜻했고 수도도 얼어붙지 않았다.

얼마 지나지 않아 지바고와 바샤 사이의 친분에 금이 가기 시작했다. 그사이 바샤는 눈에 띄게 성장해 있었다. 그는 이제 더 이상 시골 마을에서 온 맨발에 봉두난발의 소년이 아니었다. 그의 생각과 말은 전과 판이하게 달라져 있었다. 그는 혁명이 천명하고 있는 진리가 의심할 바 없이 옳으며 자명하다는 사실에 점점 더 매료되어 갔다. 그럴수록 지바고의 모호하고 비유적인 언어들은 오류에 가득 찬 어두운 목소리로 여겨졌으며 자신의 나약함을 의식하고 있는 도피적 언어로 여겨졌다.

지바고는 분주히 여러 정부 기관들을 찾아다녔다. 가족에 대한 정치적 복권(復權)을 얻어내어 가족들이 러시아로 돌아올 수 있게 하기 위해서였다. 동시에 그는 자신의 해외여행 여권을 얻기 위해 애썼다. 자신이 직접 파리로 가서 가족들을 러시아로 데려왔으면 하는 희망에서였다.

바샤는 지바고가 매사에 미적지근하고 열의를 별로 보이지 않는 것을 보고 놀랐다. 바샤가 보기에 지바고는 언제나 일이 잘 안될 것이라고 지레 결정해버리는 것 같았다. 그러고는 더 이상 노력해봤자 소용없다는 말을 너무나 소신껏, 심지어 흡족한 듯 입 밖에 내는 것 같았다.

바샤는 점점 더 자주 지바고를 비판했다. 그의 비판이 옳다고 생각한 지바고는 전혀 화를 내지 않았다. 그러나 둘의 관계는 점점 더 나빠졌다. 마침내 둘은 절교를 선언하고 헤어졌다. 지바고는 둘이 함께 쓰던 방을 바샤에게 양보하고 마르켈이 전권을 장악하고 있는 스벤티스키 씨의 저택으로 거처를 옮겼다. 마르켈은 지바고에게 저택의 구석방을 내주었다.

그곳으로 거처를 옮긴 뒤 지바고의 삶은 돌변했다. 그는 의사 일을 그만두고 자신을 돌보지도 않았으며 지인도 만나지 않았다. 그의 삶은 점점 더 궁핍해졌다.

4

어느 흐린 겨울날 일요일이었다. 일요일이어서 마르켈 가족은 모두 집에 모여 있었다. 그들은 부엌의 커다란 식탁에 앉아 저녁을 들고 있었다.

난로가 활활 타오르고 있어서 집안은 더울 정도였다. 마르켈의 아내 아가피야가 난로 옆에서 팔을 걷어붙인 채 긴 부젓가락으로 난로 깊숙이 들어 있던 철판을 꺼냈다. 철판 위에는 만두가 노릇노릇하게 익어가고 있었다. 그녀는 만두들을 뒤집은 뒤 다시 난로 속에 집어넣었다.

바로 그때 지바고가 양 손에 양동이를 들고 그들의 방에 나타났다.

"맛있게들 드십시오." 지바고가 말했다.

"어서 오세요. 앉아서 우리랑 같이 드세요." 아가피야가 말했다.

"감사합니다만 이미 먹었습니다."

"제대로 안 드신 거 알아요. 자, 이리 와서 따뜻한 걸 좀 드세요. 체면 차리실 것 없어요. 구운 감자와 만두가 있어요. 소금에 절인 돼지기름도 있어요."

"정말, 아닙니다……. 물을 좀 길어갈 수 있을까 해서 온 겁니다. 욕조를 깨끗이 닦고 거기 물 좀 채워놓고 싶습니다. 대여섯 번만 길어가면 됩니다. 귀찮게 해드려서 죄송하긴 합니다만, 달리 방법이 없어서요."

"실컷 길어가세요. 시럽이라면 몰라도 물이라면 얼마든지 있으니까요. 쓰실 만큼 마음껏 가져가세요. 물값을 받을 사람들도 아니니까요."

그들은 모두 웃었다.

그런데 지바고가 세 번째 와서 물을 길어가려 하자 마르켈의 말투가 달라졌다.

마르켈이 말했다.

"여기 사위들이 당신이 누구냐고 묻더군요. 내가 잘 말해주었지만 믿지를 않아요. 물은 얼마든지 길어가시오. 하지만 제발 바닥에 흘리지는 말아요. 저기 문간에 흘린 물이 안 보이시오? 얼어붙으면 어쩌려고. 글쎄, 사위들에게 당신 이야기를 해도 믿지를 않는다니까. 그놈의 공부깨나 한답시고 돈이 좀 들었을까! 그래, 공부를 그렇게 많이 해서 얻은 게 대체 뭐요? 좀 알고 싶구려."

지바고가 다섯 번째인가 여섯 번째 들어섰을 때 마르켈이 눈살을 찌푸렸다.

"이제 딱 한 번 이상 안 되오. 무슨 일이건 한도가 있는 법 아니오? 우리 딸넌 마리나가 역성을 들지만 않았어도 문을 잠갔을 거요. 당신 출신 성분이 아무리 좋다고 해도 그렇지……. 내 딸 마리나 기억나시오? 저기 식탁 끝에 앉은 까무잡잡한 애 말이오. 저런, 얼굴이 빨개졌군. 저 애가 뭐라고 했는지 아시오? '아빠, 그분 마음을 아프게 하지 마세요.' 아니, 내가 누구 마음을 상하게 했다고! 저 애는 중앙 전신국에서 전신 기사로 일하고 있소. 외국어를 잘해요. 당신이 불쌍하다고 저 애가 말하더군. 당신이 불쌍하다며 물불 가리지 않고 내게 덤벼들 태세라니까! 당신이 불행한 게 마치 내 탓이나 되는 것처럼! 당신 그런 어려운 때에 집을 버리고 시베리아로 도망가는 게 아니었소. 그건 오직 당신 잘못이오. 우리를 보시오. 우리는 그 배고픈 시기도 견뎌냈고 백군의 봉쇄도 견뎌냈소. 우리는 겁먹고 꽁무니를 빼지도 않았소. 그래서 이렇게 안전하게 흔들림 없이 살아남은 거요. 정말 당신 잘못이오. 부인 토냐를 잘 지켜주기만 했어도 해외로 쫓겨나는 일은 없었을 거요. 하긴 내가 상관할 일도 아니지. 그런데 제발 묻고 싶은 게 있소. 도대체 그 많은 물을 어디에 쓰려고 그러는 거요? 무슨 스케이트장이라도 만들겠다는 건 아니겠지. 아니 당신 지금 그 꼴이 뭐요? 웃음도 안 나올 지경이야. 꼭 물에 빠진 생쥐 꼴이잖아."

그들은 일제히 웃음을 터뜨렸다. 오직 마리나만이 얼굴이 빨갛게 달아오른 채 화난 표정으로 모두를 돌아보며 그들을 비난했다. 지바고는 그녀의 목소리에 놀랐다. 하지만 그 목소리에 왜 놀랐는지는 아직 그 자신도 알지 못했다.

"마르켈 씨, 청소할 곳이 많아서입니다. 바닥도 닦아야 하고 빨랫감도 있어서요."

모두 약간 놀라는 눈치였다.

마르켈이 말했다.

"아니, 부끄럽지도 않소? 그런 일을 한다는 건 그렇다 쳐도, 그런 말을 입 밖에 내다니! 다음번에는 아예 세탁소를 차리고 세탁부로 나서시겠군."

그러자 아가피아가 지바고에게 말했다.

"마리나를 올려 보내드릴게요. 빨래도 하고 청소도 해줄 거예요. 필요하면 바느질도 해줄 거예요. 얘야, 무서워할 것 없다. 얼마나 착한 분인지 몰라. 파리 한 마리 잡을 줄 모르신단다."

"아닙니다, 부인! 절대로 사양하겠습니다. 마리나가 왜 저 때문에 손에 구정물을 묻힙니까? 저 혼자 해낼 수 있습니다."

"당신 손에는 구정물을 묻혀도 되고 나는 안 된다는 건가요?" 마리나가 불쑥 끼어들었다. "지바고 씨, 왜 그렇게 까다롭게 그러세요? 제가 당신을 보러 가면 저를 쫓아내시겠네요."

마리나는 가수가 되었어도 좋았을 것이다. 그녀는 맑고 아름다운 목소리를 지니고 있었고 성량도 풍부했다. 그녀의 목소리는 마치 그녀를 보호하는 수호천사 같았다. 그 누구도 그런 목소리를 가진 여자에게 상처를 입히거나 그런 목소리의 주인공을 실망시키고 싶지 않을 것이다.

바로 그 일요일 날, 그러니까 지바고가 물을 길러 갔던 그날부터 지바고와 마리나 사이의 우정이 싹텄다. 그녀는 자주 그에게 와서 집안일을 도왔다. 어느 날 그녀는 그의 곁에 남아 더 이상 자기 집으로 돌아가지 않았다. 그렇게 해서 그녀는 지바고의 세 번째 아내가 되었다. 물론 지바고는 아직 첫 번째 부인과 이혼한 사이가 아니었기에 정식 혼인신고는 할 수 없었다. 두 사람 사이에 아이들이 생겼다. 마르켈 부부는 딸이 의사의 아내가 되었다고 은근히 자랑스러운 눈치였다. 하지만 마르켈은 둘이 성당에서 결혼식을 올리지도 않았고 혼인신고도 하지 않았다고 불만을 토로했다. 그러자 아내가 반박했다.

"당신 정신 나갔어요? 토냐가 멀쩡하게 살아 있는데 이중결혼을 하란 말이에요?"

마르켈도 지지 않고 말했다.

"정신 나간 건 당신이야. 아니, 이 일에 토냐가 무슨 상관이 있어? 죽은 거랑 마찬가지 아니야? 그녀를 보호해줄 법 같은 건 없다고."

지바고는 자신과 마리나의 결혼이 마치 열두 장(章)으로 이루어진 소설처럼 열두 개의 양동이로 이루어진 작품이라고 농담을 했다.

마리나는 지바고에 대한 모든 것을 다 묵인하고 받아들였다. 괴짜 같은 성격, 집안을 더럽히고 어지럽히는 버릇, 그의 우울증, 그의 망상들을 모두 용서했다. 그 모든 것들은 자신을 내팽개친 사람, 그리고 스스로 그 사실을 알고 있는 사람이 보여주는 행태였다. 그녀는 그의 불평, 짜증, 신경질을 다 받아주었다.

5

그들 부부는 스피리도노프카 거리에서 살았다. 둘 사이에는 카프카와 클라시카라는 두 딸이 있었다. 어언 카프카는 일곱 살이 되었고 클라시카는 7개월 된 갓난아기였다. 그들이 살고 있는 곳과 가까운 말라야 브론나야 거리에 지바고의 친구 미샤 고르돈이 살고 있었다.

1929년 초여름은 무척 더웠다. 역시 가까운 곳에서 살고 있는 니카 두로로프와 지바고는 미샤 고르돈의 집에서 자주 만났다. 학교 동창이었으며 이후로도 오랫동안 우정을 나누었던 세 사람은 나른한 여름날의 느긋한 잡담을 즐기고 있었다. 자연스러우면서도 지적인 분위기에서 대화가 이어지려면 누군가 주도권을 쥐고 적당한 화젯거리를 제공해야 한다. 셋 중에서 그런 요구에 부응하는 사람은 바로 지바고였다. 지바고에 비해 두 친구는 말솜씨가 없었고 어휘 선택이 어설펐다. 미샤와 니카는 교양 있는 학자들과 어울렸고 멋진 책, 훌륭한 사상가, 훌륭한 작곡가와 멋진 음악에 묻혀 지내고 있었다. 하지만 그런 식의 평범한 취미를 지니고 있는 것이 아예 아무 취미도 없는 것보다 훨씬 더 불행한 일이라는 사실을 그들은 모르고 있었다.

그들이 보기에 지바고의 삶은 건강하지 않았다. 그들은 지바고에게 자주 충고를 해주었다. 그들의 충고에는 지바고의 행동을 바꾸고 싶다는 진실한 마음이 어느 정도 들어 있는 것이 사실이었다. 하지만 실은 자유로운 사고 능력이 부족했기에, 혹은 자신의 의지대로 대화를 이끌어 나갈 능력이 없었기에 느닷없이 튀어나온 충고인 경우가 많았다. 그들의 대화는 대부분의 경우 마치 비탈길을 폭주하는 마차처럼 자신들이 원하던 방향에서 벗어나서 마구 질주하곤 했다. 결국 그 무엇엔가 부딪쳐 상처를 입을 수밖에 없었고, 그 결과가 바로 지바고를 향한 설교, 훈계로 나타났다. 세상사가 늘 그렇듯이 두 친구는 그 충고를 진심인 양 착각했다. 급격한 세상 변화에 나름대로 적응한 지식인의 전형적인 모습이었고 그들은 어느새 그렇게 길든 지식인이 되어 있었다.

지바고는 친구들의 충고 속에 어떤 무의식적인 동기가 숨어 있는지 빤히 들여다볼 수 있었고 그들이 보이는 열정이나 논리가 진심이라기보다는 억지로 꾸며낸 것이라는 것을 훤히 알 수 있었다. 그렇다고 해서 "이보게 친구들, 자네들 정말로 추상적이고 진부한 이야기를 하고 있군. 자네들이 속한 서클, 자네들이 늘 입에 달고 다니는 대가들의 이름, 자네들이 입이 마르도록 칭찬하는 그들의 매력 같은 것도 다 마찬가지일세. 자네들에게서 오로지 생기 있게 빛나고 있는 것은 자네들이 나와 동시대 사람들이고 나와 친구라는 그 사실 뿐이라네"라고 대놓고 말할 수는 없었다. 그런 식으로 시원하게 자신의 속을 털어놓을 수 있는 사람이 어디 있겠는가? 지바고는 그들이 뭔가 발언할 때면 그들의 감정을 상하게 하지 않으려고 얌전히 귀를 기울였다.

니카는 최근에 유형지로부터 돌아왔다. 그는 시민권을 되찾고 복권되어 다시 대학에서 강의를 할 수 있었다. 그는 유배자로서 자신이 겪은 경험에 대해 이야기했다. 그는 진지했으며 그의 말에는 조금도 위선이 섞여 있지 않았다. 또한 그 무언가에 대한 두려움 때문에 그런 이야기를 한 것도 아니었다. 그는 자신의 말을 진정으로 믿고 있었다.

그는 검사의 논고, 수감되었을 때와 출옥했을 때 받은 대우, 특히 예심판사와의 허물없는 사적인 대화 등의 경험을 통해 두뇌에 새바람을 불어넣을 수 있었고 정치적으로 새로운 것들을 배울 수 있었다고 말했다. 이전에는 미처 보지 못했던 것들을 향해 새롭게 눈을 뜰 수 있었고 그 결과 인간적으로 성숙했다는 것이었다.

미샤는 고개를 끄덕이며 공감했고 동의했다. 니카의 생각이 진부하다는 바로 그 이유 때문이었다. 니카가 느낀 감정과 표현이 흔해빠진 것이라는 바로 그 사실 때문에 그는 감동을 받았다. 니카는 이미 규정이 내려진 교과서적인 감정을 그대로 되풀이하고 있을 뿐이었지만 바로 그 사실 때문에 미샤는 그의 말을 인간성에 대한 핵심적인 표현으로 받아들였다.

니카가 보여주는 상투적인 것을 향한 그 경건한 자세는 바로 이 시대의 정신을 보여주고 있었다. 그런데 바로 그들의 체제 순응주의, 경건한 척하는 모습에 지바고는 격노했다. 그는 자유롭지 못한 인간은 언제나 자신의 예속 상태를 이상화한다고 생각했다. 중세가 그러했고 훗날 제수이트 파에서 이러한 인간의 속성을 이용했다. 지바고는 소비에트 지식인들의 정치적 신비주의를 용납할 수 없었다. 게다가 그들은 그 정치적 신비주의를 이 시대 자신들의 최고 업적으로 꼽고 있으며 '시대정신의 절정'이라고 부르고 있었다. 지바고는 친구들에게 상처를 주고 싶지 않아서 그 생각도 속으로 꾹꾹 눌러두었다.

"가봐야겠어." 지바고가 말했다. "자네들도 알다시피 내가 심장이 약하잖은가. 이렇게 오래 앉아 있자니 숨이 막혀. 엄살이 아니야."

"잠깐만 기다리게. 그건 핑계일 뿐이야." 미샤가 말했다. "자네가 솔직하게 대답해주기 전에는 보내지 않겠네. 자네도 이제 생각과 생활방식을 바꾸고 개혁할 때가 되었다고 생각하지 않나? 무엇보다 우선 토냐와 마리나와의 관계를 분명히 해야 하네. 그들도 인간이고 여성이야. 느끼고 고통받는, 살아 있는 사람이란 말일세. 그녀들은 오로지 자네의 머릿속에만 존재하는 관념적인 존재가 아니야.

두 번째로 자네 같은 사람이 허송세월한다는 건 부끄러운 일이라네. 제발 정신 좀 차리고 무기력증에서 벗어나게. 용납하기 어려운 그 오만을 버리란 말이야. 콧대만 세우지 말고 다시 의사 일을 충실히 수행할 수 없겠나?"

"좋아, 대답해주지. 나도 최근에 그런 생각을 했다네. 내게 분명히 무슨 변화가 있을 것이라고 자네들에게 분명히 약속하지. 모든 게 다 잘되리라고 생각하네. 곧 그렇게 될 거야. 이미 착수한 셈이니까. 나는 살고 싶다는 믿을 수 없을 만큼 열정적인 욕망을 갖고 있다네. 산다는 것은 더 높은 곳을 향하여, 완성을 향하여 나아가려 힘쓰는 것, 그것을 성취하는 것 아니겠나?

그건 그렇고 자네들에게 전해주고 싶은 좋은 소식이 있네. 파리에서 또 편지가 왔어. 아이들이 많이 커서 또래의 프랑스 친구들을 많이 사귀었다고 하더군. 사샤는 초등학교 졸업반이고 마샤는 곧 입학할 거라고 하더군. 자네들도 알다시피 나는 마샤는 본 적이 없지. 그들은 곧 프랑스 국적을 획득하겠지만 나는 그들이 곧 돌아올 것만 같아. 그래서 매사가 다 잘 풀릴 것만 같아.

토냐와 장인은 마리나와 아이들에 대해서 알고 있는 것 같아. 내가 직접 편지에 쓴 적은 없지만 누군가 다른 사람을 통해 소식이 전해진 것 같네. 장인어른은 당연히 화를 내셨겠지. 거의 5년 동안이나 파리에서 편지가 오지 않은 건 그 때문일 거야. 자네들도 알다시피 모스크바로 돌아온 이후 계속 편지 왕래가 있었는데 갑자기 툭 끊겼다네.

최근에야 다시 편지가 오기 시작했어. 이번에는 아이들까지 포함해서 온 식구가 편지를 보내온다네. 따뜻하고 애정이 넘치는 편지들이야. 무슨 이유인지는 모르겠지만 누그러진 모양이야. 토냐가 좋은 사람을 만났는지도 모르지. 그러기를 진심으로 빌고 있지만 사정은 모르겠네. 나도 가끔 편지를 쓰지……. 아, 이제 정말 더 이상 못 견디겠네. 가봐야겠어. 숨이 막힐 것 같아. 자, 잘들 있게."

다음 날 아침, 마리나가 미샤 고르돈의 집으로 사색이 되어 뛰어왔다. 아이들을 혼자 둘 수 없어서 갓난아이는 담요에 싼 채 한 팔로 안고 있었고 다른 손으로는 뒤에서 질질 끌려오는 카프카의 손을 잡고 있었다.

"우리 그이 여기 있어요?" 그녀가 겁에 질린 목소리로 물었다.

"간밤에 집으로 돌아가지 않았나요?"

"아뇨. 오지 않았어요."

"그렇다면 니카의 집에서 밤을 보낸 게 분명해요."

"벌써 갔다 오는 길이에요. 니카 씨는 대학에 출근하고 안 계세요. 그이를 알고 있는 이웃 사람들 말로는 그이가 그곳에 오지 않았대요."

"그렇다면 어디로 갔지?"

마리나는 갓난아이를 소파에 내려놓고 엉엉 울음을 터뜨렸다.

6

미샤와 니카는 이틀 동안 교대로 마리나를 돌보면서 사방으로 지바고를 찾아다녔다. 지바고 가족의 옛집에도 가보았고 마르켈에게도 가보았으며 그가 전에 근무했던 곳도 빠짐없이 찾아보았다. 또한 그가 알고 지내던 사람들도 수소문해서 모두 찾아보았다. 하지만 아무 소득이 없었다.

경찰에 신고할 수도 없었다. 결코 모범적인 생활을 한다고 볼 수 없는 사람을 굳이 경찰이 주목하게 만들 필요는 없었다. 그들은 경찰 신고는 최후 수단으로 남겨 놓기로 했다.

사흘째 되던 날 유리 지바고로부터 세 사람에게 각기 편지가 왔다. 그는 편지에서 걱정을 끼쳐서 정말 미안하다며 제발 자신을 찾지 말아 달라고, 찾아도 소용이 없을 것이라고 썼다. 그는 가능한 한 빨리, 그리고 완전하게 자신의 삶을 새롭게 만들기 위해 당분간 혼자 있으면서 일에 집중할 필요가 있다고 썼다. 안정된 직장도 얻고 다시 이전의 생활 습관에 빠지지 않을 자신이 생기면 은신처에서 나와 마리나와 아이들 곁으로 돌아가겠다는 것이었다.

지바고는 미샤에게 돈을 좀 보낼 테니 마리나가 직장에 다닐 수 있도록 그 돈으로 보모를 구해달라고 부탁했다.

곧 돈이 왔다. 지바고나 그의 친구들 기준으로 볼 때 상당히 큰돈이었다. 그들은 곧바로 보모를 구했고 마리나는 전신국에 복직했다. 마리나는 크게 상심했지만 지바고의 기행(奇行)에는 이미 이력이 나 있었기에 이 변덕스러운 행동도 이내 체념하고 받아들였다.

지바고의 경고에도 불구하고 마리나와 친구들은 열심히 지바고의 행방을 찾았다. 하지만 흔적조차 찾을 수 없었다.

7

사실 유리 지바고는 엎어지면 코 닿을 만큼 가까운 거리에 살고 있었다.

그가 사라지던 날, 그는 미샤의 집을 나서서 브론나야 거리로 접어들어 걸음을 옮기고 있었다. 아직 날이 어두워지기 전이었다. 그는 곧바로 집으로 향하고 있었다. 그런데 집을 향해 100미터 정도 걸음을 옮기기도 전에 느닷없이 누군가를 만났다. 바로 이복동생 예브그라프였다. 그는 반대쪽으로부터 지바고를 향해 걸어오고 있었다. 지난 3년 동안 그를 보지 못한 것은 물론이고 그에 대한 이야기도 들은 적이 없었다.

그는 모스크바에 얼마 전에 도착했다. 늘 그랬듯 그는 예기치 않게 불쑥 나타나서는 자신에 대한 모든 질문을 미소나 농담으로 받아넘겼다. 반대로 그는 한두 마디 질문을 통해 지바고의 형편을 모두 알 수 있었다. 그는 지바고가 대단히 어려운 처지에 놓였다는 것을 단번에 알아차렸다. 그는 오가는 사람들을 헤치며 몇 걸음 걷는 동안에 형을 어려움에서 구해낼 구체적인 계획을 세웠다. 지바고가 어디론가 사라져 당분간 모습을 드러내지 않도록 하자는 것도 그의 의견이었다. 그는 형에게 카메르게르스키 골목의 방을 하나 구해주었다. 바로 예술극장 옆이었다. 그는 형에게 넉넉한 돈을 주었다. 예브그라프는 형에게 병원에서 연구할 기회가 많이 주어질 수 있는 자리를 구해보겠다고 했다. 이어서 예브그라프는 파리에 있는 가족들의 불안정한 상황도 곧 해결해주겠다고 약속했다. 지바고가 그들에게 가거나 그들이 러시아로 올 수 있게 해주겠다는 것이었다. 그는 이 모든 일을 자신이 직접 처리하고 확인하겠다고 약속했다. 언제나 그랬듯이 동생의 도움으로 유리는 새로운 힘을 얻었다. 하지만 전과 마찬가지로 예브그라프가 지니고 있는 권력에 대한 수수께끼는 여전히 풀리지 않았다. 유리 지바고는 굳이 그 비밀을 파헤치려 하지 않았다.

동생이 구해준 방은 남향이었다. 지바고에게 그 방은 일터 이상이었고 서재 이상이었다. 그는 바로 그 방에서 모든 생각을 정리하고 집필에 몰두했다. 그곳은 그에게 정신의 향연이 벌어지는 곳이었고 모든 광적인 꿈을 쌓아놓은 찬장이었으며 온갖 계시들이 저장되어 있는 창고였다. 다행히도 지바고의 자리를 얻어주기 위한 예브그라프의 병원과의 협상이 지연되고 있었고 지바고가 새로운 직장에 나갈 날도 기약 없이 미뤄지고 있었다. 그 틈을 이용해 그는 더 열심히 집필에 몰두할 수 있었다.

8

8월 말 어느 날 아침이었다. 지바고는 새롭게 근무하기로 된 병원 첫 출근을 위해 가제트느이 가(街) 정류장에서 쿠드린스카야 가(街) 행 전차에 올랐다. 전에도 일 때문에 두세 번 탔던 노선이었다.

그날 그 전차에 오른 것이 지바고에게는 불운이었다. 전차 모터에 결함이 있어서 온갖 종류의 말썽을 부렸다. 전차 자체의 결함 때문에 수시로 서서 기다리는 것은 물론이고 심지어 지나가던 수레바퀴가 전차 레일 사이에 끼어 꼼짝도 않는 바람에 한참을 서 있기도 했다. 전차 밖에서는 번개가 치고 천둥이 으르렁거렸다. 전차는 다시 움직이기 시작했다. 하지만 얼마 가지 않아 다시 멈춰 섰고, 이후로도 가다 서다를 반복했다. 전차 안은 만원이었고 지바고는 현기증을 느꼈다. 그는 겨우 몸을 일으키고 창문을 열기 위해서 용을 썼다. 하지만 창문은 꿈쩍도 하지 않았다. 창틀이 못으로 고정되어 있었던 것이다. 전차에 타고 있는 승객들은 아우성을 쳤고 전차 안은 그야말로 아수라장이었다.

유리 지바고는 비틀거리면서 초인적인 의지의 힘으로 빽빽한 승객들을 헤치고 겨우 뒤쪽 승강장까지 갔다. 사람들은 몸을 비켜주지 않고 그를 밀어냈다. 신선한 공기를 마시니 기운이 좀 나는 것 같았다.

그가 뒷문 승강장 입구에 빽빽하게 들어찬 승객들을 헤집고 나가려 하자 발길질과 욕설이 그에게 난무했다. 그는 아랑곳하지 않고 군중들을 헤치고 입구로 다가가 길가에 서 있는 전차로부터 내렸다. 그는 한 걸음, 두 걸음, 세 걸음 내딛다가 포석 위에 그대로 쓰러졌다. 그리고 다시는 몸을 일으키지 못했다.

그의 주변을 사람들이 둘러쌌다. 뭐라고 떠드는 소리, 말다툼 소리, 이렇게 하자, 저렇게 하자, 외치는 소리들로 인해 시끄럽기 짝이 없었다. 사람들은 곧 그가 숨을 쉬지 않고 그의 심장이 멎은 것을 확인할 수 있었다.

9

유리 지바고가 마지막으로 살고 있던 카메르게르스키 골목의 집으로 고인의 시신이 옮겨졌다. 그의 부음 소식에 놀란 친구와 지인들이 마리나와 함께 그 집으로 달려왔다. 마리나는 충격과 슬픔으로 바닥에 몸을 던진 채 복도에 놓여 있는 목제로 된 궤 모서리에 머리를 찧으며 몸부림쳤다. 아직 관이 도착하지 않아 시신은 그 궤 위에 놓여 있었다. 그녀는 눈물을 펑펑 쏟으며 알아듣지 못할 말을 중얼거리다가 울부짖었다. 그리고 숨이 막혀 컥컥거리다가 통곡을 터뜨렸다. 그녀는 주위에 누가 있는지 전혀 의식하지도 못한 채 끝없는 넋두리를 늘어놓았다. 그녀가 시신에 하도 거세게 매달려 있었기에 관이 도착해서 깨끗한 방으로 시신을 옮기려 해도 그녀를 떼어낼 수 없었다.

그 일은 모두 전날 벌어진 일이었다. 하루가 지나자 걷잡을 수 없었던 그녀의 슬픔도 어느 정도 가라앉고 그녀는 멍하니 기진맥진해 있었다. 그녀는 아직 제정신이 완전히 돌아오지 않았고 주변도 제대로 알아보지 못했지만 아무 말 없이 얌전하게 앉아 있었다.

그녀는 전날 낮부터 지금까지 꼼짝 않고 그 자리에 있었다. 아기에게 젖을 먹이기 위해 보모가 잠시 아기를 데려왔다가 두 딸을 데리고 다시 나갔다. 그녀 곁에는 역시 깊은 슬픔에 잠긴 미샤 고르돈과 니카 두도로프가 있었다. 그녀의 아버지 마르켈은 그녀 옆의 의자에 앉아 흐느끼며 이따금 손수건으로 큰 소리로 코를 풀곤 했다. 그녀의 어머니도 울면서 다녀갔다.

그런데 그곳에 모인 사람들 중에 다른 사람들과 멀찍이 떨어져 있는 남녀 한 쌍이 있었다. 그들은 다른 사람들처럼 고인과 특별히 가까운 사람이라는 티를 내지 않았다. 두 사람은 마리나를 비롯해 고인의 지인들과 특별히 슬픔을 나누지도 않았다. 그렇지만 두 사람이 겉으로 유별나게 드러내지는 않았어도 그들을 둘러싸고 있는 묘한 분위기 때문에 두 사람은 망자에 대해 특별한 권리를 지니고 있는 것 같았고 누구나 그 권리를 당연하게 여기는 것 같았다.

실은 장례 절차를 순리대로 진행할 수 있게 한 것도 그들이었고, 그것은 당연히 그들의 몫이기도 했다.

멀찍이 떨어져 있던 두 사람이 관 가까이 다가오자 불가사의한 일이 벌어졌다. 마리나를 비롯해 시신 근처에 있던 모든 사람들이 마치 약속이나 한 듯이 자리를 비켜주더니 밖으로 나간 것이다. 이윽고 두 사람만 방 안에 남자 그들은 벽에 붙어 있는 의자에 앉아 이야기를 나누었다.

먼저 입을 연 것은 여자였다.

"예브그라프 지바고 씨, 일이 어떻게 되었나요?"

"오늘 밤에 장례식이 있을 겁니다. 30분 후에 의료 종사자 노동조합 사람들이 와서 시신을 옮겨 갈 겁니다. 추도식은 4시에 열릴 예정입니다. 제대로 된 신분증이 하나도 없습니다. 노동 수첩도 기한이 지났고 조합원증도 시효가 지난 것이더군요. 갱신도 하지 않았고 조합비는 한 번도 내지 않았습니다. 장례식을 치르기 위해서 그런 것들을 다 정리해야 했습니다. 그래서 시간이 좀 걸린 겁니다. 라라 표도로브나, 장례식이 끝난 다음에도 그냥 사라지지 마십시오. 긴히 부탁드릴 게 있습니다. 형님의 원고들을 가능한 한 빨리 정리하고 싶은데 좀 도와주십시오. 당신이 큰 도움이 될 겁니다. 그런데 이틀 전에 이르쿠츠크로부터 이곳에 도착하셨다고 하셨지요? 물론 형님이 변을 당한 건 모르셨다고 하셨습니다. 그런데 어떻게 이곳에 오시게 되었는지 궁금합니다."

"이상할 것 없어요. 모스크바에 도착해 짐을 임시 보관소에 맡긴 채 산책을 좀 했어요. 그런데 무심코 걷다가 쿠즈네츠키 골목길에 들어서게 되었고 좀 더 걷다가 갑자기 전율했어요. 너무 낯익은 카메르게르스키 골목이 나타난 거예요. 무의식중에 발길이 이쪽을 향한 거예요. 바로 이곳이 총살당한 내 남편 파벨이 학창 시절 지내던 곳이었어요. 지금 우리가 앉아 있는 바로 이 방 말이에요. 혹시 운이 좋으면 이 집의 전 주인을 만날지도 모르겠다고 생각하고 들어섰다가 당신을 만나게 된 거예요. 영문을 알 수 없었지요. 문이 활짝 열려 있었고 방에 사람들이 가득 들어차 있었으며 관이 놓여 있었어요. 벼락이라도 맞은 것 같았어요. 누군가 들여다보고는 내가 정신이 나간 거나 아닌지 의심할 수밖에 없었어요. 꿈을 꾸고 있는 것 같았어요. 그런 내 모습을 당신도 보셨지요?"

"잠깐, 라라 표도로브나, 말을 끊어서 죄송합니다. 저나 형님이나 이 방에 그런 사연이 담겨 있는 줄은 몰랐습니다. 파벨 안티포프가 이 방에서 지냈다고요? 정말 기막힌 인연이로군요. 그런데 방금 그 사람이 총살당했다고 말씀하셨습니까? 그가 권총으로 자살한 사실을 모르고 계셨나요?"

"그런 소문을 듣기는 했어요. 하지만 믿지 않았어요. 파벨은 절대로 자살할 사람이 아니에요."

"하지만 엄연한 사실입니다. 형님 말씀에 의하면 당신이 블라디보스토크로 떠나기 전에 지내던 집에서 자살했습니다. 형님이 직접 시신을 묻어주셨답니다."

"정말 믿을 수 없어요. 제발 자세한 이야기를 해주세요. 아무리 사소한 이야기라도 제게는 너무 소중해요. 그래, 그 사람이 지바고를 만났나요? 둘이 이야기를 나누었나요?"

"형님 말씀에 의하면 아주 긴 대화를 나누었답니다."

"어머, 어떻게 그런 일이! 오, 하느님, 감사합니다!" 라라는 성호를 그으며 말을 이었다. "마치 운명적으로 예정되어 있었다는 듯이! 나중에 상세한 이야기를 해주세요. 다시 말씀드리지만 제게는 너무나 소중한 얘기예요. 하지만 지금은 너무 당황스러워서 차분히 들을 수가 없어요. 저보고 사라지지 말라고 하셨지요? 물론이에요. 당신이 필요로 하는 만큼 머물면서 고인의 원고 정리를 도와드리겠어요. 당신 말대로 도움이 될 거예요. 제게도 큰 위안이 될 거고요. 저도 당신께 부탁이 있어요. 정말 끔찍한 일이에요. 당신이라면 알아보실 수 있을 거예요. 어떤 어린아이에 관한 일이에요. 제가 대신 맡아 키워달라고 다른 사람 손에 맡긴 아이예요. 정말이지 평생을 찾아다녀야 하는 아이예요. 집 없이 떠도는 아이들에 대한 명부 같은 게 있을까요? 지금 당장 대답하지 않으셔도 돼요. 사실 제가 이곳에 온 건 딸 카챠 때문이에요. 그 애는 음악에 놀라운 재능이 있어요. 그래서 연극학교나 음악원 같은 곳에 등록할 수 있는지 미리 알아보러 온 거예요. 그 수속이 끝나면 돌아갈 예정이에요. 아, 사람들이 방문을 두드리네요. 우리 둘이 너무 오래 있었나 봐요. 오, 떠나기 전에 저 사람에게 입을 맞춰야 하는데 못하겠어요. 너무 끔찍해요. 울음이 터질 것 같아요."

"사람들을 들여보내라고 하겠습니다. 그전에 한 말씀 드리지요. 아주 미묘한 부탁을 하셨는데, 지금으로서는 최선을 다하겠다는 대답만 해드릴 수 있을 뿐 확답을 드릴 수는 없습니다. 하지만 명심하십시오. 어떠한 경우에도 절망하지 마십시오. 희망을 갖고 행동하는 것, 그것이 불행에 빠진 우리들의 의무입니다. 아무것도 하지 않고 절망에만 빠져 있는 것은 그 의무를 저버리는 짓입니다."

하지만 이미 그녀의 귀에는 아무 소리도 들리지 않았다. 사람들이 방 안으로 들어오는 소리, 그들이 웅성거리는 소리, 마리나의 통곡소리도 들리지 않았다. 그녀는 정신이 아득해서 기절하지 않으려고 혼신의 힘을 다 기울여야 했다. 심장이 터질 것 같았고 머리가 지끈거렸다. 그녀는 고개를 숙인 채 추측과 상상, 그리고 회상에 빠져 들었다. 그녀는 그 속으로 도피해서 잠시 동안 미래에 대해 상상했다. 자신이 살아 있을지조차 알 수 없는 미래, 혹은 몇십 년 뒤 자신이 노파가 되어 있을 수도 있는 미래를 그려보았다. 그녀는 마치 불행의 저 밑바닥까지 내려간 것 같았다.

'이제 아무도 남지 않았다. 한 사람은 죽었다. 또 한 사람은 스스로 목숨을 끊었다. 오직 한 사람, 진즉에 죽어야 했을 사람, 내가 내 손으로 죽이려 했다가 미수에 그친 사람만 살아남았다. 우리들과는 아무런 공통점도 없는 사람, 나도 모르는 새 내 인생을 범죄의 사슬로 만들어버린, 완벽하게 하찮은 사람만 살아남았다. 그 비열한 괴물만 저 미지의 땅 아시아에서 설치며 다니고 내가 필요로 하는 사람들은 아무도 남지 않았다.

아, 그때는 크리스마스였지. 그 괴물에게 총을 쏘기 전에 촛불 하나만 켜져 있는 어두운 방에서 아직 소년이었던 파벨과 이야기를 나누었지. 저기 저 사람, 우리에게 작별을 고하고 있는 유리 저 사람은 아직 내 삶 속으로 들어오기 전이었지.'

그녀는 그날 파벨과 나누었던 대화를 기억해내려고 애썼다. 하지만 창턱에서 타오르며 유리창 성에를 동그랗게 녹이던 촛불 외에는 아무것도 기억나지 않았다.

지금 저곳에 주검이 되어 누워 있는 유리도 썰매 마차를 타고 가며 그 촛불을 보았다는 사실, 그가 촛불을 바라보며 '저기 촛불이 타오르고 있다. 촛불은……'이라고 생각한 그 순간부터 그의 생애가 숙명적인 길을 달리게 되었다는 사실을 그녀가 상상이나 할 수 있었을까?

이어서 그녀의 생각들이 이리저리 흩어졌다. 그녀는 생각했다.

'성당에서 장례식을 치를 수 없다니 정말 안타까워. 정말 성대하고 장엄할 텐데! 그는 정말 그럴만한 가치가 있는 사람이었어. 관 위에 흘리는 눈물이 할렐루야가 되고도 남을 사람이었어.'

그녀는 눈물을 글썽이며 주위의 사람들을 둘러보았다. 그러자 예브그라프의 눈짓으로 사람들이 모두 방에서 나갔다. 그녀는 관으로 다가가 시신 위에 커다랗게 성호를 그은 다음 지바고의 차가운 이마와 손에 입을 맞추었다. 그녀는 아무 생각 없이, 또한 울지도 않은 채 관과 꽃들과 시신 위로 몸을 굽혔다. 마치 그녀의 전 존재로, 그녀의 머리로, 그녀의 가슴과 심장으로, 그녀의 심장처럼 커진 그녀의 손으로 그 모든 것들을 감싸려는 것 같았다.

10

그녀는 오열을 참느라 온몸을 떨고 있었다. 눈물을 흘리지 않으려고 온갖 애를 다 썼지만 이따금 자신도 모르게 울음이 터져 나와 눈물이 그녀의 뺨과 옷, 손, 그리고 그녀가 매달려 있는 관 위로 떨어졌다.

그녀는 말도 하지 않고 생각도 하지 않았다. 그리고 죽음에 대한 어둡고 본능적인 인식과 이해, 죽음에 대한 각오로 가득 찼고 그 때문에 죽음의 존재 앞에서의 온갖 무력감은 사라졌다. 그녀는 마치 스무 번이나 이 세상을 살면서, 수도 없이 유리지바고를 잃은 것 같았고 그런 마음의 경험들이 바로 이곳에 축적되어 있는 것 같았다. 그리고 이 관 옆에서 그녀가 느끼는 모든 것, 그녀가 행하는 모든 것들이 옳고 정확한 것 같았다.

오, 그 얼마나 자유롭고 단 하나뿐인 사랑이었는가! 그들의 생각은 마치 다른 사람들의 노래와도 같았다. 그들은 서로를 사랑했다. 하지만 그들은 필요에 의해, 혹은 정열의 불꽃에 의해 사랑한 것이 아니었다. 사람들은 그런 것을 사랑이라고 잘못 생각하고 있지만, 두 사람은 달랐다. 그들은 주위의 모든 것들이, 나무와 구름이, 그들 머리 위의 하늘이, 그들 발밑의 땅이 원했기에 사랑을 했다. 아마도 그들을 둘러싸고 있는 세상이, 그들이 길에서 마주치는 낯선 이들이, 광활하게 펼쳐져 있는 산책길의 광야가, 그들이 살았고 만났던 방들이 그들 자신보다 더 그들의 사랑을 축복하고 기뻐했으리라.

아, 바로 그 때문에 그들은 맺어진 것이고 하나가 된 것이다! 그들이 둘만의 행복의 절정에 도달해 있는 순간에도 자신들이 이 우주 전체의 총체적인 구도 속에 들어 있다는 숭고한 기쁨, 그들이 총체적인 것의 일부라는 느낌, 이 우주의 아름다움을 이루는 하나의 요소라는 느낌에서 벗어난 적이 없었다.

전체와의 일체감, 그것이 그들에게는 생명의 숨결이었다. 인간을 자연의 다른 존재들보다 우월하게 여기는 생각, 현대에 유행병처럼 번지고 있는 인간 숭배 사상 따위의 생각은 그들에게 조금도 호소력이 없었다. 그런 거짓 위에 세워진 사회 체계나 정치적 제도는 그들에게는 서투르기 짝이 없는 짓처럼 여겨졌고 아무런 의미도 없었다.

11

이제 그녀는 직접적인 일상 언어로 그에게 작별을 고했다. 하지만 그녀의 작별의 말은 현실적이 아니었다. 그것은 고대 비극의 합창이나 독백 같았으며 시나 음악의 언어 같았고 이성의 논리가 아니라 감정의 논리에 지배되고 있었다. 그녀의 화려한 웅변은 그녀의 슬픔으로부터 나온 것이었으며 그녀가 사용하는 단순하면서도 장엄한 단어들은 눈물에 젖어 있었다. 그리고 마치 따뜻한 빗줄기에 의해 부드러운 나뭇잎들이 서로 달라붙듯 이 눈물들이 그녀의 부드럽고 빠른 속삭임 속의 단어들을 하나로 맺어주고 있었다.

'유로치카, 마침내 우리는 다시 하나가 되었어요. 하느님은 왜 우리를 이렇게 끔찍하게 다시 만나게 하신 걸까요? 오, 당신은 그런 불운을 생각할 수 있겠어요? 나는 못 해요. 그럴 수 없어요. 오, 하느님! 울음을 멈출 수가 없어요. 아! 이렇게 또다시 우리에게 어울리는 방법으로! 당신은 가고……, 나도 끝이에요. 다시 그 무언가 거대하고 돌이킬 수 없는 것이……, 삶의 수수께끼, 죽음의 수수께끼, 천재의 매혹, 꾸밈없는 아름다움의 매혹……. 그래요, 그게 바로 우리들 것이에요. 하지만 실제 삶에서의 자질구레한 문제들, 지구를 새롭게 변화시킨다는 거창한 일들, 그런 건 우리의 것이 아니에요.

안녕, 나의 위대한 사람, 내 사람, 내 자존심, 안녕, 내 빠르고 깊은 사랑스러운 강이여, 안녕! 당신이 온종일 튀겨놓는 흙탕물을 내가 얼마나 사랑했는지! 당신의 차가운 물결에 뛰어드는 걸 내가 얼마나 사랑했는지!

그날 눈 속에서 우리가 어떻게 헤어졌는지 기억나요? 오, 나를 그렇게 속이다니! 내가 당신 없이 떠날 수 있었겠어요? 오, 당신이 일부러 그랬다는 걸 이젠 알아요. 나를 위해서라고 생각했겠지요. 오, 하지만 이후 모든 것이 망가졌어요. 오, 내가 얼마나 고통스러웠는지! 하지만 당신은 아무것도 모르지요. 오, 유라, 내가 무슨 짓을 한 건가요? 도대체 무슨 짓을……. 내가 어떤 죄를 저질렀는지 당신은 몰라요. 하지만 그건 내 잘못이 아니에요. 나는 석 달 동안 병원에 있었고 한 달 내내 의식이 없었어요. 이후, 유라, 내 삶은 고통 그 자체였어요. 내 영혼은 조금도 평화롭게 쉬지 못했어요. 나는 후회와 고통으로 찢기고 있었어요. 하지만 중요한 이야기는 하지 않겠어요. 말할 수도 없고 말할 기운도 없어요. 그때 생각만 하면 두려움으로 머리칼이 곤두서요. 내가 지금 제정신인지도 모를 지경이에요."

그녀는 계속 뭐라고 중얼거리면서 흐느꼈다. 그녀는 갑자기 놀란 듯 고개를 들고 주변을 둘러보았다. 사람들이 방으로 들어와 있었고, 각자 할 일을 하고 있었다. 그녀는 관으로부터 물러났다. 그리고 마치 마지막 눈물을 털어내려는 듯 손을 눈으로 가져갔다.

남자들이 관으로 다가가 세 장의 수건 위에 놓여 있던 관을 들어올렸다. 장례 절차가 시작되었다.

12

라라는 카메르게르스키 가(街)에 며칠 머물렀다. 지바고의 원고들은 그녀의 도움으로 정리를 시작했지만 마지막 정리는 그녀 없이 나중에 끝났다. 그녀는 예브그라프와 다시 이야기를 나누었고 그에게 중요한 사실을 이야기해주었다.

어느 날 라라는 외출했다가 돌아오지 않았다. 거리에서 체포된 것이 분명했다. 그녀는 흔적도 없이 사라졌다. 아마 어디선가 잘못된 수인 번호 명단에 올라 이름 없는 존재로서 죽어서 잊혀졌는지도 모를 일이었다.

제15장 에필로그

1

제2차 세계 대전 중이던 1943년 여름, 쿠르크스크 만 돌파와 오룔 시의 해방 뒤 최근에 소위로 진급한 미샤 고르돈과 니카 두도로프 소령은 모스크바로부터 소속 부대로 돌아가고 있었다. 미샤는 모스크바 파견 근무를 끝냈고, 니카는 사흘간의 휴가를 마친 참이었다. 당시 두 사람은 같은 부대에서 근무하고 있었다. 얼마 전에 니카 소령의 강력한 요청으로 미샤가 니카 휘하로 전입되어 온 것이었다.

두 사람은 귀대 길에 체르니라는 작은 도시에서 하룻밤을 지내게 되었다. 거의 폐허가 되다시피 한 도시였지만 독일군 퇴각로에 있는 다른 도시들처럼 완전히 파괴되지는 않았다. 깨진

벽돌이 무더기로 쌓여 있고 돌먼지가 자욱하게 일고 있는 도시에서 그들은 손상되지 않은 헛간을 발견하고 그곳에서 함께 하룻밤을 보냈다.

그들은 잠을 이루지 못하고 밤새 이야기를 나누었다. 그들은 그들의 유형 생활에 대하여, 유리 지바고의 동생 예브그라프 지바고 장군에 대하여, 전쟁에 대하여 긴 이야기를 나누었다. 이야기 끝 무렵에 니카는 전선에서 만난 한 여자 세탁부 이야기를 꺼냈다.

"자네 혹시 세탁부 타냐 기억나나? 내 아내 흐리스티나와 가깝게 지내던 젊은 여자 말일세. 흐리스티나도 전쟁터에 함께 있었던 건 자네도 알지? 당시 우리는 마구간이라고 불리던 석조 건물을 반드시 점령해야만 했지. 양마장(養馬場)이었던 것을 독일군이 보강해서 요새로 쓰고 있었다네. 거기를 점령해야만 우리는 진격할 수 있었지. 그런데 흐리스티나가 그곳으로 진격해서 마구간을 폭파하고 점령한 거야. 안타깝게도 그녀는 생포되어 목이 매달리고 말았지. 타냐 이야기를 하려다가 내 아내 이야기를 했군. 내 아내가 죽은 뒤 타냐는 내게 그녀 이야기를 많이 했어. 그런데 자네, 타냐가 웃는 모습을 눈여겨본 적 있나? 마치 유리처럼 온 얼굴 전체로 웃는 것 같았어. 자네 유리의 사자코와 불거진 광대뼈를 잊지는 않았겠지? 타냐도 마찬가지였다네. 자네, 그녀가 아름답고 매력적이라고 느끼지 않았나? 유리와 아주 닮았어. 하긴 러시아 어디서나 볼 수 있는 얼굴이긴 하지."

미샤가 대답했다.

"그래, 나도 그녀가 기억나네. 하지만 별로 주목하지 않았어."

"그런데 성(姓)이 베조체레데바라니! 흉측하고 야만적이지 않은가? 진짜 성일 리가 없어. 그냥 별명 같아. 어떻게 그렇게 불리게 되었는지 모르겠어."

"그녀 입으로 그렇다고 말했잖은가? 아마 언어가 별로 때묻지 않은 러시아 오지에서 베즈오체아라고 불렸던 걸 거야. 아버지 없는 아이라는 뜻이지. 그러다가 나중에 도시 사람들이 그녀를 그런 식으로 부르게 된 걸 거야."

2

둘이 그런 대화를 나눈 지 얼마 되지 않아 미샤와 니카는 철저하게 파괴된 카라체프라는 마을에 도착했다. 그들은 그곳에서 소속 부대의 후미 그룹을 만날 수 있었다.

무더운 가을날이었다. 한 달 넘게 맑고 잔잔한 날씨가 이어지고 있었다. 오룔과 브랸스크 사이에 있는 축복받은 땅 브랸시치나의 비옥한 흑토가 구름 한 점 없는 맑고 푸른 하늘 아래에서 초콜릿색으로 반짝이고 있었다.

국도의 일부를 이루고 있는 주도로가 도시를 가로지르고 있었다. 거리 한쪽의 집들은 폭격으로 파괴되어 자갈 더미로 변해 있었으며 과수원의 나무들은 뿌리가 뽑힌 채 새까맣게 탄 모습으로 나뒹굴고 있었다. 반면에 거리 다른 쪽은 폭격의 피해를 입지 않았다. 도시가 파괴되기 전에도 건물이 없었기에 폭격을 면한 것 같았다.

이전에 건물이 있던 쪽에서 집을 잃은 사람들이 부지런히 움직이고 있었다. 그들은 아직 연기가 나고 있는 잿더미들 속에서 무언가를 열심히 파내어 그것들을 한곳에 모으고 있었다. 또 다른 사람들은 부지런히 참호를 파고 있었다. 그들은 지하움막의 지붕으로 사용하기 위해 열심히 잔디 뗏장을 잘라내고 있었다.

건물이 없던 도로 반대쪽에는 하얗게 천막들이 들어서 있었다. 비전투용 물자를 실은 트럭, 온갖 종류의 마차들, 사단 본부와 연락이 끊긴 야전 구급차들, 온갖 종류의 병참 부대, 경리 부대 병사들이 북적거리고 있었다. 그리고 그 공터 주변에는 울타리가 쳐져 있고 큰 나무들이 자라고 있었다. 바로 그 나무들과 울타리가 마치 개인 집 정원처럼 그곳을 다른 세계와 격리시키고 있었다.

바로 이곳에서 세탁부인 타냐가 같은 부대 소속 사람들 몇 명과 함께 그들을 데리러 올 트럭을 아침부터 기다리고 있었다. 그리고 그들 중에는 뒤늦게 합류한 미샤와 니카도 포함되어 있었다.

그들은 이미 다섯 시간이 넘게 기다리고 있었다. 기다리는 동안 할 일은 아무것도 없었다. 그들은 어린 나이에 벌써 온갖 삶의 풍상을 다 겪은 수다스러운 소녀의 끊임없는 재잘거림에 귀를 기울이고 있었다. 그녀는 막 지바고 소장(少將)을 만났던 이야기를 시작한 참이었다.

"어제였어요. 사람들이 나를 장군님께 직접 데려갔어요. 지바고 소장님 말이에요. 이곳을 지나가다가 흐리스티나에 대한 이야기를 묻고 다니셨대요. 독일군 마구간 요새에 잠입해서 폭파한 여자 말이에요."

니카는 타냐의 입에서 자기 아내 이야기가 나오자 귀를 기울였다. 타냐가 이야기를 계속했다.

"그녀 기념비를 세울 거라는 건 다들 알고 있지요? 장군님은 이 일대를 돌아다니면서 그녀에 대한 자료를 수집하는 중이셨어요. 사람들이 내가 흐리스티나와 친하게 지냈다는 이야기를 했나 봐요. 그래서 나를 불러오라고 명령하신 거지요. 정말 조금도 무섭지 않은 분이셨어요. 특별한 건 하나도 없이 그냥 보통사람하고 똑같았어요. 눈이 가늘고 검은 머리였어요. 내가 알고 있는 걸 다 말씀드렸죠. 제 이야기를 다 듣더니 고맙다고 하셨어요. 그러고는 내가 누구냐고, 어디 출신이냐고 물어보셨어요. 당연히 부끄러웠지요. 뭐, 내세울 게 있어야지요. 고아잖아요. 소년원도 들락거렸고 이리저리 떠돌았잖아요. 내가 우물쭈물하니까 그분은 저를 보내주지 않고 '당황할 것 없다. 부끄러워할 필요도 없어'라고 저를 달랬어요. 처음에는 망설였지만 말을 시작하니까 마구 나오더군요. 있는 대로 다 말씀드렸죠. 제 이야기를 다 들으시더니 장군님이 뭐라고 하셨는지 알아요? 그분은 방 안을 서성이시더니 '놀랍군, 정말 놀라워'라고 중얼거리셨어요. 그리고는 내게 '지금은 시간이 없어. 하지만 나중에 다시 찾을게. 틀림없이 다시 찾을 거다. 나중에 사람을 보내겠어.' 그리고 또 말씀하셨어요. '허, 어찌 이런 일이! 정말이지 이런 이야기를 듣게 될 줄은 몰랐어. 이제 너를 버리지 않겠어. 지금은 몇 가지 더 알아봐야겠어. 어쩌면 내가 네 숙부가 될지도 모르겠다. 너는 장군의 조카가 되는 거고.' 그러시더니 '너를 원하는 대학에 보내주겠어'라고 말씀하셨어요. 하느님께 맹세하지만 정말로 그렇게 말씀하셨다니까요. 물론 농담이겠지요. 그냥 나를 놀리려고 하신 말씀이실 거예요."

그녀의 이야기가 끝나자 미샤가 타냐에게 말했다.

"아가씨가 장군에게 대체 무슨 이야기를 해주었지? 괜찮다면 우리에게 그 이야기를 해줄 수 있겠나?"

"못할 것도 없지요."

이어서 그녀는 자신의 끔찍한 삶에 대한 이야기를 시작했다.

3

"이제부터 내가 해주는 이야기는 진짜 사실이에요. 사람들은 내가 빈민 출신이 아니라고 해요. 사람들이 해준 말인지, 아니면 내가 기억하고 있는 건지는 모르겠지만 엄마인 라라 코마로바는 몽골 지방에 숨어 있던 백군 러시아 정부의 장관 부인이었대요. 코마로프 동무였지요. 하지만 코마로프가 친아빠는 아닌 것 같아요. 어쨌든 그런 건 상관없어요. 나는 학교도 다니지 못하고 부모 없는 고아로 자랐으니까요. 내 이야기가 허풍처럼 들릴지 몰라도 전부 사실이에요. 내 입장이 되어서 들어야 해요.

자, 이제 본격적인 이야기를 시작할게요. 모두 저 시베리아 끝의 크루시니치 너머에서 벌어진 일이에요. 카자크 지방 너머 중국 국경선 근처 말이에요. 우리가, 그러니까 우리 적군(赤軍) 말이에요, 백군 본거지 도시에 접근했을 때 장관이었던 코마로프가 엄마랑 가족들을 모두 특별 열차에 태운 다음 멀리 데려가라고 명령했어요. 엄마는 깜짝 놀랐어요.

코마로프는 나에 대해서는 아무것도 몰랐어요. 내가 세상에 태어났다는 것도 모르고 있었어요. 엄마가 오래전에 코마로프와 헤어져 있을 때 나를 가졌거든요. 엄마는 누군가 코마로프에게 그 사실을 알릴까 봐 늘 겁에 질려 있었던 것 같아요. 그 사람은 아이들을 끔찍이도 싫어했거든요.

적군(赤軍)이 도시로 가까이 오자 엄마는 나를 나고르나라 역의 전철수로 일하고 있는 마르파에게 보냈어요. 도시에서 세 정거장 떨어진 곳에 있는 역이었어요. 마르파는 가끔 도시로 와서 우유와 채소를 팔았는데 그때 엄마랑 알고 지내는 사이가 되었어요.

그런데 아무리 생각해도 내가 모르겠는 게 있어요. 아무래도 마르파가 엄마를 속인 것 같아요. 엄마에게 무슨 소리를 했는지 모르겠지만 아마 모든 일이 가라앉을 때까지 사나흘 정도만

맡기면 될 거라고 한 것 같아요. 엄마는 나를 낯선 이들 손에 영영 맡기려는 생각이 아니었어요. 낯선 사람에게 자식을 영영 맡긴다? 엄마라면 자식을 그런 식으로 포기할 수는 없잖아요. 엄마는 그들에게 돈을 많이 주었을 거예요. 마르파가 어떻게 해서라도 그 돈을 받아내려고 잠시 맡겨놓으면 된다고 엄마를 구슬렸을 거예요.

엄마가 내게 '자, 아주머니에게 가렴. 맛있는 사탕을 주실 거다'라고 했던 게 기억나요. 아이들은 다 그런 말에 넘어가게 돼 있잖아요. 하지만 나중에 얼마나 울었는지 몰라요. 엄마가 너무 보고 싶었거든요. 하지만 그 이야기는 그만할래요. 목을 매어 죽고 싶었고 아직 어렸으면서도 정말 미칠 것 같았거든요.

그 집은 부유한 농가였어요. 소와 말을 비롯해 온갖 종류의 닭들이 있었고 큰 채소밭도 있었어요. 전철수 관사를 이용했으니 집세도 낼 필요가 없었지요.

나는 바실리 아저씨를 아빠라고 불렀어요. 그 사람도 전철수 일을 하고 있었지요. 친절하고 명랑한 사람이었지만 사람을 너무 믿는 게 탈이었어요. 특히 술이라도 들어가면 더 했어요. 처음 만난 사람에게도 속을 다 털어놓았다니까요.

하지만 나는 마르파는 절대로 엄마라고 부르지 않았어요. 엄마를 잊지 못해서인지 모르겠지만 어쨌든 나는 그 여자가 너무 무서웠어요. 나는 그 여자를 그냥 마르파 아주머니라고 불렀어요.

그렇게 몇 해가 흘렀어요. 하지만 엄마는 오지 않았어요. 나는 마구를 다루는 일, 암소 젖을 짜는 일은 물론이고 실 잣는 법도 배웠어요. 온갖 집안일은 두말할 필요도 없어요. 마루를 쓸고 닦고, 집 안을 정리하고, 음식을 만들고 빵 반죽하는 일도 배웠어요. 그리고 다리가 마비된 세 살배기 페네티카도 돌봤어요. 마르파 아줌마가 자주 나를 노려보면서 '페네티카가 아니라 저년이 다리를 못 써야 하는데……'라고 중얼거리면 얼마나 무서웠는지 몰라요.

아직 할 이야기가 남았어요. 네프 정책이 실시되던 때였어요. 바실리 아저씨가 시장에 소를 내다 팔았어요. 돈을 두 자루나 지고 왔어요. 그때는 다들 레몬이라고 부르는 지폐를 쓰던 때였어요. 백만 루블짜리 지폐 아시지요? 그런데 아저씨가 술을 마시고 온 동네 사람들에게 자기에게 돈이 많다고 자랑하고 다닌 거예요. 그리고 그 때문에 끔찍한 일이 벌어진 거예요."

이어서 타냐는 그 집에 강도가 들었던 이야기를 길게 했다. 강도는 길에서 만난 바실리를 살해하고 아낙네와 아이들만 있는 집으로 쳐들어온 것이다. 다행히 강도의 눈에 띄지 않은 타냐는 가까스로 그 집에서 도망칠 수 있었다. 그때 마침 기차가 들어오고 있었다. 그녀는 이야기를 계속했다.

"나는 이제는 살았구나 싶어서 열차를 세웠어요. 다행히 열차는 거세게 불어오는 바람 때문에 기어오다시피 했어요. 낯이 익은 기관사가 차창으로 얼굴을 내밀고 뭐라고 고함을 질렀지만 바람 소리 때문에 알아들을 수 없었어요. 나는 기관사에게 집 안에 강도가 들었다, 사람이 죽었으니 도와달라고 소리쳤어요. 적군(赤軍) 병사들이 기차에서 내렸어요. 군용 열차였거든요. 그들은 뛰어내리더니 무슨 일이냐고 물었어요. 도대체 밤에 열차가 가파른 언덕에 서서 꼼짝하지 않고 있으니 영문을 알 수 없었던 거지요.

내가 병사들에게 다 이야기해주었어요. 병사들이 방에서 도둑을 끌어냈어요. 마르파가 돈을 어디 숨겨놓았는지 말하지 않고 시간을 질질 끌고 있었던 거지요. 강도는 목숨만 살려달라고, 다시는 이런 짓을 하지 않겠다고 애걸복걸했어요. 병사들이 강도의 손을 묶었어요. 병사들은 그를 철로 위로 끌고 가서 철로에 손과 발을 묶어 버렸어요. 그리고 기차가 그 위로 지나갔어요.

나는 너무 무서워서 다시 집으로 돌아갈 수 없었어요. 병사들에게 기차에 태워달라고 애원했어요. 그들은 내 부탁을 들어 주었어요. 나를 기차에 태우고 데려간 거예요. 그다음에, 정말이지, 우리나라의 절반 이상은 떠돌아다녔을 거예요. 다른 고아들과 함께요. 사람들이 저를 베조체레데바라고 불렀고 그게 내 성(姓)이 된 거예요. 정말 안 가본 곳이 없어요. 허풍이 아니에요. 어릴 때 너무 고생을 해서 지금은 얼마나 행복하고 자유로운지 몰라요. 정말 나쁜 짓도 많이 했고 끔찍한 일도 많이 겪었어요. 하지만 그건 다 나중 일이고……. 그 이야기는 나중에 해드릴게요."

타냐의 이야기가 끝난 뒤에 한참 동안 미샤와 니카는 말없이 숲속을 거닐었다. 잠시 뒤 기다리던 트럭이 왔다. 트럭에 짐들이 하나둘 실렸다. 미샤가 니카에게 말했다.

"타냐가 누구인지 이제 알겠지?"

"물론이지."

"예브그라프가 저 애를 돌봐줄 거야." 미샤가 잠시 침묵한 뒤에 덧붙였다. "역사에서는 숭고한 이상이 조잡한 유물론으로 타락하는 일이 종종 벌어지지. 로마가 그런 식으로 그리스를 이어받았고 러시아 계몽주의는 러시아 혁명이 되어버렸어. 그것들 사이에는 차이가 너무 많아. 블로크가 어디선가 이렇게 썼지. '우리들, 끔찍한 몇 년 동안의 러시아에서 살았던 아이들' 이라고. 비유적이고 상징적으로 아이들이라는 표현을 썼을 거야. 아이들은 말 그대로 아이들이 아니라 아들이며 후계자이고 인텔리겐차를 뜻하는 거야. 공포는 말 그대로 무시무시한 것이 아니라 저 높은 곳에서 온 계시 같은 거야. 그건 전혀 다른 거지. 그런데 지금은 그 비유가 문자 그대로의 의미가 되어버렸어. 아이들은 실제 아이들이, 공포는 무시무시한 것이 되어 버렸어. 그건 정말 다른 거야."

4

5년, 혹은 10년 후 어느 여름날 저녁 니카와 미샤는 다시 함께 있으면서 이야기를 나누고 있었다. 그들은 어느 방 창가에 앉아 열린 창문을 통해 어스름 속에 까마득하게 펼쳐져 있는 모스크바를 내려다보고 있었다. 그들은 예브그라프가 편찬한 유리 지바고 작품집 중 한 권을 읽고 있는 중이었다. 하도 여러 번 읽어서 거의 외우다시피 한 책이었다. 그들은 그 책을 읽으면서 서로 의견을 나눈 뒤 저마다 깊은 생각에 빠져 있었다. 이미 어두워져서 램프 불을 밝혀야만 했다.

이 책의 저자가 태어난 곳, 그가 반생을 보낸 모스크바가 바로 그들 눈앞에 까마득히 펼쳐져 있었다. 그들에게 모스크바는 지바고와 연관된 사건들이 벌어졌던 무대가 아니라 그들이 손에 들고 끝까지 읽은 이야기의 주인공처럼 생각되었다.

전쟁이 승리로 끝났어도 기대했던 구원과 자유는 오지 않았다. 하지만 전쟁이 끝난 지금, 자유에 대한 전조(前兆)가 이곳 대기에 만연해 있었다. 그리고 이 시대의 역사적 의미가 있다면 오로지 그것뿐이었다.

창가에 앉아 있는 초로의 이 두 친구에게는 이 영혼의 자유가 이미 그곳에 자리 잡고 있는 것 같았다. 마치 바로 그날 저녁 그 영혼의 자유를 그들 눈 아래 거리에서 직접 만질 수 있을 것 같았다. 그들이 그 안으로 들어가 그 일부가 될 수 있을 것 같았다. 지바고의 이야기 속의 주인공들이, 그들의 아이들이 여전히 살아 있는 이 성스러운 도시에 대하여, 이 거대한 대지에 대하여 생각하면서 그들은 사랑과 평화에 충만한 느낌에 젖었다. 그들은 그들 주변에 넘쳐흐르는 행복의 찬가, 하지만 귀에 들리지 않는 그 음악 소리에 감싸였다. 그리고 그들이 들고 있는 그 책은 그들의 느낌을 확인해주고 독려해주는 것 같았다.

『닥터 지바고』를 찾아서

중학교 시절인지 혹은 고등학교 시절인지 확실하진 않지만, 나는 거장 데이비드 린 감독이 연출한 영화 〈닥터 지바고〉를 단체 관람한 적이 있다. 영화 제작 연도가 1965년도이니 아마 중학교 시절이었을 것이다. 오마 샤리프가 지바고 역을 맡고 줄리 크리스티가 라라 역을, 제랄딘 채플린이 토냐 역을 맡은 영화였다. 하도 오래전이라 영화 줄거리와 디테일은 기억이 나지 않지만 지바고 가족이 눈 덮인 광야를 기차로 여행하는 장면, 지바고가 라라를 만나기 위해 사나운 눈보라를 헤치고 걸어가는 장면들은 또렷이 기억에 남아 있다.—실은 훗날 텔레비전 같은 데서 아마 두어 번 더 보았을 것이다.—또한 영화 음악의 거장 모리스 자르가 작곡한 라라의 테마 음악은 작품의 맛을 더해 주었고 그중 「somewhere my love」은 나뿐 아니라 많은 사람들이 즐겨 듣는 곡이 되었다. 그런 우리들에게 『닥터 지바고』는 무엇보다 지바고와 라라의 애절한 사랑 이야기로 기억되고 있다. 그리고 그것만으로도 소설이건 영화건 이 작품은 충분히 감동적이고 매력적이다.

하지만 파스테르나크(Boris Pasternak, 1890~1960)의 소설 『닥터 지바고』의 내용은 물론이고 작품 집필과 출판 과정, 작품이 출간된 뒤에 겪게 되는 사연들을 보면 단순히 사랑 이야기로 보기에는 뭔가 꺼림칙하다. 게다가 이 작품에 얽힌 그 복잡한 사연은 이 작품의 1부가 파스테르나크가 60세이던 1950년 스탈린 치하에서 완성되었고, 2부는 1955년 흐루쇼프 치하에서 완성되었다는 사실과 연관이 있다. 내용이 단순하지 않다는 뜻이다. 작품의 내용에 대해 언급하기 전에 이 책의 출간 과정과 출간 이후에 얽힌 사연들을 우선 간단하게 살펴볼 필요가 있다.

스탈린 치하에서 1부를 완성한 뒤 작품 출간을 엄두도 못 내던 파스테르나크는 흐루쇼프가 집권했을 때 2부가 완성되자 완성 이듬해인 1956년 원고를 노비미르 출판사에 보낸다. 하지만 출판사는 출간을 거절한다. 사회주의 리얼리즘을 거부하는 내용을 담고 있다는 이유에서였다. 소비에트 검열 당국은 몇몇 대목을 반소비에트적이라고 간주했고 스탈린주의와 집산(集産)주의, 숙청, 굴락(강제 수용소)에 대한 은근한 비판적 내용이 작품 전반에 담겨 있다고 비판했다.

파스테르나크는 원고 사본을 여럿 작성해서 이탈리아 밀라노의 유럽의 친구들에게 보냈다. 그 사실을 안 소비에트 작가 연맹에서 맹렬히 방해 공작을 펼쳤음에도 불구하고 1957년 11월 이탈리아의 펠트리넬리 사에서 이탈리아어 번역본이 출간되고 동시에 같은 출판사에서 러시아어판도 출간되었다. 참고로 펠트리넬리는 이탈리아 공산당 당원이었다. 펠트리넬리는 공산주의에 대해 비판적인 작품을 출간한 데 대한 보복으로 이탈리아 공산당에서 축출된다.

이듬해인 1958년 스웨덴 한림원은 『닥터 지바고』를 노벨 문학상 수상작으로 결정, 발표했다. 수상 소식을 접한 파스테르나크는 '무한히 감사드리며 감동적이고 자랑스러운 일입니다. 놀란 가운데 감격하고 있습니다'라고 수상 소감을 한림원에 전한다.

하지만 이틀 뒤 파스테르나크는 수상을 사양하겠으니 양해해 달라는 호소문에 가까운 편지를 한림원에 보냈다. 수상 소식이 전해지자마자 비밀경찰 KGB가 파스테르나크가 머물고 있던 페레델키노의 별장을 포위한 것이다. 게다가 만일 노벨상 수상을 위해 스웨덴으로 출국한다면 소련 입국이 거부될 것이라는 협박도 받는다. 하지만 스웨덴은 그의 호소에도 불구하고 수상을 결정했다.

파스테르나크가 수상을 거부했음에도 불구하고 소련 작가 연맹 작가들은 언론에서 그를 계속 맹렬히 비판한다. 그에게는 이미 반체제 작가라는 낙인이 찍혀 있었던 것이다. 얼마 후 그는 국외로 추방당할 위기에까지 처한다. 그러자 파스테르나크는 흐루쇼프에게 "조국을 떠난다는 것은 제게는 죽음을 의미합니다. 저는 러시아와 태생적으로, 또한 내 삶과 작품을 통하여 하나로 맺어져 있습니다"라고 직접 청원한다. 후일담이지만 1964년 권좌에서 물러난 흐루쇼프는 『닥터 지바고』를 처음 읽어보고 그 작품을 금서로 낙인찍은 것에 대해 후회했다고 전해진다.

『닥터 지바고』가 러시아에서 정식으로 해금되어 사람들이 읽을 수 있게 된 것은 고르바초프가 페레스트로이카를 선언한 이후인 1988년에 이르러서였다. 자국 작가의 세계 명작을 정작 러시아 사람들은 세계에서 제일 늦게 정식으로 접한 셈이었다. 물론 그사이에도 해적판을 통해 일반인들에게 은밀히 알려지고 사랑을 받긴 했다. 2003년부터 『닥터 지바고』가 러시아 고등학교에서 정식 커리큘럼에 포함되었으니 금석지감을 느끼지 않을 수 없다.

『닥터 지바고』의 집필과 출간에 그런 복잡한 사연이 있을 수밖에 없게 된 것은 물론 작품의 내용 때문이다. 그리고 작품의 내용은 출판에 얽힌 사연보다 훨씬 복잡하다. 우선 작품의 무대부터 그렇다.

작품의 시대적 배경은 1903년부터 1943년까지이다. 그사이 러시아에서는 정신을 차릴 수 없을 정도로 엄청난 역사적 사건이 줄을 잇는다. 격동기도 이런 격동기가 없다. 1904년의 러일 전쟁, 1905년의 혁명, 제1차 세계 대전(1914~1918), 전쟁 와중이던 1917년의 2월 혁명과 10월 혁명, 소비에트 러시아의 출범, 적군(赤軍)과 백군(白軍) 간의 러시아 내전, 적군의 승리와 공산당 지배 체제 확립, 레닌의 집권, 레닌의 사망과 스탈린의 집권, 제2차 세계 대전(1939~1945).

그 격동기의 사건들을 좀 더 구체적으로 이해하려면 1905년의 혁명과 1917년의 혁명의 성격을 간략하게나마 살펴볼 필요가 있다.

1905년의 혁명은 사회주의자들과 자유주의자들이 손을 잡고 차르의 전제 정치에 대항해서 일으킨 혁명이다. 혁명 주동자들은 입헌 군주제를 요구했고, 농민과 노동자들도 가세했다. 이른바 '피의 일요일'에 시위대들에 대한 대학살이 벌어지고 시위는 진압된다. 하지만 1905년의 농민 노동자 봉기는 이어지는 혁명의 서곡을 알린 셈이다.

1917년에는 두 번의 혁명이 일어난다. 그중 하나는 2월 혁명이고 다른 하나는 10월 혁명이다. 2월 혁명에 의해 제정 러시아는 멸망하고 러시아 공화국이 수립된다. 프랑스 대혁명과 성격이 비슷하다고 보면 된다. 하지만 10월 혁명이 또다시 일어나 이번에는 볼셰비키가 승리한다. 즉 러시아 공화국이 해체되고 소비에트 러시아가 수립되는 것이다. 프랑스에서 반짝 승리를 구가했던 '파리 코뮌'이 러시아에서는 성공을 거둔 것으로 보면 된다.

이어서 적군과 백군 간의 내전(1918~1920)이 벌어진다. 제헌의회 해산에 불만을 품고 레닌에게 등을 돌린 비볼셰비키 좌파 세력과 우익 세력이 백군의 주축이었다. 1920년 적군이 승리하지만 국가 경제는 파탄 지경에 이른다.

20세기 전반기의 격동적인 세계사를 압축해 놓은 듯한 이 일련의 사건들의 중심에 놓여 있는 단어는 단연 '혁명'이다. 혁명이 역사의 주인공이고 시대정신이 되었던 시기이다. 『닥터 지바고』는 그 격동의 시기, 혁명의 시기에 결코 순응적인 삶을 살지 않았던 한 인물, 과학과 문학을 사랑한 한 인물, 그리고 무엇보다 삶을 사랑했고 조국 러시아를 사랑했던 인물인 유리 지바고의 파란만장한 일대기이다. 시대를 휩쓴 핵심 단어가 '혁명'이었다면 그 시대정신 대신 '삶'과 '사랑'을 핵심으로 삼고 살아간 한 인물의 일대기이다. 그리고 그 인물은 작가 자신이기도 하다.

그렇다면 그런 인물은, '삶'과 '사랑'을 그 무엇보다 중시했지만 결코 순응주의자가 되기를 거부했던 그런 인물은 혁명이라는 역사적 사건, 한 개인은 필연적으로 휩쓸려 들어갈 수밖에 없는 그 물결 앞에서 어떤 반응을 보였을까?

혁명에 대한 그의 첫 번째 반응은 우선 반가움이다. 그는 1917년의 혁명을 처음에는 1905년의 혁명과 동일시한다.

> 그중 한 가지는 토냐와 집을 중심으로 한 이전의 소박한 삶에 대한 상념이었다. 그 삶에서는 아무리 사소한 것이라 할지라도 모든 것에 시정(詩情)이 넘쳤으며 애정과 따뜻함이 충만해 있었다. 그는 이전의 그 생활이 못내 염려

> 스러웠다. 벌써 2년이 흘렀지만, 그는 그 삶이 온전히 남아 있기를 바라고 있었으며 이 야간 급행열차 안에서 애타게 그리는 마음으로 그 삶을 향해 달려가고 있었다.
> 그런데 그렇게 과거의 평온한 삶을 그리는 그의 상념에는 다른 것이 섞여 있었다. 혁명에 대한 충심과 그것을 찬양하는 마음이었다. 그가 생각하는 혁명이란 중산계급이 받아들일 수 있는 혁명, 1905년 당시 블로크를 찬양하던 학생으로서 그 의미를 부여하던 혁명이었다. 그리고 오래전부터 친근해 온 그러한 상념에는 전쟁 전, 그러니까 1912년과 1914년 사이에 러시아 사상계와 예술계, 러시아의 삶 속에 나타났던 새로운 약속과 질서에 대한 전망과 약속이 함께 하고 있었다. 일단 전쟁이 끝나면 다시 그런 풍토로 돌아가 그 모든 것을 새롭게 이어가야 하리라. 마치 긴 외출에서 집으로 돌아가듯이. (『닥터 지바고 I』 185~186쪽)

그가 생각하는 혁명은 모든 것을 파괴하는 혁명, 구호가 날뛰는 혁명, 혁명을 위한 혁명이 아니라 새로운 약속과 질서에 대한 희망과 함께 하는 혁명이다. 그는 그러한 혁명을 일반 선

(善)으로 받아들이고 자신을 희생할 각오까지 한다. 하지만 그는 그 일반 선(善)을 위하여 자기라는 한 개인이 할 수 있는 일은 아무것도 없다는 것을 곧 깨닫는다. 현실 내에서의 혁명은 자신이 꿈꾸었던 것과는 아무런 상관없이, 아니 차라리 정반대로 흘러간다. 그는 그런 현실 속에서 자신이 그 어느 것에도 소속되어 있지 못한다는 이방인 의식을 느낀다.

> 만일 하루하루 걱정거리들이 없었다면 그는 미쳐버렸을지도 모른다. 처자식, 돈을 벌어야만 할 필요성, 진료 등 그가 매일매일 의식처럼 치러야 했던 하찮은 일들이 그를 구원해주었다. 그는 미래라는 괴물 같은 기계 앞에서 자신이 왜소하기 짝이 없는 존재가 된 것처럼 여겨졌다. (……) 그는 마치 마지막이라도 되는 듯, 혹은 마치 작별인사를 나누는 듯 나무들과 구름들과 거리를 걷고 있는 사람들을, 불운과 싸우고 있는 이 위대한 러시아 도시를 게걸스럽게 바라보곤 했다. 그는 일반 선(善)을 위해 자신을 희생할 각오가 되어 있었다. 하지만 그가 할 수 있는 것은 아무것도 없었다.
>
> (……)

그는 전에 다니던 병원에서 다시 근무하게 되었다. 그 병원은 여전히 성십자 병원으로 불리고 있었다. 성십자 단체는 이미 해체되었지만 다른 적당한 이름을 찾지 못한 때문이었다.

병원에서는 이미 진영 분리가 시작되고 있었다. 그 아둔함 때문에 지바고가 화를 낼 수밖에 없는 평범한 사람들에게 그는 위험인물처럼 보였다. 하지만 진보적 정치 성향을 지닌 사람에게 그는 충분히 적화(赤化)되지 못한 사람으로 여겨졌다. 따라서 그는 한쪽과는 거리를 두고 있는, 다른 쪽에는 뒤쳐져 있는, 어정쩡한 처지에 놓여 있었다. (『닥터 지바고 I』 208~209쪽)

소비에트 인민 위원회 결성 및 프롤레타리아 독재 권력의 설립을 알리는 페테르부르크 정부의 공식 발표가 실린 신문 호외를 읽었을 때도 지바고는 비슷한 반응을 보인다.

우선은 반가움이다.

"정말 멋진 수술이야! 단번에 악취 나는 종기를 솜씨 있게 도려내다니! 그 얼마나 오랫동안 불의를 참고 견디며 그 앞에 무릎을 꿇고 허리를 굽히는 데 길들여 왔는가! 그런데 단번에 그 불의라는 괴물을 물리치고 그것에 죽음을 선고하다니! 아무 두려움 없이 이렇게 끝장을 내버리는 것, 바로 거기에 우리 민족의 진면목이 있는 거야. 푸시킨의 타협할 줄 모르는 명료함과 톨스토이의 사실에 대한 흔들림 없는 신념 같은 것들이 이번 사건에 들어 있어." (『닥터 지바고 I』 215~216쪽)

이어서 그는 장인에게 자신의 심정을 토로한다. 그가 보기에 이 역사적인 사건은 진정으로 천재적인 사람들이 이룩한 업적이다.

"진정으로 천재적인 행동이란 어떤 걸까요? 누군가 새로운 세상을 창조한다는 과업, 새 시대를 연다는 과업을 떠맡았다면 아버님께서는 뭐라고 말씀하실까요? 아마 우선 바닥부터 깨끗이 정리하라고 하시겠지요. 새로운 세계를 세우는 일에 착수하기 전에 우선 낡은 세계가 제대로 정리되고 끝날 때까지 기다려야 한다고 말씀하실 것입니다. 그런데 보십시오. 이 사람들은 그런 문제로 고민하지 않았습니다. 이 새로운 일, 역사의 기적이 두꺼운 일상생활 속으로 곧장 뛰어들어 그것을 폭파해버렸습니다. 그 일상생활이 어떻게 될 것인가에 대해서는 일말의 고려도 없었습니다. 이 일은 시작으로부터 시작한 것이 아닙니다. 갑자기 도중에, 아무런 계획도 없이 시작된 것입니다. 아직 거리가 교통으로 붐비는 어느 날, 우연히 맞이하게 된 어느 주일 날 그냥 시작된 것입니다. 그것이 정말 천재적입니다. 오로지 가장 위대한 일만이 때나 기회를 무시하고 일어나는 법입니다."(『닥터 지바고 I』 216~217쪽)

하지만 그런 반가움은 잠시이다. 다음에 인용할 대목들은 분명 이 소설을 반체제적 내용을 담은 위험한 소설로 낙인찍게 만들 만한 내용들이다.

"마르크스주의가 과학이라고요? 별로 알지도 못하는 분과 이런 논쟁을 하는 건 아무래도 위험한 일이지만 그래도 몇 마디 하겠습니다. 마르크스주의는 과학이 되기에는 토대가 너무 불확실합니다. 과학이란 보다 균형이 잡혀 있으며 객관적입니다. 나는 마르크스주의만큼 자기 중심적이고 현실과 거리가 먼 사상은 없다고 생각합니다. 사람들은 누구나 구체적 현실 문제와 연관해서 자신이 어떤 존재인지 그 의미를 찾아내게 되어 있습니다. 그런데 권력을 지닌 자들은 자신들에게는 오류가 없다는 신화를 만들어내는 데 온 힘을 다 쏟고 있습니다. 진실은 철저히 외면한 채 말입니다. 그게 어떻게 객관적 과학이라는 겁니까? 나는 정치에는 조금도 마음이 끌리지 않습니다. 나는 진리에 대해 아무런 관심도 없는 사람을 좋아하지 않습니다." (『닥터 지바고Ⅱ』 13~14쪽)

의사와 농부로서도 쓸모 있는 사람이 됨과 동시에 뭔가 영속적이고 근본적인 것들을 구상하고 학술적인 저술이나 문학작품을 쓰고 싶다.

(……)

내가 의사이면서 동시에 작가가 될 수 없게끔 가로막고 있는 것은 무엇일까? 나는 그것이 가난이나 방황, 혹은 불안정한 삶이라고는 생각하지 않는다. 도처에서 과장된 구호가 만연하고 있는 지금의 시대정신이 그 원흉이다. '미래의 새벽'이니 '새로운 세계의 건설'이니 '인류의 등불'이니 하는 구호들……. 그런 구호들을 처음 들으면 '정말로 폭넓고 풍요로운 상상력이야!'라고 생각하게 된다. 하지만 실제로는 상상력이라고는 조금도 들어 있지 않은 저질의 허풍일 뿐이다. (『닥터 지바고Ⅱ』 52~53쪽)

"아주 중요한 지적이오. 모든 일에는 한계가 있기 마련이오. 이쯤 되면 뭔가 확실한 게 성취되었어야 하오. 그런데 혁명을 불러일으킨 자들은 변화와 혼란을 불러일으키는 것 외에는 할 줄 아는 게 아무것도 없다는 것이, 그저 세계적 규모 운운할 뿐 그보다 작은 일에서는 전혀 만족할 줄 모른다는 것이 밝혀졌소. 그들에게는 과도기, 새롭게 형성되어가는 세상 그 자체가 목적이오. 그들은 그 외에는 훈련받은 게 아무것도 없고 그것 외에는 아무것도 모르오. 이러한 끝없는 준비가 왜 덧없는지 당신은 아시오? 그 사람들이 아무런 실질적인 재주도 없는 무능한 자들이기 때문이오. 인간은 살기 위해 태어난 것이지 삶을 준비하기 위해 태어난 게 아니오. 삶이란, 삶이라는 현상이란, 삶이라는 선물이란 정말이지 숨이 막힐 정도로 진지한 거요! 그런데 어찌 삶을 이렇게 설익은 환상으로 이루어진 유치한 광대극으로, 아이들의 일시적 탈선행위 같은 것으로 바꿔버릴 수 있다는 거요?" (『닥터 지바고Ⅱ』 69~70쪽)

"하지만 우선 나는 10월 혁명 이래 등장한 사회 개량이라는 개념에 더 이상 열광하지 않아요. 게다가 그것이 실현되려면 아직 까마득한데 그저 이런저런 말들 때문에 이토록 엄청난 피의 대가를 치렀어요. 나는 절대로 목적이 수단을 정당화한다고는 믿지 않아요. 마지막으로, 이게 가장 중요한 건데, 삶의 개조라는 말만 들어도 나는 자제력을 잃고 절망에 빠져버립니다.
삶의 개조라! 그런 것을 입에 담는 사람은 삶에 대해서는 아무것도 모르는 사람입니다. 삶의 숨결을 느껴본 적도 없고 삶의 가슴이 뛰는 소리를 들어본 적이 없는 사람입니다. 제아무리 경험이 많고 많은 일을 했더라도 마찬가지입니다. 그런 사람들은 삶을 마치 아직 그들의 손길에 의해 고상해질 수 있는, 아직 그들의 손에 의해 정제과정을 거치지 않은 원자재처럼 생각합니다. 하지만 이제까지 삶이 원자재였거나 주조해야 할 물질이었던 적은 한 번도 없어요. 삶 그 자체는, 알겠어요? 자기 갱신의 원칙입니다. 삶은 스스로 끊임없이 새로워지고 영원히 새롭게 형성하면서 변화하는 것입니다. 삶은 당신이나 나 같은 사람의 어리석은 이론을 훨씬 뛰어넘는 겁니다."
(『닥터 지바고Ⅱ』 100쪽)

지바고는 천편일률적으로 끝없이 이어지는 그 포고문들에 머리가 어지러울 뿐이었다. 이런 식의 포고문들이 정확히 언제 것이지? 제1혁명 때 것인가? 혹은 백군의 저항에 의해 성립된 체제 때 것인가? 아니면 바로 작년에 시행된 것인가? 혹은 재작년? 그는 생애 딱 한 번 이 강경한 언어, 일치단결을 강조하는 언어에, 이 편협함에 열광했던 적이 있었다. 하지만 그렇게 딱 한 번 분별없이 열광했다고 해서 그 대가로 자신의 삶 전체를 이 요지부동의 정신 나간 선언과 요구에만 귀를 기울이며 보내야 한단 말인가? 시간이 흐르면 흐를수록 비현실적이고 의미가 없으며 결코 실현이 불가능하다는 것이 드러나고 있는 이 선언에 계속 열광해야 한단 말인가? 단 한 번 지나치게 너그러운 반응을 보였다고 해서 영원히 그 노예가

되어야만 한단 말인가? (『닥터 지바고Ⅱ』 159~160쪽)

"그러자 우리의 땅 러시아에 허위가 찾아온 거예요. 가장 큰 불행, 모든 악의 근원은 사람들이 더 이상 자기 자신의 의견에 대한 신뢰감을 상실했다는 사실이에요. 사람들은 모두, 자기만의 도덕적 감각을 따르는 것은 시대에 뒤떨어진 짓이다, 모두 함께 목소리를 맞춰 노래해야 한다, 다른 사람들이 갖다준 관념, 모든 사람들의 목을 꽉 채우고 있는 그 관념으로 살아가야 한다고 생각하게 된 거예요. 알맹이 없는 미사여구가 군림하게 된 거예요."
(『닥터 지바고Ⅱ』 199쪽)

마치 거창한 이론, 구호 앞에서 "삶이 어떤 것인지, 생명체가 어떤 것인지 조금도 모르는 것들!"이라고 일갈하는 것 같다. 우리가 생명을 가진 존재인 한, 무엇보다 소중히 여겨야 하는 것은 우리들의 구체적인 삶이고 일상적 행복이라는 지극히 온건한 생각이 불온하고 위험한 발언이 되는 현실! 거짓보다 진실이 우선이라는 생각과 행동이 돈키호테 짓처럼 보이는 현실! 어쩐지 지금 우리 현실에서도 비슷한 일이 벌어지고 있다고 느꺼지지 않는가?

『닥터 지바고』는 단순히 지바고와 라라라는 개인의 사랑 이야기가 아니다. 아니, 사랑 이야기가 맞다. 하지만 라라는 단순히 한 개인이 아니다. 지바고에게 라라는 러시아이다. 지바고는 그런 불행에 빠진 러시아를 숙명적으로 사랑하듯 그녀를 사랑한다. 내가 독단적으로 그렇게 생각하는 것이 아니다. 작품 속에 정확하게 명시되어 있다. 그는 그녀를 보는 순간 그런 숙명을 느끼고 그녀를 사랑하지 않기 위해 온 힘을 다한다.

> 그리고 전쟁과 혁명에 대한 그 새로운 상념에는 간호사 라라 안티포바도 포함되어 있었다. 그녀는 전쟁에 의해 자신도 어딘지 모를 곳에 내던져진 존재였다. 그녀의 과거에 대해 그는 아무것도 아는 것이 없었다. 그녀는 그 누구도 비난하지 않았으며 그녀의 침묵 자체가 불평처럼 보이는 여자였다. 그녀는 신비스러울 정도로 말이 없었으며 그 말없음으로 인해 더욱 강해 보이는 여자였다. 그는 그녀를 사랑하지 않기 위해 혼신의 힘을 다했다. 그 노력은 그가 평생토록 가족과 이웃, 그리고 친구들과 모

든 사람들을 사랑하기 위해 기울인 노력에 버금가는 것이었다. (『닥터 지바고 I』 187~188쪽)

하지만 그런 숙명적인 사랑은 개인의 의지에 의해 좌우될 수 있는 성격의 것이 아니다. 라라는 삶 자체이고 러시아 자체이기 때문이다.

봄날 저녁이다. 대기 속에 여기저기 소리들이 흩어져 박혀 있다. 마치 이 광활한 전체 공간이 살아 있음을 보여주듯 멀리 여러 군데 거리에서 들려오는 아이들 노는 소리. 그리고 바로 이 광활한 공간이 러시아이고 비할 데 없이 소중한 그의 어머니이다. 멀리까지 널리 이름이 난 러시아, 수난자이며, 고집불통이고, 헤프고 정신 나간 러시아, 무책임하면서도 찬양받는 러시아, 영원히 빛을 발하면서도 비참한 재난과 예측 불가능한 모험으로 가득한 러시아! 오, 살아 있다는 것은 그 얼마나 달콤한 일인가! 살아 있으면서 삶을 사랑한다는 것은 그 얼마나 좋은 일인가! 삶에 대해 감사하기를, 존재 그 자체에 대해 감사하기를, 마치 한 존재가 다른 존재에게 감사하듯 그 모든 것에 감사하기를 그 얼마나 간절히 열망했던가!
바로 그것이 라라였다. 우리는 삶, 그리고 존재와 직접 소통할 수는 없다. 하지만 라라는 바로 삶을 대표하는 존재이며 그 표현이었다. 말로 표현할 수 없는 존재의 원칙이 그녀 안에서 표현되고 말로 나타난다. (……) 그녀에 관한 한 모든 것이 흠 없이 완벽하다. (『닥터 지바고Ⅱ』 177~178쪽)

그들의 사랑은 위대했다. 대부분의 사람들은 이런 엄청난 감동을 맛보지 못한 채 사랑을 한다. 하지만 지바고와 라라에게 사랑의 정염은 어차피 죽음에 이를 수밖에 없는 인간이라는 존재에게 마치 영원의 숨결이 찾아온 것과 같았다. 그 순간은 바로 계시의 순간이었으며 자기 자신과 삶에 대해 끊임없이 새로운 것을 발견하는 순간이었다. 그리고 바로 그 점에서 그들은, 또한 그들의 사랑은 특별했다. (『닥터 지바고Ⅱ』 182~183쪽)

오, 그 얼마나 자유롭고 단 하나뿐인 사랑이었는가! 그들의 생각은 마치 다른 사람들의 노래와도 같았다. 그들은 서로를 사랑했다. 하지만 그들은 필요에 의해, 혹은 정열의 불꽃에 의해 사랑한 것이 아니었다. 사람들은 그것을 사랑이라고 잘못 생각하고 있지만 그들은 달랐다. 그들은 주위의 모든 것들이, 나무와 구름이, 그들 머리 위의 하늘이, 그들 발밑의 땅이 원했기에 사랑을 했다. 아마도 그들을 둘러싸고 있는 세상이, 그들이 길에서 마주치는 낯선 이들이, 광활하게 펼쳐져 있는 산책길의 광야가, 그들이 살았고 만났던 방들이 그들 자신보다 더 그들의 사랑을 축복하고 기뻐했으리라.

아, 바로 그 때문에 그들은 맺어진 것이고 하나가 된 것이다! 그들이 둘만의 행복의 절정에 도달해 있는 순간에도 자신들이 이 우주 전체의 총체적인 구도 속에 들어 있다는 숭고한 기쁨, 그들이 총체적인 것의 일부라는 느낌, 이 우주의 아름다움을 이루는 하나의 요소라는 느낌에서 벗어난 적이 없었다.

전체와의 일체감, 그것이 그들에게는 생명의 숨결이었다. 인간을 자연의 다른 존재들보다 우월하게 여기는 생각, 현대에 유행병처럼 번지고 있는 인간 숭배 사상 따위의 생각은 그들에게 조금도 호소력이 없었다. 그런 거짓 위에 세워진 사회 체계나 정치적 제도는 그들에게는 서투르기 짝이 없는 짓처럼 여겨졌고 아무런 의미도 없었다.

(『닥터 지바고Ⅱ』 313~314쪽)

이쯤 되면 파스테르나크가 러시아로부터 추방당할 위험에 놓이자 흐루쇼프에게 "조국을 떠난다는 것은 제게는 죽음을 의미합니다. 저는 러시아와 태생적으로, 또한 내 삶과 작품을 통하여 하나로 연결되어 있습니다"라고 청원한 이유와 의미를 정확히 알 수 있다. 그는 라라를 사랑하듯 러시아를 사랑했고 러시아를 사랑하듯 라라를 사랑했다. 지독한 사랑이다.

파스테르나크의 『닥터 지바고』를 번역함으로써 고골을 시작으로 투르게네프와 도스토예프스키, 톨스토이와 체호프를 거쳐 러시아 근대사, 러시아 정신, 러시아의 영혼의 정수를 맛본 기분이다. 소비에트 연방이라는 일시적 정치 체제의 모습에만 익숙해 있던 내가 러시아의 속살을 다 맛본 셈이다. 마치 16세기 르네상스 이래로 서구의 근현대사를 압축해 놓은 것 같은 느낌이고 18세기 산업혁명 이후의 서구 근현대사를 하나의 용광로에 집어 넣은 것 같은 느낌이다. 하지만 그 안에는 분명 러시아적인 것이 들어 있다. 국제 정치적인 면에서만 바라볼 때는 놓치기 쉬운 러시아적, 혹은 슬라브족의 기질이 분명 드러나 있다. 그러고 보니 질베르 뒤랑이 슬라브족의 풍토, 혹은 기질을 연민, 혹은 공감(compassion)이라고 쓴 적이 있던 게 기억난다. 언제 다시 한번 그 작품들을 찬찬히 읽어보면서 그 연민이라는 용광로 안으로 물밀 듯 밀려온 서구의 근현대사가 어떤 식으로 그 용광로 안에서 주조되는지 살펴보고 싶어진다.

참고로 한 마디 덧붙인다. 지바고(Zhivago)의 지브(Zhiv)는 생명(life)이라는 뜻이다. 또한 라라의 정식 이름인 라리사는 밝음과 명랑을 의미하는 그리스어 이름이다. 악당 코마로프스키의 코마는 러시아어로 모기를 뜻한다. 재미로 덧붙여보았다.

『닥터 지바고』는 예상과 달리 데이비드 린 감독의 영화 외에는 거의 영화 스크린에 오르지 않았다. 내 짐작으로는 그 영화가 워낙 압권이어서 엄두를 못 내지 않았나 싶다. 대신 『닥터 지바고』는 여러 번 뮤지컬로 제작되어 공연되었다. 재미있는 것은 대부분의 뮤지컬이 소설 원작보다는 데이비드 린의 영화를 기본으로 삼아 각색되었다는 사실이다. 여러 가지 이유가 있겠지만 아마도 원작을 소화하기가 쉽지 않아서였을지도 모른다. 무엇보다 등장인물들의 이름에 관한 한 파스테르나크는 조금도 친절하지 않다. 워낙 복잡한 러시아식 이름을 아무런 배려도 없이 마구 혼용해 놓았기에 러시아 사람이 아니라면 누가 누구인지 헷갈리기 일쑤이다. 다른 러시아 작품에서도 마찬가지지만 나는 가능한 한 한 가지 이름으로 통일했다. 가독성을 높이는 것이 무엇보다 중요하기 때문이다.

『닥터 지바고』의 각색 작품 중에는 2002년에 방영된 영국의 텔레비전 드라마가 가장 유명하고 2006년에는 러시아 국영방송국에서 총 500분짜리 미니시리즈로 제작 방영했다. 기타 호주, 스웨덴에서도 뮤지컬로 공연되었으며 이웃나라 일본에서는 2015년에 뮤지컬로 제작 공연한 바 있다.

보리스 레오니드비치 파스테르나크는 1890년 2월 10일 부유한 유대계 예술가 집안에서 태어났다. 화가이면서 모스크바 건축학교 교수이기도 했던 아버지 레오니드는 톨스토이와 친구 사이였다. 또한 그의 집에는 피아니스트 라흐마니노프, 시인 라이너 마리아 릴케 등이 찾아오곤 했다. 어머니 또한 피아니스트로서 집안은 온통 예술적인 분위기에 젖어 있었다.

어렸을 때 작곡가를 꿈꾸었던 파스테르나크는 곧 단념하고 모스크바 대학 철학과에 다니면서 시작(詩作)에 몰두한다. 그는 1923년과 1932년에 시집을 간행하는 한편 틈틈이 단편소설과

중편소설을 발표했다.

파스테르나크는 1930년대 중반 모스크바 교외의 페레델키노로 이사해서 그곳에서 나머지 삶을 보낸다. 1936년부터 스탈린에 의한 대규모 작가와 지식인의 숙청이 자행되고 많은 지식인들이 체포, 처형되지만 파스테르나크는 기적적으로 체포를 면할 수 있었다. 파스테르나크의 시를 찬양한 부하린도 체포되지만, 파스테르나크가 체포를 면할 수 있었던 이유에 대해서는 의견이 분분하다. 스탈린이 보기에 파스테르나크는 지나치게 자신만의 세계에 빠져 있어 혁명이나 반혁명 같은 것에는 무지한 존재로 간주되었다는 것이 정설이다. 실제로 스탈린은 그에 대해 '구름 속에서나 사는 사람이니 건드릴 필요 없음'이라는 메모를 했다고 전해진다. 하지만 그에게는 반체제 인사라는 낙인이 이미 찍힌 상태였고 그 사실은 변하지 않았다.

제2차 세계 대전 중이던 1943년 그는 작가 지식인 군단의 일원으로 전선으로 향한다. 그의 나이 53세 되던 때였다. 이 작품의 에필로그에서 미샤와 고든이 지긋한 나이에 전선에 등장하는 것은 그때의 경험을 사실적으로 기술한 것이다. 그는 55세 되던 1945년에 『닥터 지바고』의 집필을 시작해서 노비미르 출판사와 출판 계약을 맺는다. 그가 60세 되던 1950년에 그는 유일한 장편소설 『닥터 지바고』 1부를 완성하지만 앞서 말했듯 출간이 거부된다. 그리고 이후 소설 『닥터 지바고』가 겪게 된 운명은 앞서 쓴 바와 같다.

그는 1960년 5월 30일 70세를 일기로 숨을 거둔다. 그의 유언대로 부고도 내지 않았지만 페레델키노 묘지에는 4,000명의 조문객이 몰려들었다.

그가 죽은 지 28년 된 1988년 「노비미르」지 1~4월호에 『닥터 지바고』가 분재(分載)되고 곧이어 단행본이 간행된다. 그리고 이듬해인 1989년 그의 아들 예브게니 파스테르나크에게 노벨 문학상 증서가 정식으로 수여되었다.

닥터 지바고 Ⅱ

생각하는 힘: 진형준 교수의 세계문학컬렉션 90

펴낸날	**초판 1쇄 2023년 6월 14일**
지은이	**보리스 파스테르나크**
옮긴이	**진형준**
펴낸이	**심만수**
펴낸곳	**(주)살림출판사**
출판등록	**1989년 11월 1일 제9-210호**
주소	**경기도 파주시 광인사길 30**
전화	**031-955-1350** 팩스 **031-624-1356**
홈페이지	**http://www.sallimbooks.com**
이메일	**book@sallimbooks.com**
ISBN	978-89-522-4729-2 04800 978-89-522-3984-6 04800 (세트)

※ 값은 뒤표지에 있습니다.

※ 잘못 만들어진 책은 구입하신 서점에서 바꾸어 드립니다.